고양이 요람

CAT'S CRADLE
by Kurt Vonnegut

Copyright ⓒ 1963 by Kurt Vonnegut
Korean Translation Copyright ⓒ MUNHAKDONGNE Publishing Corp., 2017
All rights reserved.

This translation is published by arrangement with
The Dial Press, an imprint of The Random House Publishing Group,
a division of Random House, Inc. through Imprima Korea Agency.

이 책의 한국어판 저작권은 Imprima Korea Agency를 통해
Random House, an imprint of The Random House Publishing Group,
a division of Random House, Inc.와의 독점 계약으로 문학동네에 있습니다.
저작권법에 의해 한국 내에서 보호를 받는 저작물이므로
무단 전재와 무단 복제를 금합니다.

이 도서의 국립중앙도서관 출판예정도서목록(CIP)은
서지정보유통지원시스템 홈페이지(http://seoji.nl.go.kr)와
국가자료공동목록시스템(http://www.nl.go.kr/kolisnet)에서 이용할 수 있습니다.
(CIP제어번호: CIP2017025115)

CAT'S CRADLE

CAT'S CRADLE

고양이 요람

커트 보니것 장편소설 | 김송현정 옮김

KURT
VONNEGUT

KURT VONNEGUT

문학동네

용기와 풍류를 아는 남자,
케니스 리타워*에게.

* 잡지 〈콜리어스〉 에디터이자 보니것 작품을 담당하던 문학 에이전트.

이 책의 어떤 내용도 진실이 아니다.

"그대를 용감하고 친절하고 건강하고 행복하게 하는 포마*에
따라 살지어다."

『보코논서』제1권 5장

* 무해한 거짓말.

차례

1
세상이 끝난 날

나를 조나라고 부르라. 내 부모님은 그렇게, 아니 얼추 그렇게 불렀다. 그분들은 나를 존이라고 불렀다.

조나, 존. 설령 내 이름이 샘이었다 해도, 나는 여전히 조나 같은 인물이었을 것이다. 내가 남들에게 불운을 가져다주어서가 아니라*, 누군가가 혹은 무언가가 어김없이 나를 특정 시간, 특정 장소에 데려다놓았기 때문이다. 고전적이면서도 별난 교통수단과 동기가 주어졌다. 그리고 예정대로, 매번 정해진 순간, 정해진 장소에 이 조나가 있었다.

들어보라.

젊었을 때, 그러니까 두 명의 아내 이전에, 이십오만 개비의 담배 이전에, 3000리터의 술 이전에……

그것보다 훨씬 더 젊었을 때, 나는 『세상이 끝난 날』이라는 책을 쓰려고 자료를 수집하기 시작했다.

그 책은 실화를 담을 예정이었다.

---

* 조나는 '요나'의 영어식 발음이다. 요나는 구약성서에 나오는 히브리인 예언자로 불운의 대명사다. 하느님의 명령을 어기고 달아나다가 폭풍을 만나 사흘간 물고기 뱃속에 갇히게 되나, 회개하고 구원받는다. 샘은 구약성서에 나오는 '사무엘'의 애칭으로, 요나와 달리 행운의 대명사다.

그 책은 최초의 원자폭탄이 일본 히로시마에 투하됐던 날, 미국의 요인要人들이 무슨 일을 했는가를 다룰 예정이었다.

그것은 기독교 서적이 될 예정이었다. 그때 나는 기독교도였다.

지금은 보코논교도다.

내게 보코논의 달콤쌉쌀한 거짓말을 일러준 사람이 있었다면, 그때 이미 나는 보코논교도였을 것이다. 하지만 보코논교는 자갈 해안과 칼처럼 날카로운 산호로 둘러싸인 카리브해의 작은 섬, 샌로렌조 공화국 밖으로는 알려져 있지 않았다.

우리 보코논교도들은 인류가 여러 무리로 구성되어 있다고 믿는데, 그 무리들은 부지불식중에 신의 의지를 행한다. 보코논에 따르면, 그러한 무리를 커래스라고 부르며, 캔-캔이라는 매개체가 어떤 사람을 특정 커래스로 인도한다. 그리고 나의 캔-캔은 내가 영영 끝내지 못한 책, 『세상이 끝난 날』이라고 불릴 예정이던 바로 그 책이었다.

2
좋아, 좋아, 아주 좋아

"그다지 논리적인 이유 없이 그대의 삶이 다른 누군가의 삶과 얽혀 있다면, 그자는 그대 커래스의 일원일지도 모른다"라고 보코논은 적고 있다.

보코논은 『보코논서書』의 다른 부분에서 이렇게 말한다. "인간이 체커판을 만들었고, 하느님이 커래스를 만드셨다." 그의 이 말은 커래스가 국가적, 제도적, 직업적, 혈통적, 계급적 경계를 무시한다는 뜻이다.

커래스는 아메바처럼 형태가 없다.

「칼립소 제53편」에서 보코논은 우리에게 이렇게 함께 노래하자고 청한다.

오, 저기 센트럴파크의
잠자는 주정뱅이도,
밀림의 어둠 속
사자 사냥꾼도,
중국의 치과의사도,
영국의 여왕도……
하나의 기계 안에서
잘도 맞물려 돌아가네.
좋아, 좋아, 아주 좋아,
좋아, 좋아, 아주 좋아,
좋아, 좋아, 아주 좋아……

그토록 다양한 사람들이
하나의 장치 안에서.

3
어 리 석 음

그 책 어디에서도 보코논은 인간들에게 본인이 속한 커래스의 범위와 전능하신 하느님이 커래스에 부여한 과업의 본질을 알아내려 애쓰지 말라고 충고하지 않는다. 다만 그러한 탐색이 불완전할 수밖에 없다고 언급할 뿐이다.

『보코논서』의 자전적인 대목에서 그는 깨달은 척, 이해한 척하는 어리석음에 대해 한 가지 비유를 든다.

예전에 나는 로드아일랜드주 뉴포트에서 감독교회 신도를 한 명 알게 되었는데, 그 여자는 나에게 자기가 기르는 그레이트데인을 위해 개집을 하나 설계해서 만들어달라고 요청했다. 그녀는 자기가 하느님과 그분이 행하시는 방식을 완벽하게 이해한다고 주장했다. 그녀는 왜 사람들이 일어난 일이나 일어날 일을 두고 골머리를 앓는지 이해하지 못했다.

그럼에도 불구하고, 그녀는 내가 앞으로 만들 개집의 청사진을 보여주자 이렇게 말했다. "미안하지만, 나는 이런 걸 전혀 볼 줄 몰라요."

"그걸 그쪽 남편이나 목사한테 가져다주고 하느님께 전해 달라고 하시죠. 그러면 분명히 하느님께서 잠시 짬을 내어 그쪽 같은 사람도 이해할 수 있는 방식으로 이 개집에 대해 설명해주실 거요." 내가 말했다.

그 여자는 나를 해고했다. 나는 그 여자를 결코 잊지 않을 것이다. 그녀는 하느님이 동력선을 탄 사람보다 돛단배를 탄 사람을 훨씬 좋아한다고 믿었다. 또 벌레를 그냥 두고보지 못했다. 벌레만 보면 괴성을 질러댔다.

그 여자는 바보였고, 나도 바보고, 하느님이 무슨 일을 행하시는지 안다고 생각하는 자는 누구나 바보다. [보코논 왈]

4
조심스레 엉키는 덩굴손들

그렇기는 하지만, 나는 이 책에서 내 커래스 일원들을 가급적 많이 다룰 생각이고, 지구에서 우리가 공동으로 수행해온 과업이 무엇인지 강력하게 암시하는 단서들을 빠짐없이 고찰할 작정이다.

이 책을 보코논교 선교 책자로 만들 생각은 없다. 그렇지만 그런 책자에 대한 보코논식 경고는 하나 전하고 싶다. 『보코논서』의 첫 문장은 이것이다.

"내가 그대들에게 말하려는 진실은 모두 파렴치한 거짓말이다."

나의 보코논식 경고는 이것이다.

유익한 종교가 어떻게 거짓말에 기초할 수 있는지 이해하지 못하는 사람은 이 책도 이해하지 못할 것이다.

그렇대도 할 수 없지.

* * *

그러면 나의 커래스에 대해 이야기하겠다.

확실히 내 커래스에는 필릭스 호니커 박사의 세 자녀가 포함되어 있는데, 호니커 박사는 소위 최초의 원자폭탄의 '아버지'라고 불리는 사람들 중 한 명이다. 그는 내 시누카스, 그러니까 내 삶의 덩굴손이 그 자녀들의 시누카스와 엉키기 시작하기 전에 죽었지만, 틀림없이 내 커래스의 일원이었을 것이다.

호니커 박사의 자녀들 중에서 내 시누카스가 처음 접촉한 사람은 뉴턴 호니커였는데, 그는 2남 1녀 중 막내였다. 나는 남학생 사교 모임의 회지인 〈계간 델타 입실론〉을 통해 노벨 물리

학상 수상자 필릭스 호니커 박사의 아들 뉴턴 호니커가, 내가 속한 코넬 지부의 준회원이라는 사실을 알게 되었다.

그래서 나는 뉴트에게 이러한 편지를 썼다.

친애하는 호니커 씨.

아니면 친애하는 호니커 형제님이라고 불러야 할까요?

나는 코넬 대학교 델타 입실론 회원이고 지금은 자유기고가로 먹고삽니다. 그리고 최초의 원자폭탄에 관한 책을 쓰려고 자료를 모으고 있습니다. 책의 내용은 원자폭탄이 히로시마에 투하된 1945년 8월 6일, 그날에 일어난 사건들에 한정되어 있습니다.

고인이 되신 귀하의 부친께서 원자폭탄의 주요 개발자 중 한 사람으로 일반에게 알려져 있으니, 번거롭더라도 폭탄이 투하되던 날 부친의 댁에서 있었던 일화를 뭐라도 알려준다면 매우 고맙겠습니다.

유감스럽게도 나는 귀하의 고명한 가족에 대해 충분히 알지 못하고, 그래서 귀하에게 형제자매가 있는지조차 모르고 있습니다. 만약 형제자매가 있다면, 비슷한 부탁을 드릴 수 있도록 그분들의 주소를 알려주면 정말 좋겠습니다.

원자폭탄이 투하됐을 당시에 귀하가 매우 어렸다는 사실을 알고 있으며, 그것은 오히려 환영할 일입니다. 내 책에서는 원자폭탄의 기술적인 측면보다는 인간적인 측면을 강조할 예정이 므로, 만약 이러한 표현을 양해해준다면, '아기'의 눈을 통해 바라본 그날의 기억이 더할 나위 없이 적절할 것입니다.

문체나 형식에 대해서는 걱정할 필요 없습니다. 그런 것들 은 전부 나에게 맡기면 됩니다. 그냥 이야기의 골자만 알려주 십시오.

물론, 출판에 앞서 최종 원고를 당신에게 보내 허락을 구하 도록 하겠습니다.

그대의 형제로부터

5
어느 의예과 학생의 편지

내 편지에 대한 뉴트의 답장은 이랬다.

답장이 너무 늦어서 죄송합니다. 선배님이 쓰려는 책은 매우 흥미로울 듯합니다. 원자폭탄이 투하되었을 당시에 저는 아주 어렸기 때문에 그다지 도움이 되지 못할 것 같습니다. 저희 형 과 누나에게 꼭 물어보시기 바랍니다. 저희 누나는 해리슨 C.

코너스 부인으로, 인디애나주 인디애나폴리스 노스 머리디언 스트리트 4918번지에 살고 있습니다. 현재, 제 집주소 또한 그곳으로 되어 있습니다. 누나는 기꺼이 선배님을 도와줄 겁니다. 프랭크 형이 어디에 있는지는 아무도 모릅니다. 형은 이 년 전 아버지의 장례식이 끝나자마자 종적을 감추었고, 그후로 누구도 형의 소식을 듣지 못했습니다. 어쩌면 형은 이제 죽었는지도 모르겠습니다.

히로시마에 원자폭탄이 투하됐을 때 저는 고작 여섯 살이었기 때문에, 그날에 관한 제 기억은 모두 다른 사람들이 상기시켜준 것입니다.

제가 기억하기로 저는 그날 뉴욕주 일리엄*에 있던 저희 집 거실 양탄자 위에서 놀고 있었는데, 그 안쪽에는 아버지의 서재가 있었습니다. 서재 문이 열려 있어서 아버지의 모습을 볼 수 있었죠. 아버지는 잠옷 위에 덧옷을 걸친 채로 시가를 피우고 계셨어요. 그리고 고리 모양 끈을 만지작거리셨습니다. 그날 아버지는 연구소에 나가지 않고 하루종일 잠옷 차림으로 집에 계셨습니다. 아버지는 원할 때마다 집에 계셨어요.

선배님도 아시겠지만, 아버지는 직장생활의 대부분을 일리엄에 있는 제너럴 포지 앤드 파운드리사의 연구소에서 하셨습

---

* 커트 보니것의 작품에 등장하는 가상도시. 고대 트로이의 라틴어 이름에서 따왔다.

니다. 맨해튼계획, 그러니까 원자폭탄 개발 계획이 시작되었을 당시에도 아버지는 그 계획 때문에 일리엄을 떠나는 걸 원치 않으셨습니다. 아버지는 당신이 원하는 곳에서 일하게 해주지 않으면 계획에 참여하지 않겠다고 말씀하셨죠. 그 결과, 아버지는 많은 시간을 집에서 보내시게 되었습니다. 일리엄 이외에 아버지가 좋아하셨던 유일한 장소는 케이프코드에 있는 별장이었습니다. 돌아가신 곳도 케이프코드였죠. 아버지는 크리스마스이브에 돌아가셨습니다. 그 사실도 알고 계시겠죠?

어쨌든, 원자폭탄이 떨어진 날 저는 서재 밖 양탄자에서 놀고 있었습니다. 앤절라 누나의 말에 따르면, 제가 작은 장난감 트럭을 가지고 입으로 '부릉, 부릉, 부릉' 모터 소리를 내면서 몇 시간씩 놀고는 했다더군요. 그러니 아마 원자폭탄이 떨어진 날에도 '부릉, 부릉, 부릉' 이러고 있었을 거예요. 그리고 아버지는 서재에서 고리 모양 끈을 만지작거리고 계셨고요.

우연히도 저는 아버지가 만지작거리시던 끈의 출처를 알고 있습니다. 이 이야기를 책의 어딘가에 써먹으셔도 좋습니다. 그것은 어느 죄수가 보내온 소설 원고를 묶은 끈이었습니다. 그 소설은 2000년에 세상이 멸망한다는 내용이었는데, 제목이 '서기 2000년'이었습니다. 미치광이 과학자들이 무시무시한 폭탄을 만들어서 전 세계를 쓸어버리는 과정이 담겨 있었어요. 세상이 멸망하리라는 사실이 모두에게 알려지자 대규모 난교

파티가 벌어지는데, 폭탄이 폭발하기 십 초 전에 예수그리스도가 등장합니다. 글쓴이의 이름은 마빈 샤프 홀더니스였고, 동봉된 편지에 따르면 자신의 친형제를 살해한 죄로 감옥에 갇히게 된 사람이었습니다. 그는 폭탄에 어떤 종류의 폭약을 넣어야 할지 몰라서 아버지에게 원고를 보낸 것이었습니다. 아버지가 의견을 줄지도 모른다고 생각했던 거죠.

제가 여섯 살 때 그 원고를 읽었다는 이야기는 아닙니다. 그 원고는 몇 년 동안 집에 있었습니다. 추잡한 내용들 때문에 프랭크 형이 그 원고를 소장했거든요. 형은 그걸 자기 침실의 '비밀 금고'라는 곳에 감추어두었어요. 사실은 진짜 금고가 아니라 주석 뚜껑이 달린 낡은 난로 연통이었지만요. 프랭크 형과 저는 어렸을 적에 난교 파티 대목을 천 번쯤 읽었을 겁니다. 저희는 몇 년 동안 그 원고를 가지고 있었고, 결국 앤절라 누나에게 발각되었어요. 원고를 읽고 누나는 그건 더럽고 부패한 오물에 불과하다고 말했지요. 누나가 원고를 태워버렸고, 그때 그 끈도 함께 타버렸습니다. 친어머니는 제가 태어날 때 돌아가셨기 때문에, 앤절라 누나는 프랭크 형과 저에게 어머니나 다름없었습니다.

확신하는데, 아버지는 그 원고를 읽지 않으셨습니다. 아버지는 평생, 아니 적어도 어린 시절 이후로는 소설은 고사하고 하다못해 단편 하나도 읽지 않으셨을 겁니다. 아버지는 우편물이

나 잡지, 신문도 읽지 않으셨습니다. 학술지는 많이 읽으셨을 테지만, 솔직히 말해서 아버지가 뭔가를 읽으시는 모습을 본 기억이 없습니다.

말씀드렸듯이, 아버지가 그 원고에서 원했던 것은 끈뿐이었습니다. 아버지는 그런 분이셨어요. 아버지가 다음에 무엇에 관심을 보일지 예측할 수 있는 사람은 아무도 없었어요. 원자폭탄이 떨어지던 날 아버지의 관심사는 끈이었습니다.

아버지가 노벨상을 받으면서 하셨던 연설을 읽어보신 적 있나요? 이것이 전체 연설입니다. "신사 숙녀 여러분. 저는 봄날 아침에 학교에 가는 여덟 살배기 아이처럼 끊임없이 한눈을 판 덕분에 지금 여러분 앞에 서 있습니다. 그게 무엇이든 저는 걸음을 멈추고 살펴보고 궁금해하며, 때때로 배웁니다. 저는 매우 행복한 사람입니다. 감사합니다."

어쨌든 아버지는 고리 모양 끈을 한동안 쳐다보다가 손가락으로 실뜨기 놀이를 시작하셨습니다. 그리고 손가락으로 '고양이 요람'이라고 불리는 모양을 만들어내셨어요. 아버지가 어디에서 그런 걸 배우셨을까요. 어쩌면 아버지의 아버지에게서 배웠는지도 모르겠어요. 할아버지가 재단사셨으니, 음, 어렸을 적 아버지 주변에는 항상 실과 끈이 있었을 겁니다.

제가 본 아버지의 모습 중 그 고양이 요람을 만든 게 소위 놀이라고 하는 활동에 가장 근접한 행위였어요. 아버지는 다른 사람이 만들어낸 재주와 놀이와 규칙을 전혀 필요로 하지 않으셨어요. 앤절라 누나가 정리하던 스크랩북에 〈타임〉에서 오려낸 기사가 있었는데, 누군가가 기분전환으로 어떤 놀이를 하느냐고 묻자 아버지는 이렇게 대답하셨죠. "진짜 놀이가 이렇게 많이 벌어지고 있는데 왜 만들어진 가짜 놀이에 신경을 쓴답니까?"

아버지는 끈으로 고양이 요람을 만들고서 스스로도 놀라셨던 모양입니다. 어쩌면 어린 시절이 떠올랐는지도 모릅니다. 갑자기 서재 밖으로 나와 전에 없던 행동을 하셨습니다. 저와 놀아주려고 하셨죠. 그전에는 저와 놀아주신 적이 한 번도 없을뿐더러 저에게 좀처럼 말도 걸지 않으셨거든요.

그런데 그날은 양탄자 위 제 옆에 무릎을 꿇고 앉으시더니 치아를 드러내 보이며 제 얼굴에 대고 그 얽힌 끈을 흔드셨죠. "보여? 보여? 보여?" 아버지가 물으셨어요. "고양이 요람이야. 고양이 요람 보여? 귀여운 야옹이가 어디에서 자고 있는지 보여? 야옹. 야옹."

아버지 얼굴의 땀구멍이 달 표면의 분화구만큼이나 커 보였습니다. 아버지의 귀와 콧구멍은 털로 그득했죠. 시가 연기에 찌든 아버지에게서 지옥의 아가리 같은 냄새가 났어요. 그렇게 가까이에서 보니, 아버지는 제가 본 가장 추한 생물이었습니다. 지금도 그 모습이 자꾸만 꿈에 나타납니다.

그러다가 아버지가 노래를 부르셨습니다. "잘 자라 야옹아, 나무 꼭대기에서. 바람이 불어오면, 요-람이 흔들릴 거야. 가지가 부러지면, 요-람이 떨어지겠지. 요-람도 야옹이도, 모두 떨어지겠지."

저는 왈칵 울음을 터뜨렸어요. 그리고 벌떡 일어나서 전속력으로 집을 뛰쳐나갔습니다.

이만 줄여야겠습니다. 새벽 두시가 넘었군요. 방금 제 룸메이트가 잠에서 깨어 타자기 소리에 대해 불평을 했습니다.

6
벌레 싸움

이튿날 아침, 뉴트는 다시 편지를 쓰기 시작했다. 그 편지는 이와 같다.

이튿날 아침입니다. 여덟 시간을 자고 일어났으니, 기운차게 다시 시작해보겠습니다. 남학생 사교 모임 회관은 지금 매우 조용합니다. 저를 제외한 모두가 수업을 받고 있습니다. 저는 엄청난 특권을 가진 사람입니다. 더는 수업에 참석하지 않아도 되거든요. 지난주에 퇴학을 당했어요. 저는 의예과 학생이었습니다. 저를 퇴학시킨 건 옳은 결정이었습니다. 저는 아마 형편없는 의사가 되었을 겁니다.

이 편지를 끝낸 후에 영화를 보러 갈까 합니다. 혹은 해가 나면, 협곡으로 산책을 하러 갈지도 모르겠네요. 협곡은 아름다워요, 그렇지 않나요? 올해, 여학생 두 명이 손을 잡고 협곡으로 뛰어내렸습니다. 원하던 여학생 사교 모임에 가입하지 못했거든요. 그들은 트라이-델트*를 원했습니다.

그럼, 1945년 8월 6일로 돌아가보겠습니다. 앤절라 누나는 제가 그날 고양이 요람에 감탄하지 않음으로써, 거기 양탄자에 남아서 아버지의 노래에 귀기울이지 않음으로써 아버지의 기분을 무척 상하게 했다고 귀에 딱지가 앉도록 말했어요. 실제로 제가 아버지의 기분을 상하게 했을 수도 있지만, 그렇게 심하지는 않았을 겁니다. 아버지는 현존했던 인간들 중 가장 자기방어적인 분이셨어요. 사람들에게 관심이 없었기 때문에, 사람들로 인해 상처를 받지도 않으셨죠. 아버지가 돌아가시기 일 년쯤 전인가, 제가 어머니에 대해 여쭈어본 적이 있습니다. 하지만 아버지는 어머니에 대해 아무것도 기억하지 못하셨죠.

노벨상을 받으러 두 분이 함께 스웨덴으로 떠나시던 날의 아침식사에 관한 유명한 일화가 있는데, 들어보셨나요? 예전에

---

* 미국 대학 여학생들이 모인 유명 사교 모임 '델타 델타 델타'의 별칭.

〈새터데이 이브닝 포스트〉에도 실린 적이 있습니다. 그날 어머니는 아침식사를 푸짐하게 차리셨어요. 그리고 식탁을 치우다가 아버지의 커피잔 옆에서 25센트짜리 동전 한 개와 10센트짜리 동전 한 개 그리고 1센트짜리 동전 세 개를 발견하셨습니다. 아버지가 어머니에게 팁을 주신 거죠.

누나의 말이 사실이라면, 저는 아버지에게 그토록 심한 상처를 안겨드린 후에 마당으로 뛰쳐나간 겁니다. 그리고 어디로 가야 할지 몰라 갈팡대다가, 커다란 조팝나무 덤불 밑에서 프랭크 형을 발견했어요. 그때 형은 열두 살이었는데, 저는 형이 거기 있는 게 조금도 놀랍지 않았습니다. 무더운 날이면 형은 그 아래에서 많은 시간을 보냈어요. 마치 개처럼, 나무뿌리 주변의 시원한 땅에 구멍을 파곤 했죠. 프랭크 형이 덤불 아래에서 무엇을 가지고 노는지 아는 사람은 아무도 없었어요. 한번은 추잡한 책을 한 권 가지고 있었고, 또 한번은 요리용 셰리주 한 병을 가지고 있었죠. 원자폭탄이 떨어진 날에는 커다란 숟가락 한 개와 메이슨 유리병* 하나였고요. 잡다한 벌레를 유리병에 떠 넣고서 놈들에게 싸움을 붙이고 있었죠.

벌레 싸움이 어찌나 재미나던지 저는 곧바로 울음을 그치고 아버지에 대해서도 까맣게 잊어버렸습니다. 그날 프랭크 형의

---

* 미국 발명가 존 메이슨(1832~1902)이 발명한 식품 저장용 유리병.

유리병에서 어떤 벌레들이 싸웠는지는 기억이 나지 않지만, 그 후에 우리가 개최했던 다른 벌레 싸움들은 기억이 나요. 사슴 벌레 한 마리 대 붉은 개미 백 마리, 지네 한 마리 대 거미 세 마리, 붉은 개미 군단 대 검은 개미 군단. 계속 유리병을 흔들 어주지 않으면 벌레들은 싸우려 하지 않았습니다. 그래서 프랭 크 형은 유리병을 흔들고 또 흔들었죠.

잠시 후에 앤절라 누나가 저를 찾으러 왔습니다. 누나는 덤불 한쪽을 들추고서 "너희들 거기에 있었구나!" 하고 말했어요. 누나가 프랭크 형한테 뭐하느냐고 묻자, 형은 '실험중'이라고 말했습니다. 사람들이 형한테 뭐하느냐고 물으면 형은 항상 그렇게 대답했습니다. 언제나 '실험중'이라고 말했죠.

당시에 앤절라 누나는 스물두 살이었어요. 누나는 열여섯 살 때부터, 그러니까 제가 태어나고 어머니가 돌아가신 후부터 집 안의 실질적인 가장이 되었습니다. 누나는 자기가 아이 셋을 어떻게 돌보는지에 대해 이야기하곤 했습니다. 아이 셋이란 저 와 프랭크 형, 그리고 아버지를 두고 하는 말이었죠. 누나의 말 은 과장이 아니었습니다. 추운 날 아침 프랭크 형, 아버지, 제 가 현관에 줄줄이 서 있으면, 앤절라 누나가 우리를 너나없이 따뜻하게 싸매주던 게 기억나요. 누나는 우리 셋을 모두 똑같 이 대했습니다. 차이가 있다면 저는 유치원으로 가고, 프랭크 형은 중학교로 가고, 아버지는 원자폭탄을 만들러 일터로 가셨다는 거였죠. 그러다 어느 아침, 석유난로는 꺼지고, 수도관은 얼어붙고, 자동차는 시동이 걸리지 않았습니다. 우리는 모두 차 안에 앉아 있었고, 앤절라 누나는 배터리가 방전될 때까지 계속해서 시동을 걸었어요. 그때, 아버지가 불쑥 말씀하셨죠. 뭐라고 하셨는지 아십니까? 이렇게 말씀하시더군요. "거북이에 대해 궁금한 게 생겼어." "거북이에 대해 뭐가 궁금하신데요?" 앤절라 누나가 아버지에게 물었습니다. "거북이들이 머리를 안으로 집어넣을 때, 녀석들의 척추가 휘어질까 아니면 수축할까?" 아버지가 대답하셨죠.

말이 난 김에 얘기하자면, 앤절라 누나는 원자폭탄 탄생의 숨은 영웅 중 한 사람인데, 이 이야기는 세간에 전혀 알려지지 않았을 겁니다. 이 이야기를 써먹으셔도 좋겠군요. 거북이 사건 이후로 아버지는 거북이에 푹 빠져서 원자폭탄 연구까지 제쳐놓으셨어요. 결국, 맨해튼계획 책임자 몇 사람이 집으로 찾아와 앤절라 누나에게 어떻게 하면 좋겠느냐고 물었죠. 누나는 거북이들을 치워버리라고 조언했어요. 그래서 어느 날 밤 그들은 아버지의 실험실로 들어가 거북이와 수족관을 훔쳤습니다. 아버지는 거북이의 실종에 대해 한마디도 하지 않으셨습니다. 그리고 다음날 연구소로 가서 또다른 놀거리와 생각할 거리를 찾으셨어요. 그곳의 놀거리와 생각할 거리는 모두 원자폭탄과 관련되어 있었죠.

앤절라 누나가 저를 덤불 밑에서 끌어내더니, 아버지와 무슨 일이 있었느냐고 물었습니다. 저는 아버지가 참으로 추하다고, 아버지가 정말로 싫다고 거듭거듭 말했습니다. 그랬더니 누나가 저를 찰싹 때렸어요. "어떻게 감히 아버지에 대해 그런 말을 하니?" 누나가 말했습니다. "아버지는 현존하는 가장 위대한 인물들 중에 한 분이셔! 아버지가 오늘 전쟁에서 승리하셨어! 알아들어? 아버지가 전쟁에서 승리하셨다고!" 누나는 또다시 저를 찰싹 때렸습니다.

앤절라 누나가 저를 때린 것도 무리는 아니었습니다. 아버지는 누나의 전부였거든요. 누나는 남자친구도 없었어요. 하다못해 친구도 한 명 없었죠. 취미만 하나 있었습니다. 누나는 클라리넷을 불었어요.

제가 다시 한번 아버지가 정말 싫다고 말하자, 누나는 저를 또 때렸고, 그때 프랭크 형이 덤불 밑에서 나와 누나의 배에 주먹을 날렸어요. 끔찍하게 아팠던지 누나는 땅바닥에 쓰러져 데굴데굴 굴렀습니다. 그러다가 숨을 돌릴 수 있게 되자, 울며불며 아버지를 불러댔어요.

"안 오실걸." 프랭크 형이 누나를 비웃으며 말했습니다. 형이 옳았어요. 아버지는 창문 밖으로 머리를 쑥 내밀고서, 앤절라 누나와 제가 바닥을 구르며 악다구니를 쓰는 모습과 프랭크 형이 그런 우리를 내려다보며 비웃는 모습을 바라보셨죠. 그러다가 머리를 다시 안으로 넣었고, 나중에도 그 야단법석에 대해 전혀 묻지 않았어요. 사람은 아버지의 전공 분야가 아니었거든요.

이 정도면 충분할까요? 제 이야기가 책에 조금이라도 도움이 될까요? 물론 선배님이 원자폭탄 투하 당일의 일화만을 요청했기 때문에, 여러모로 제약이 많았습니다. 꼭 투하 당일이 아니더라도 원자폭탄과 아버지에 관한 괜찮은 일화가 많아요. 예를 들어, 앨라모고도*에서 최초의 핵실험이 진행되던 날의 일화를 알고 계신가요? 폭탄이 터진 후에, 그러니까 미국이 폭탄 하나로 도시를 통째로 쓸어버릴 수 있다는 사실이 확실해진 후에, 어떤 과학자가 아버지를 돌아다보며 이렇게 말했답니다. "이제 과학이 죄악을 알게 되었군요." 그랬더니 아버지가 뭐라고 했는지 아십니까? 이렇게 말씀하셨습니다. "죄악이 뭐요?"

그럼, 안녕히.
뉴턴 호니커 드림

---

* 미국 뉴멕시코주의 도시.

7
고명한 호니커 가족

뉴트는 편지에 다음과 같이 추신 세 개를 덧붙였다.

추신. 저는 '그대의 형제로부터'라고 편지를 끝맺지 못합니다. 성적 때문에 선배님과 형제가 될 수 없거든요. 저는 고작 준회원일 뿐이었고, 이제 그 자격마저 박탈당할 참입니다.

추추신. 선배님은 저희 가족을 '고명하다'고 칭하셨는데, 만약 책에서도 그렇게 칭한다면 그건 실수가 아닐까 싶어요. 왜냐하면, 저는 난쟁이입니다. 키가 122센티미터 정도밖에 되지 않죠. 그리고 최근 소문에 따르면, 형은 훔친 자동차들을 잉여 군수품 LST*에 실어서 쿠바로 밀반출한 혐의로 플로리다 경찰과 FBI, 그리고 재무부에 의해 수배중입니다. 그래서 '고명하다'는 단어는 확실히 적합하지 않습니다. 아마 '다채롭다'는 단어가 진실에 더 가까울 거예요.

추추추신. 24시간이 지난 뒤 이 편지를 다시 읽어보니, 제가 빈둥빈둥 앉아서 슬픈 일들이나 떠올리며 자기연민에 빠져 사는 사람처럼 보일 수도 있겠더군요. 사실 저는 아주 운이 좋은

---

* Landing Ship Tank의 약자. 배의 앞부분 문이 열리는 미국의 상륙 작전용 함정으로, 제2차세계대전중에 양산되었다.

사람이고, 저도 그 사실을 알고 있습니다. 저는 곧 참하고 자그마한 아가씨와 결혼할 예정이에요. 찾기만 한다면, 이 세상에 모두를 위한 사랑은 충분합니다. 제가 바로 그 증거죠.

8
뉴트와 진카의 사정

뉴트는 나에게 자기 여자친구가 누구인지 밝히지 않았다. 하지만 뉴트가 나에게 편지를 쓰고 두 주쯤 지난 뒤, 이 나라에 그 여자 이름이 진카라는 사실을 모르는 사람은 없었다. 그냥 진카였다. 성이 없는 모양이었다.

진카는 우크라이나 출신의 난쟁이로 보르조이* 무용단 단원이었다. 공교롭게도 뉴트는 코넬 대학교에 들어가기 전 인디애나폴리스에서 그 무용단의 공연을 관람한 적이 있었다. 그후에 무용단은 코넬 대학교에서도 공연을 했다. 코넬 대학교에서의 공연이 끝났을 때, 꼬맹이 뉴트는 꽃자루가 긴 미국산 붉은 장미 열두 송이를 들고 공연장 뒷문에 서 있었다.

꼬맹이 진카가 미국에 망명을 요청하자 신문사들이 그 소식

---

* 러시아 개 품종. '보르조이 무용단'은 볼쇼이 발레단을 비하하여 쓰는 표현이다.

을 입수했고, 그뒤로 진카와 꼬맹이 뉴트는 종적을 감추었다.

그로부터 일주일 후, 꼬맹이 진카가 러시아 대사관에 나타났다. 그 여자는 미국인들이 너무 물질주의적이라고 말했다. 그러고는 고국으로 돌아가고 싶다고 했다.

뉴트는 인디애나폴리스의 누나네 집으로 피신했다. 그리고 언론에 짧은 성명을 발표했다. "그건 사적인 일이었습니다. 애정 문제였어요. 조금도 후회하지 않습니다. 무슨 일이 있었든 그건 진카와 나의 문제지 남들이 상관할 바가 아닙니다."

모스크바에 주재하던 어느 진취적인 미국 기자가 그곳 무용수들에게 진카에 대해 캐묻고 다니다가 불편한 사실을 알아냈다. 진카의 주장과 달리 그녀는 스물세 살이 아니었다.

그 여자는 마흔두 살로, 뉴트의 어머니뻘이었다.

9
화산 담당 부사장

나는 꾸물꾸물 원자폭탄 투하일에 관한 책을 써나갔다.

일 년쯤 뒤, 나는 크리스마스를 이틀 앞두고 또다른 글감을 찾아 뉴욕주 일리엄으로 향했다. 일리엄은 펠릭스 호니커 박사가 연구의 대부분을 수행하고, 꼬맹이 뉴트와 프랭크와 앤절라가 성장기를 보낸 곳이었다.

나는 뭐라도 찾을 수 있을까 싶어 일리엄에 들렀다.

일리엄에 살고 있는 호니커 집안사람은 아무도 없었지만, 그 노인네와 별스러운 세 자녀를 잘 안다고 주장하는 사람은 많았다.

나는 제너럴 포지 앤드 파운드리사의 연구소 부사장인 에이서 브리드 박사와 약속을 잡았다. 브리드 박사 역시 내 커래스의 일원인 듯했지만, 그는 거의 즉각적으로 나를 싫어하게 되었다.

"호불호는 커래스와 아무런 상관이 없다." 보코논의 말이다. 잊기 쉬운 경고.

"제가 듣기로는 호니커 박사가 직장생활을 하는 동안 주로 부사장님께서 그분을 감독하셨다고 하더군요." 내가 전화로 브리드 박사에게 말했다.

"서류상으로는 그렇소." 브리드 박사가 말했다.

"무슨 말씀이신지." 내가 말했다.

"내가 실제로 필릭스를 감독할 수 있었다면, 지금쯤 화산과 조수潮水, 그리고 새와 나그네쥐의 이동도 관장할 수 있을 거요. 그 사람은 한낱 인간은 결코 통제하지 못할 자연력이었소." 브리드 박사가 말했다.

10
비밀 요원 엑스-나인

브리드 박사는 다음날 아침 일찍 나와 만나기로 약속했다. 그는 출근길에 내가 묵고 있는 호텔에 들러서 나를 태워 가겠다고 했다. 그렇게 해서 경비가 삼엄한 연구소의 출입 절차를 간소화하자는 것이었다.

그리하여 나는 일리엄에서 하룻밤을 때우게 되었다. 이미 나는 일리엄 밤 문화의 처음이자 끝인 델 프라도 호텔에 있었다. 호텔 바 '케이프코드 룸'은 매춘부 집합소였다.

공교롭게도—보코논이라면 '예정되어 있던 대로'라고 말하겠지만—바에서 내 옆에 앉았던 매춘부와 나를 접대했던 바텐더 둘 다. 그 벌레 박해자이자 둘째 아이이며 실종된 아들인 프랭클린 호니커와 고등학교 동창이었다.

자기 이름을 샌드라라고 밝힌 매춘부는 나에게 피갈 광장과 포트사이드에서나 맛볼 수 있는 기쁨을 주겠다고 했다. 내가 관심 없다고 하자, 영악하게도 그 여자는 자기도 딱히 관심 있는 건 아니라고 말했다. 나중에 알고 보니, 우리 둘 다 스스로의 무관심을 다소 과대평가하고 있었다.

하지만 우리는 서로의 욕정을 저울질하기 전에 프랭크 호니커에 대해 이야기를 나누었고, 그의 부친에 대해 이야기를 나누었고, 에이서 브리드에 대해서도 살짝 이야기를 나누었고, 제너럴 포지 앤드 파운드리사에 대해 이야기를 나누었고, 교황과 산아제한에 대해, 히틀러와 유대인에 대해 이야기를 나누었다. 우리는 사기꾼들에 대해 이야기했다. 진실에 대해서도 이야기했다. 우리는 깡패들에 대해 이야기를 나누었고, 사업에 대해 이야기를 나누었다. 우리는 전기의자에서 처형된 선한 빈민들에 대해 이야기했고, 처형되지 않은 부자 놈들에 대해 이야기했다. 우리는 도착증을 가진 종교인들에 대해 이야기를 나누었다. 우리는 많은 것들에 대해 이야기를 나누었다.

우리는 취했다.

바텐더는 샌드라에게 몹시도 살갑게 굴었다. 그는 샌드라를 좋아했다. 그는 샌드라를 존경했다. 그는 나에게 샌드라가 일리엄 고등학교 학급 색깔 위원회의 위원장이었다고 말했다. 그의 설명에 따르면, 모든 반은 2학년이 되면 자기 학급만의 색깔을 선정해서 그 색깔의 옷을 자랑스럽게 입고 다녔다고 한다.

"어떤 색을 골랐나요?" 내가 물었다.

"주황색과 검정이에요."

"멋진 색이군요."

"나도 그렇게 생각했어요."

"프랭클린 호니커도 학급 색깔 위원회 위원이었나요?"

"그앤 어디에도 소속되어 있지 않았어요." 샌드라가 경멸조로 말했다. "어떤 위원회에도 가입하지 않았고, 어떤 운동경기에도 참가하지 않았고, 어떤 여자애하고도 사귀지 않았어요. 여자애들하고 말도 하지 않았을걸요. 우리는 그앨 '비밀 요원 엑스-나인'이라고 불렀어요."

"엑스-나인?"

"뭐랄까, 항상 비밀 장소 두 곳을 오가는 사람처럼 굴었거든요. 누구와도 말을 하면 안 되는 사람 같았어요."

"실제로 아주 화려한 비밀 생활을 했을지도 모르죠." 내가 넌지시 말했다.

"아녜요."

"설마요." 바텐더가 코웃음을 쳤다. "그 자식은 만날 모형 비행기나 만들고 딸딸이나 치는 그런 놈이었다고요."

11
단백질

"그 사람이 우리 학교 졸업식에서 축사를 하기로 되어 있었어요." 샌드라가 말했다.

"누구요?" 내가 물었다.

"호니커 박사라는 노인네 말이에요."

"그가 무슨 말을 하던가요?"

"안 왔어요."

"그럼 축사를 못 들었나요?"

"아, 듣기는 했죠. 당신하고 내일 만나기로 했다는 그 브리드 박사가 헐레벌떡 나타나서 연설 비슷한 걸 했어요."

"뭐라고 하던가요?"

"우리 중에서 과학에 종사하는 사람이 많이 나오기를 바란다고 했어요." 샌드라가 말했다. 샌드라는 그 말을 조금도 우습게 여기지 않았다. 그녀는 감명 깊었던 가르침을 떠올리며 더듬더듬 충실하게 그것을 되뇌었다. "그분이 말하기를, 이 세상의 문제는……"

샌드라는 말을 잠시 멈추고 기억을 되살려야 했다.

"이 세상의 문제는 사람들이 과학적이지 못하고 여전히 미신적이라는 데 있다고 했어요." 샌드라가 머뭇머뭇 말을 이었다. "만약 모든 사람이 과학을 더 많이 공부한다면 지금의 문제는 모두 사라질 거라면서."

"훗날 과학이 생명의 근본적인 비밀을 밝혀낼 거라고도 했죠." 바텐더가 끼어들었다. 그리고 머리를 긁적이며 얼굴을 찌푸렸다. "그 비밀이 뭔지 마침내 알아냈다는 기사를 며칠 전 신문에서 본 것 같은데?"

"그걸 못 봤군." 내가 중얼거렸다.

"그 기사 봤어. 이틀 전쯤에." 샌드라가 말했다.

"맞아." 바텐더가 말했다.

"생명의 비밀이 뭐던가요?" 내가 물었다.

"잊어버렸어요." 샌드라가 말했다.

"단백질이요. 단백질에 관해서 뭔가를 알아냈다고 그랬어요." 바텐더가 단언했다.

"맞아. 바로 그거야." 샌드라가 말했다.

12
세상 기쁨의 종말

델 프라도 호텔의 '케이프코드 룸'에서 웬 늙다리 바텐더가 다가와 우리 대화에 끼어들었다. 내가 원자폭탄이 투하된 날에 관한 책을 쓰고 있다고 하자, 그 바텐더는 자신의 눈에 비친 그날이 어땠는지, 우리가 앉아 있는 그 바에서 바라본 그날의 모습이 어땠는지 나에게 들려주었다. 그는 W. C. 필즈* 같은 코맹맹이 소리에 대단한 딸기코였다.

"그때 이곳은 '케이프코드 룸'이 아니었소. 사방에 널린 저 빌

---

* 미국 코미디언이자 영화배우(1880~1946).

어먹을 그물이며 조개껍데기 들도 없었지. 당시엔 이곳을 '나바호 티피*'라고 불렀소. 벽에는 인디언 망토와 소머리뼈들이 걸려 있었고, 탁자마다 작은 톰톰**이 놓여 있었소. 손님들은 필요한 게 있으면 톰톰을 두드려야 했지. 나한테도 독수리 깃털이 달린 인디언 머리 장식을 쓰라고 했는데, 나는 한사코 쓰지 않았소. 하루는 진짜 나바호족 인디언이 오더니, 나바호족은 티피에서 살지 않는다고 하더군. 그래서 내가 그자한테 그랬소. '그거 더럽게 유감이구려.' 그전에는 '폼페이 룸'이었고 사방에 깨진 석고가 널려 있었소. 하지만 이곳 이름이 무엇으로 바뀌든 빌어먹을 조명 기구는 한 번도 바뀌질 않았소. 여기에 오는 빌어먹을 손님들이나 저 바깥의 빌어먹을 동네도 전혀 바뀌질 않았지. 호니커의 빌어먹을 폭탄이 일본인들한테 떨어진 날, 웬 놈팡이 하나가 들어와 나한테 공술을 얻어 마시려고 하잖소. 세상의 종말이 다가오고 있으니 술 한 잔 달라는 거였지. 그래서 내가 그놈한테 '세상 기쁨의 종말'을 한 잔 만들어줬소. 속을 파낸 파인애플에 크렘 드 망트***를 200밀리리터쯤 붓고 그 위에 생크림하고 체리 하나를 얹어줬지. 그리고 놈한테 그랬소. '자, 이 불쌍한 개자식아. 나한테서 아무것도 못 얻

---

* 북아메리카 원주민들이 살던 원뿔형 천막.
** 원통형 북. 북아메리카 원주민들이 즐겨 썼다.
*** 박하향이 나는 독한 술.

44

어먹었다는 소리 따윈 하지 마.' 그런데 또 어떤 남자가 들어오더니 연구소 일을 그만두겠다고 하는 거요. 과학자가 연구하는 것은 뭐든 결국엔 무기가 될 수밖에 없다면서, 자기는 이제 정치인들의 빌어먹을 전쟁 놀음 따윈 거들고 싶지 않다고 그러더군. 그자의 성이 브리드였소. 그래서 내가 그자한테 그 빌어먹을 연구소의 부사장과 무슨 관계라도 있느냐고 물었지. 그랬더니 그자가 하는 말이, 아주 빌어먹을 관계가 있다는 거요. 자기가 연구소 부사장의 빌어먹을 아들이라나."

13
출발지

오, 하느님, 일리엄이란 도시는 어찌 그리 흉물스러운지요!

"오, 하느님, 도시란 도시는 죄다 어찌 그리 흉물스러운지요!" 보코논의 말이다.

꿈쩍 않는 스모그 장막을 뚫고 진눈깨비가 내리고 있었다. 이른 아침이었다. 나는 에이서 브리드 박사의 링컨 세단에 타고 있었다. 전날 밤 퍼마신 술이 아직 덜 깬 탓에 속이 조금 안 좋았다. 브리드 박사가 운전을 했다. 오랫동안 방치되어 있던 전차선로들이 자꾸만 자동차의 바퀴를 잡아챘다.

브리드 박사는 혈색 좋은 노인네로, 부티가 흐르고 차림새가 근사했다. 그의 태도는 고상하고 태평하고 능숙하고 침착했다. 그와 대조적으로 나는 성마르고 불건전하고 냉소적이었다. 나는 지난밤을 샌드라와 함께 보냈다.

내 영혼이 불타는 고양이 털에서 나는 연기처럼 악취를 풍기는 듯했다.

나는 모두를 최대한 밉보았고, 게다가 이미 샌드라를 통해 에이서 브리드 박사에 관한 꽤 추잡한 이야기들을 들은 상태였다.

샌드라의 말에 따르면, 일리엄 사람들은 하나같이 브리드 박사가 필릭스 호니커의 아내를 사랑했다고 믿었다. 또한, 그들 대부분은 브리드 박사가 호니커네 세 아이의 친부라고 생각했다.

"일리엄에 대해 좀 아시오?" 브리드 박사가 불쑥 물었다.

"이번이 초행입니다."

"이곳은 가족적인 도시요."

"네?"

"밤 문화가 별로 발달되어 있지 않소. 모두의 생활이 거의 가족과 집을 중심으로 돌아갑니다."

"정말 건전하겠군요."

"그렇소. 청소년 범죄가 거의 없소."

"멋지네요."

"알다시피, 일리엄은 아주 흥미로운 역사를 간직하고 있소."

"그거 아주 흥미롭네요."

"알다시피, 이곳은 예전에 출발지였소."

"네?"

"서부 개척 시대에 말이오."

"아."

"사람들이 이곳에서 여장을 꾸렸소."

"그거 아주 흥미롭네요."

"지금 연구소가 있는 곳 부근에 예전에는 오래된 요새가 있었소. 카운티 전체의 공개 교수형도 그곳에서 집행되었지."

"그때의 죗값이 지금보다 가벼웠던 건 아닌 모양이군요."

"한 남자가 스물여섯 명을 살해한 죄로 1782년에 그 요새에서 교수형을 당했소. 나는 나중에 누군가가 그자에 대한 책을 써야 한다는 생각을 자주 하오. 조지 마이너 모클리. 그자는 교수대에서 노래를 한 곡 불렀소. 그 특별한 행사를 위해 자신이 직접 작곡한 노래였지."

"무슨 내용의 노래였나요?"

"역사협회에 가면 가사를 찾을 수 있을 거요. 정말로 관심이 있다면 말이오."

"그냥 전체적인 분위기가 궁금했을 뿐입니다."

"그자는 조금도 뉘우치지 않았소."

"그런 사람들이 있기는 하죠."

"생각해보시오! 스물여섯 명이 그자의 양심을 짓눌렀단 말이오!" 브리드 박사가 말했다.

"정신이 아뜩하군요." 내가 말했다.

14
자동차에 컷글라스 꽃병이 있던 시절

지끈대는 머리가 뻐근한 목 위에서 흔들거렸다. 전차선로가 반들반들한 링컨 세단의 바퀴를 또다시 잡아챘다.

얼마나 많은 사람이 여덟시까지 제너럴 포지 앤드 파운드리 사에 도착해야 하느냐고 묻자, 브리드 박사가 삼만 명이라고 대답했다.

교차로마다 노란 비옷을 걸친 경찰들이 서서 흰 장갑을 낀 손으로 신호등과 반대되는 수신호를 보냈다.

신호등은 진눈깨비 속에서 빙하 같은 차량 행렬을 향해 할 일을 지시하며 번쩍이는 유령처럼 무의미한 바보짓을 계속 되풀이했다. 파란불일 땐 가시오. 빨간불일 땐 서시오. 노란불일 땐 신호가 바뀔 예정이니 주의하시오.

브리드 박사는 호니커 박사가 아주 젊었던 시절의 어느 날 아침에 일리엄의 도로에 차를 버리고 사라진 적이 있다고 말했다.

"경찰이 교통 정체의 원인을 찾다가 도로 한복판에서 필릭스의 차를 발견했소. 시동이 켜져 있고, 재떨이엔 시가가 타고 있고, 꽃병마다 싱싱한 꽃이 꽂혀 있고……" 브리드 박사가 말했다.

"꽃병이요?"

"필릭스의 차는 크기가 견인기관차만한 마먼*이었소. 자동차 문기둥마다 작은 컷글라스 꽃병이 달려 있었는데, 필릭스의 아내가 아침마다 거기에 싱싱한 꽃을 꽂아두었지. 그런 차가 도로 한가운데 서 있었던 거요."

"매리 실레스트호**처럼 말이죠." 내가 말했다.

"경찰서에서 그 차를 견인해 갔소. 경찰은 차의 주인이 누구인지 알았고, 필릭스에게 전화를 걸어 차를 어디서 찾아갈 수 있는지 아주 정중하게 알려주었지. 한데 필릭스가 경찰한테 차를 그냥 가지라고, 자기는 이제 그 차가 필요 없다고 말했소."

"경찰이 그렇게 했나요?"

"아니. 경찰은 필릭스의 아내한테 전화를 걸었고, 그녀가 가서 마먼을 찾아왔소."

"그런데 그 아내분의 성함이 뭐였나요?"

"에밀리였소." 브리드 박사가 입술을 핥고서 멍한 표정을 짓

---

* 미국 마먼사의 자동차.
** 1872년에 선원이 모두 실종된 상태로 대서양을 떠돌던 배.

더니, 아주 오래전에 죽은 그 여인의 이름을 다시 한번 되뇌었다. "에밀리."

"제 책에 마먼에 관한 이야기를 써도 문제삼을 사람은 없겠죠?" 내가 물었다.

"그 이야기의 결말만 쓰지 않는다면."

"결말이요?"

"에밀리는 마먼을 모는 데 익숙하지 않았소. 그래서 집으로 돌아가는 길에 심각한 교통사고를 당했소. 그 바람에 골반에 이상이 생겼고……" 그 순간 도로가 정체되었다. 브리드 박사는 눈을 감고 핸들을 잡은 두 손에 힘을 주었다.

"에밀리가 꼬맹이 뉴트를 낳다가 죽은 것도 바로 그 때문이오."

15
메리 크리스마스

제너럴 포지 앤드 파운드리사의 연구소는 일리엄 공장의 정문 근처에 있었고, 브리드 박사는 연구소에서 한 블록쯤 떨어진 간부 주차장에 차를 댔다.

나는 얼마나 많은 인원이 연구소에서 일하느냐고 물었다. "칠백 명. 하지만 실제로 연구에 종사하는 사람은 백 명 안짝이오. 나머지 육백 명은 모두 이런저런 관리인이고, 나는 그중에서 최고 관리인이오." 브리드 박사가 말했다.

우리가 회사 구내 거리를 걸어가는 사람들의 물결에 합류했을 때, 뒤에서 어떤 여자가 브리드 박사에게 크리스마스 인사를 건넸다. 브리드 박사는 고개를 돌려 인해人海를 이룬 희멀건 파이 같은 얼굴들을 인자하게 들여다보더니, 인사를 건넨 사람이 프랜신 페프코라는 걸 알아보았다. 페프코는 스무 살에, 백치미를 풍겼고, 건강해 보였다. 즉, 따분한 보통 여자였다.

달콤한 크리스마스 시즌을 기념하여, 브리드 박사는 페프코에게 우리와 함께 가자고 권했다. 그는 페프코가 닐색 호배스 박사의 비서라고 소개했다. 그런 다음 내게 호배스 박사가 누구인지 설명해주었다. "유명한 계면화학자인데, 피막을 가지고 아주 경이로운 일을 하는 사람이오."

"계면화학의 최근 동향은 어떤가요?" 내가 페프코에게 물었다.

"하느님 맙소사." 페프코가 말했다. "저한테 묻지 마세요. 저는 박사님이 시키시는 걸 타자로 치기만 할 뿐이에요." 그러고는 '하느님'을 들먹인 일에 대해 사과했다.

"아, 자네는 자신의 이해력을 과소평가하는 것 같아." 브리드 박사가 말했다.

"아니에요." 페프코는 브리드 박사 같은 요인과 한담을 나누는 일에 익숙지 않아 당황했다. 그 탓에 걸음걸이는 닭처럼 뻣뻣해졌고, 미소는 공허했다. 그녀는 이야깃거리를 찾아보려고 기억을 샅샅이 더듬었으나, 사용한 클리넥스와 싸구려 장신구 외에는 떠오르는 것이 없었다.

"음……" 브리드 박사가 나직한 목소리로 대범하게 물었다. "우리를 어떻게 생각하나? 우리와 함께 지내보지 않았는가. 얼마나 됐지? 한 일 년?"

"과학자들은 생각을 너무 많이 해요." 페프코가 불쑥 내뱉었다. 그러더니 백치처럼 웃었다. 브리드 박사의 친절 때문에 그녀의 신경계에 있는 모든 퓨즈가 끊어져버린 모양이었다. 이제 페프코는 분별력을 잃었다. "박사님들은 하나같이 생각을 너무 많이 한다니까요."

위아래가 붙은 지저분한 작업복 차림의 뚱보 여인이 패잔병 같은 얼굴로 가쁜 숨을 몰아쉬며 터덜터덜 우리 곁을 지나다가 페프코의 말을 들었다. 여자는 고개를 돌리더니 도저히 비난을 참을 수 없다는 표정으로 브리드 박사를 훑어보았다. 그녀는 생각이 너무 많은 사람을 혐오했다. 그 순간 그녀가 대다수의 인간을 대표할 만한 표본이라는 생각이 들었다.

뚱보 여인은 누군가 조금이라도 더 생각을 하면 당장에라도 미쳐버릴 듯한 표정을 짓고 있었다.

"자네도 알게 되겠지만, 누구나 생각하는 양은 비슷하다네.

과학자들은 사물을 그냥 이런 식으로 생각하고, 다른 사람들은 저런 식으로 생각하지." 브리드 박사가 말했다.

"엑." 페프코가 공연히 목멘 소리를 냈다. "호배스 박사님의 말씀을 받아 적다보면 꼭 외국어처럼 들려요. 저는 대학에 들어간대도 이해하지 못할 거예요. 어쩌면 원자폭탄처럼 모든 것을 뒤집어놓을 무언가에 대해 이야기하고 계신 건지도 모르는데 말이죠."

"제가 학교에서 돌아오면 엄마가 그날 있었던 일에 대해 묻곤 하셨어요. 그러면 제가 대답해드렸죠." 페프코가 말했다. "지금도 엄마는 제가 직장에서 돌아오면 똑같은 질문을 하세요. 하지만 이제 제가 할 수 있는 대답은 이것뿐이에요." 페프코가 고개를 가로젓더니 진홍빛 입술을 푸푸거렸다. "몰라, 몰라, 몰라요."

"이해가 안 되는 게 있으면 호배스 박사에게 설명해달라고 하게. 그 사람이 설명을 참 잘하거든." 브리드 박사가 페프코를 격려하고서 내 쪽으로 고개를 돌렸다. "호니커 박사는 자신이 하는 일을 여덟 살배기에게 설명하지 못하는 과학자는 협잡꾼이라고 말하곤 했소."

"그렇다면 저는 여덟 살배기보다 무식하네요." 페프코가 탄식했다. "저는 협잡꾼이 뭔지도 모르는걸요."

16
다시 유치원으로

우리는 연구소 앞 화강암 층계를 네 계단 올랐다. 건물 본관은 소박한 벽돌로 지어졌고, 육층 높이로 솟아 있었다. 우리는 중무장한 채 출입구에 서 있는 경비원 두 명 사이를 지나갔다.

페프코는 왼쪽 가슴 한복판에 단 분홍색 3급 비밀 취급 인가 배지를 좌측 경비원에게 보여주었다.

브리드 박사는 부드러운 양복 깃에 단 검정색 1급 비밀 취급 인가 배지를 우측 경비원에게 보여주었다. 그리고 의례적으로 나를 한 팔로 감싸는 시늉을 함으로써 경비원들에게 내가 그의 당당한 보호와 통제 아래 있음을 드러냈다.

나는 경비원 하나에게 웃어 보였다. 하지만 그는 웃어주지 않았다. 국가 안보에 우스운 것이란 없었다, 전혀.

브리드 박사, 페프코, 나는 생각에 잠긴 채 연구소의 웅장한 현관홀을 지나 승강기 쪽으로 이동했다.

"언제 한번 호배스 박사한테 무언가를 설명해달라고 하게. 그런 다음, 친절하고 명쾌한 대답을 들을 수 있나 없나 지켜보라고." 브리드 박사가 페프코에게 말했다.

"호배스 박사님은 초등학교 1학년, 아니 어쩌면 유치원 수준에서부터 설명을 시작하셔야 할 거예요. 저는 많은 걸 잊어버렸거든요." 페프코가 말했다.

"우리 모두 많은 걸 잊어버렸지." 브리드 박사가 동의했다. "우리는 모두 처음부터, 가급적이면 유치원부터 다시 시작해야 할 걸세."

우리는 연구소 안내원이 현관홀의 벽을 따라 즐비하게 늘어선 교육용 전시물들을 작동하는 모습을 지켜보았다. 안내원은 크고 마른 아가씨였다. 냉랭하고 파리한 아가씨. 그녀의 뻣뻣한 손길이 닿자 전등이 번쩍이고, 바퀴가 돌아가고, 플라스크가 부글대고, 종이 울렸다.

"마법이에요." 페프코가 분명하게 말했다.

"연구소 가족이란 사람이 그런 불쾌한 중세적인 단어를 사용하다니 유감이로군. 저 전시물들은 모두 작동 원리가 자명하다네. 불가해한 것이 전혀 없도록 설계되었지. 마법의 안티테제 그 자체란 말일세." 브리드 박사가 말했다.

"마법의 뭐라고요?"

"마법의 정반대라고."

"저를 통해 그 사실을 입증하진 못하실 거예요."

브리드 박사는 조금 짜증이 난 듯했다. "여하간, 우리는 불가해한 것을 원치 않아. 적어도 그 점만은 믿어주게." 브리드 박사가 말했다.

17
여성 인력팀

브리드 박사의 비서가 대기실 책상에 올라서서, 종이를 아코디언 주름상자 모양으로 접어 만든 크리스마스 종을 천장 조명에 매달고 있었다.

"이보게, 나오미." 브리드 박사가 소리쳤다. "우리는 지난 육 개월 동안 사망 사고가 단 한 건도 없었다네! 책상에서 떨어져서 그 기록을 망치지는 말게!"

나오미 파우스트는 쾌활하고 쪼그라진 미혼의 노부인이었다. 아마 두 사람이 살아오는 동안 거의 내내 그녀가 브리드 박사를 모셨을 것이다. 파우스트 씨가 소리 내어 웃었다. "저는 불사신이랍니다. 그리고 설사 떨어진다고 해도, 크리스마스 천사들이 저를 붙잡아줄 거예요."

"천사도 실수를 한다던데."

역시나 종이를 아코디언 주름상자 모양으로 접어 만든 덩굴 두 개가 종의 추에 달려 있었다. 파우스트 씨가 그중 하나를 잡아당겼다. 그러자 덩굴이 구물구물 펼쳐지며 기다란 현수막이 되었는데, 그 위에 글귀가 적혀 있었다. "여기요." 파우스트 씨가 나머지 덩굴 하나를 브리드 박사에게 건네며 말했다. "이걸 쭉 당겨서 그 끝을 게시판에 압정으로 고정하세요."

브리드 박사는 순순히 뒷걸음질하며 현수막의 글귀를 읽었다. "땅에는 평화를!" 박사가 큰 목소리로 기운차게 읊었다.

파우스트 씨가 다른 쪽 덩굴을 당기며 책상에서 내려섰다. "인류에겐 온정을!" 그 덩굴에는 그렇게 적혀 있었다.

"저런." 브리드 박사가 싱글거렸다. "이제 크리스마스는 김이 다 빠져버렸어! 그런데 여긴 축제 분위기군, 축제 분위기야."

"여성인력팀을 위한 초콜릿도 챙겨두었어요. 잘했죠?" 파우스트 씨가 말했다.

브리드 박사는 이마를 짚으며 자신의 건망증에 당혹스러워했다. "하느님 감사합니다! 깜빡 잊고 있었군그래."

"그걸 잊으면 안 되죠." 파우스트 씨가 말했다. "이제 전통이 되었잖아요, 브리드 박사님이 여성인력팀에 나눠주는 크리스마스 초콜릿 말이에요." 파우스트 씨가 여성인력팀은 연구소 지하에 있는 타자 전담 부서를 말하는 거라고 설명해주었다. "그 아가씨들은 딕터폰* 사용자들을 위해 일한답니다."

파우스트 씨의 말에 따르면, 여성인력팀 아가씨들은 일 년 내내 배달부 아가씨들이 가져다주는 딕터폰 테이프를 통해 얼굴도 모르는 과학자들의 말소리를 들었다. 그리고 일 년에 한 번 시멘트 벽돌로 지어진 수녀원을 떠나 캐럴을 부르고 에이서

---

* 나중에 내용을 받아 적을 수 있게 구술을 녹음하고 재생하는 기계.

브리드 박사에게 초콜릿을 받았다.

"그 아가씨들도 과학에 기여하고 있소." 브리드 박사가 증언했다. "한마디도 이해하지는 못할망정. 하느님, 그들 모두를 축복해주소서!"

18
지상에서 가장 값진 상품

브리드 박사의 사무실로 들어간 뒤, 나는 합리적인 인터뷰를 위해 생각을 정리하려고 했다. 하지만 나의 정신 상태는 전혀 나아지지 않았다. 그리고 브리드 박사에게 원자폭탄이 투하된 날에 관해 묻기 시작한 순간, 나는 내 두뇌의 대인 관계 중추가 술기운과 고양이 털 타는 냄새로 꽉 막혀 있음을 깨달았다. 질문을 할 때마다 나는 원자폭탄 개발자들이 가장 잔혹한 살인사건의 방조범이었다는 생각을 은연중에 내비쳤다.

브리드 박사는 깜짝 놀랐고, 그다음엔 몹시 불쾌해했다. 그리고 나에게서 물러서며 툴툴댔다. "과학자들을 별로 좋아하지 않는 모양이오."

"그렇지 않습니다, 박사님."

"당신이 하는 모든 질문의 목적은 나로 하여금 과학자들이 냉혹하고 파렴치하고 편협한 얼간이라거나, 인류의 운명에는 무관심하다거나, 실제로는 인류의 일원이 아닐지도 모른다는 생각에 동의하게 만들려는 데 있는 것 같소."

"말씀이 조금 심하시네요."

"아마 당신이 책에 담으려는 내용만큼 심하지는 않을 거요. 나는 당신이 필릭스 호니커에 대한 공정하고 객관적인 전기를 쓰려 한다고 생각했소. 분명 그건 이 시대의 젊은 작가가 추구해도 좋을 만큼 중대한 과업이니까. 하지만 그게 아니었군, 당신은 그가 미치광이 과학자라는 선입견을 품고 이곳에 왔소. 대체 그런 발상은 어디에서 얻었소? 신문의 만화란이오?"

"호니커 박사의 아들이 제 유일한 취재원입니다."

"어떤 아들 말이오?"

"뉴턴요." 내가 말했다. 꼬맹이 뉴트의 편지를 가지고 있었으므로, 나는 그걸 박사에게 보여주었다. "그런데, 뉴트는 얼마나 작은가요?"

"우산꽂이만하오." 브리드 박사가 뉴트의 편지를 읽으며 얼굴을 찡그린 채 대답했다.

"다른 두 자녀는 정상인가요?"

"물론이오! 실망시키기는 싫소만, 과학자도 다른 사람들 자식들과 똑같은 자식을 낳소."

나는 브리드 박사를 달래려고, 내 진정한 관심사는 호니커 박사의 정확한 초상이라는 사실을 납득시키려고 최선을 다했다. "제가 이곳에 온 이유는 다름아니라 박사님이 호니커 박사에 대해 말씀하시는 내용을 정확하게 기록하기 위해서입니다. 뉴트의 편지는 단초였을 뿐이고, 그 내용은 박사님의 말씀에 견주어 평가될 겁니다."

"나는 과학자가 어떤 사람인지, 과학자가 무얼 하는 사람인지 오해하는 작자들한테 넌더리가 나오."

"그런 오해를 풀기 위해 최선을 다하겠습니다."

"이 나라 사람들 대부분은 기초연구가 뭔지도 모르오."

"그게 무엇인지 말씀해주시면 감사하겠습니다."

"그건 더 좋은 담배 필터나 더 부드러운 화장지, 더 오래가는 주택용 페인트를 개발하는 일과는 다르오. 하느님 맙소사. 너나없이 연구에 대해 이야기하면서도, 사실상 이 나라엔 연구에 종사하는 사람이 아무도 없소. 우리는 실제로 사람들을 고용해서 기초연구를 시키는 몇 안 되는 회사 가운데 하나요. 대부분의 다른 회사들이 자기네 연구에 대해 떠벌리면서 하는 얘기라고는 산업 기술자 나부랭이에 관한 것뿐이오. 흰 가운을 입고 설명서에 따라 작업을 하면서, 올즈모빌 자동차의 내년 모델을 위해 개량된 와이퍼나 고안하는 사람들 말이오."

"그렇다면 이곳에서는……?"

"이곳을 비롯해 이 나라의 극소수 회사만이 지식을 증진시킨 대가, 오로지 그 목표만을 추구한 대가로 사람들에게 봉급을 주고 있소."

"제너럴 포지 앤드 파운드리사는 꽤 후하군요."

"후하달 것도 없소. 새로운 지식이야말로 지상에서 가장 값진 상품이니까. 연구해야 할 진실이 많아질수록, 우리는 더 부유해지는 거요."

당시에 내가 보코논교도였다면, 나는 그 말에 울부짖었을 것이다.

19
진흙은 이제 그만

"그러니까, 이 연구소에서는 누구에게도 연구 과제를 지정해주지 않나요? 무얼 연구해보라고 제안조차 하지 않나요?" 내가 브리드 박사에게 물었다.

"사람들이 줄곧 무언가를 제안하기는 하지만, 기초연구를 하는 자들은 천성적으로 남의 제안에 주의를 기울이지 않소. 그 사람들의 머릿속이 본인들의 연구 계획만으로 차고 넘칠뿐더러, 그것이야말로 우리가 바라는 바이기도 하니까."

"호니커 박사에게 연구 과제를 제안해본 사람이 있기는 한가요?"

"물론이오. 특히 제독과 장군 들이 그랬소. 그 사람들은 필릭스를 지팡이만 한 번 흔들면 미국을 천하무적으로 만들 수 있는 마법사쯤으로 여겼으니까. 그들은 별의별 터무니없는 계획을 이곳으로 가져왔소. 지금도 마찬가지지만. 그 계획들이 지닌 유일한 문제점은 현재 우리의 지식수준에서 그것들이 작동할 리 만무하다는 거요. 호니커 박사 정도의 과학자라면 그 격차를 조금이나마 메울 수 있을 테지만. 필릭스가 죽기 직전에 해병대 장군 한 사람이 진흙을 어떻게 좀 해달라고 끈덕지게 졸라댔던 게 기억나는군."

"진흙이요?"

"해병대는 근 이백 년 동안 진창에서 뒹굴다보니 진흙이라면 진력이 났던 거요. 그 장군은 해병대의 대변인이었는데, 해병대가 더는 진창에서 분투하지 않아도 된다면 그 또한 진보의 일환이라고 여겼소." 브리드 박사가 말했다.

"그 장군은 뭘 생각했던 거죠?"

"진흙의 부재. 진흙은 이제 그만."

"산더미만큼의 화학물질이나 몇 톤의 기계장치가 있으면 가능할지도 모르겠네요……" 내가 가설을 제시했다.

"장군이 생각한 것은 작은 알약이나 소형 장치였소. 해병대는 진흙에도 진력이 났지만, 크고 무거운 장비를 나르는 일에도 넌더리가 나 있었소. 그래서 이번에는 작은 휴대 장치를 원했던 거지."

"호니커 박사는 뭐라고 그랬나요?"

"필릭스는 어떤 알갱이 하나로, 그러니까 현미경으로 봐야 보이는 알갱이 하나만으로, 끝없이 펼쳐진 진흙탕, 습지, 늪, 개울, 웅덩이, 유사流沙, 수렁 따위를 이 책상만큼 단단하게 만들 수 있을지도 모른다고, 언제나처럼 장난스럽게 말했소."

브리드 박사는 검버섯이 핀 주먹으로 책상을 내리쳤다. 콩팥 모양 바다색 철제 책상이었다. "해병 하나가 에버글레이즈*에 빠진 기갑사단 하나를 구출하고도 남을 만큼의 물질을 가지고 다닐 수 있다는 거요. 필릭스의 말에 따르면, 그러기에 충분한 양을 해병 한 사람이 새끼손톱 밑에 넣어서 가지고 다닐 수도 있다고 했소."

"그건 불가능해요."

"그렇게 말하는 게 당연하오. 나를 비롯해 거의 모든 사람이 그렇게 말했을 거요. 하지만 장난스러운 필릭스에게 그 일은 무조건 가능했소. 필릭스의 경이로운 점은, 이 이야기를 당신 책 어딘가에 써주기를 진심으로 바라오만, 오래된 난제를 항상 아주 새로운 문제처럼 다뤘다는 거요."

---

* 플로리다주 남부의 습지.

"저는 지금 프랜신 페프코나 여성인력팀의 아가씨가 된 기분입니다. 손톱 밑에 넣어서 가지고 다닐 수 있는 물질로 어떻게 습지를 이 책상만큼 단단하게 만들 수 있다는 건지, 아무리 호니커 박사라도 저를 이해시키지는 못했을 겁니다." 내가 말했다.

"말했지만 필릭스는 설명을 참 잘했소……"

"그렇더라도……"

"필릭스는 나를 이해시킬 수 있었소. 그러니까 틀림없이 나도 당신을 이해시킬 수 있을 거요. 문제는 해병대를 진흙에서 꺼내는 방법이오, 맞소?" 브리드 박사가 말했다.

"맞습니다."

"좋소. 잘 들으시오. 시작하겠소." 브리드 박사가 말했다.

20
아이스-나인

"액체가 결정화하는 방법, 그러니까 어는 방법에는 몇 가지가 있소. 원자들이 차례차례 견고하게 쌓여서 고정되는 방법 말이오." 브리드 박사가 나에게 말했다.

손에 검버섯이 핀 그 노인은 내게 법원 잔디밭에 대포알을 쌓는 방법이나, 상자에 오렌지를 채우는 방법을 몇 가지 생각해보라고 했다.

"결정체 속의 원자들도 마찬가지요. 그리고 같은 물질이라도 결정이 다르면 물리적 성질이 사뭇 다를 수 있소."

브리드 박사는 대형 타르타르산 에틸렌디아민 결정을 생산하던 어떤 공장에 대해 언급했다. 그 결정들은 특정 제조 공정에 유용하게 쓰였다. 그런데 어느 날부터인가 그 공장에서 생산되는 결정들이 더는 소기의 성질을 띠지 않게 되었다. 원자들이 다른 방식으로 쌓여서 고정되기─얼기─시작했던 것이다. 결정화되는 액체의 성질은 그대로였지만, 그것이 굳어서 만들어진 결정들은 산업적 실용성 측면에서 완전히 쓰레기가 되었다.

그런 일이 발생한 원인은 수수께끼로 남았다. 하지만 브리드 박사는 그런 사태를 일으킨 이론상의 원흉을 '씨앗'이라고 지칭했다. 씨앗은 원치 않는 결정 형태를 지닌 작은 알갱이를 의미했다. 어딘가에서 툭 튀어나온 그 씨앗이 원자들을 새로운 방식으로 쌓여서 고정되게, 결정화되게, 얼게 만들었다.

"이제 다시 법원 잔디밭의 대포알이나 상자 안의 오렌지를 생각해보시오." 브리드 박사가 말했다. 그러고서 대포알이나 오렌지의 최하층 형태가 나머지 층들이 쌓여서 고정되는 방식을 결정짓는다고 설명했다. "그 최하층이 나머지 대포알이나 오렌지의 반응 방식을 결정짓는 씨앗이오. 대포알이나 오렌지의 수가 무한대여도 상관없소."

"자, 이렇게 생각해보시오." 브리드 박사가 신이 나서 껄껄 댔다. "물이 결정화되는, 어느 방법은 다양하오. 우리가 스케이트를 타거나 하이볼에 넣는 얼음을 여러 종류의 얼음 가운데 하나라고 치고, 그 얼음을 아이스-원이라고 부릅시다. 지구에서는 물이 항상 아이스-원의 형태로 어는데, 그 이유가 물을 아이스-투, 아이스-스리, 아이스-포 등의 형태로 얼게 만들어줄 씨앗이 없기 때문이라면 어떻겠소······?" 브리드 박사는 그 늙은 손으로 책상을 다시 쾅쾅 두드렸다. "그리고 아이스-나인이라는 결정 형태가 있다고 생각해보시오. 이 책상만큼 단단한 결정체 말이오. 이를테면, 녹는점이 섭씨 37도, 아니 더 확실하게 섭씨 54도라고 합시다."

"좋습니다, 지금까지는 이해했습니다." 내가 말했다.

대기실에서 들려오는 속삭임, 자못 크고 엄숙한 속삭임이 브리드 박사의 말을 가로막았다. 여성인력팀의 소리였다.

여성인력팀 직원들이 대기실에서 노래 부를 준비를 하고 있었다.

그리고 브리드 박사와 내가 출입구에 나타나자, 노래가 시작되었다. 백 명쯤 되는 아가씨들 모두가 하얀 본드지로 만든 옷깃을 목둘레에 클립으로 고정해 성가대 단원처럼 꾸민 모습이었다. 그들의 노래는 아름다웠다.

나는 놀랐고, 감상적인 비애에 젖었다. 나는 아가씨들의 노

66

랫소리에 담긴 감미로움, 좀처럼 사용되지 않는 그 보물에 언제나 감동한다.

그 아가씨들은 〈오, 베들레헴 작은 골〉을 불렀다. 노랫말에 대한 그들의 재해석을 나는 쉽사리 잊지 못할 것 같다.

"온 세월의 희망과 두려움이 오늘밤 여기 우리와 함께하나니."*

21
해병대는 행군한다

브리드 박사가 파우스트 씨의 도움으로 여직원들에게 크리스마스 초콜릿을 나누어준 뒤, 우리는 다시 사무실로 돌아왔다.

그곳에서 브리드 박사가 말했다. "어디까지 했더라? 아, 그렇지!" 그러더니 그 노인은 나에게 황량한 늪에 빠진 미국 해병대를 생각해보라고 했다.

"트럭과 탱크와 곡사포가 역겨운 독기를 뿜는 개흙 속으로 허우적허우적 가라앉고 있소." 브리드 박사가 한탄했다.

그러더니 손가락 하나를 치켜들고 나에게 눈을 찡긋해 보였다. "하지만 젊은 친구, 해병 한 사람이 아이스-나인의 씨앗이

---

* 원래 영어 가사는 다음과 같다. '온 세월의 희망과 두려움이 오늘밤 그대 안에서 조우하나니.'

담긴 작은 캡슐을 하나 가지고 있다고 칩시다. 물속의 원자들을 새로운 방법으로 쌓아서 고정시키는 씨앗 말이오. 만약 그 해병이 그 씨앗을 가장 가까운 웅덩이에 던진다면……"

"웅덩이가 얼겠죠?" 내가 추측했다.

"웅덩이 주변의 모든 진흙탕은?"

"얼겠죠?"

"그럼 얼어붙은 진흙탕과 맞닿아 있는 웅덩이는?"

"그것들도 얼겠죠?"

"그럼 얼어붙은 진흙탕과 맞닿아 있는 연못이나 시내는?"

"그것들도 얼겠죠?"

"물론 얼겠지!" 브리드 박사가 소리쳤다. "그렇게 미국 해병대가 늪에서 빠져나와 행군하는 거요!"

22
황색신문의 기자

"그런 물질이 존재하나요?" 내가 물었다.

"아니, 아니, 아니, 아니오." 브리드 박사가 다시금 나에 대한 인내심을 상실했다. "필릭스가 오래된 문제를 얼마나 혁신적인 방식으로 다뤘는지를 알려주기 위해 일례를 들었을 뿐이오. 방금 내가 한 이야기는 필릭스가 진흙 문제로 끈덕지게 자신을 졸라대던 해병대 장군에게 했던 이야기 그대로요.

필릭스는 매일 이곳 구내식당에서 혼자 식사를 했소. 필릭스의 사고 흐름을 방해하지 않기 위해, 그와 함께 앉지 않는 것이 이곳 규칙이었소. 하지만 그 해병대 장군은 막무가내로 밀고 들어와서 의자를 끌어다 앉더니, 진흙에 대해 이야기하기 시작했소. 내가 조금 전에 당신에게 한 이야기는 그때 필릭스가 즉흥적으로 내놓은 답이었소."

"정말, 정말로 그런 물질은 존재하지 않나요?"

"방금 존재하지 않는다고 말했잖소!" 브리드 박사가 버럭 소리쳤다. "필릭스는 그 직후에 죽었소! 게다가 기초연구에 종사하는 사람들에 대한 내 설명을 듣고도 그런 질문을 하다니 당치않소! 기초연구를 하는 사람들은 남들을 매료하는 주제가 아니라, 자신을 매료하는 주제에 대해 연구한단 말이오!"

"저는 자꾸 그 늪이 생각나서……"

"그 생각은 그만하시오! 나는 늪을 가지고 이야기하고 싶었던 단 한 가지의 논지를 다 설명했소."

"그 늪을 통과하는 시내가 아이스-나인 상태로 언다면, 그 시내가 흘러드는 강과 호수는 어떻게 되나요?"

"얼겠지. 하지만 아이스-나인 같은 건 존재하지 않소."

"그럼 그 얼어붙은 강이 흘러드는 바다는요?"

"물론, 얼겠지." 브리드 박사가 땍땍거렸다. "당신은 이제 그 자극적인 아이스-나인 이야기를 들고 언론사로 달려가겠구려. 다시 말하지만, 그런 건 실재하지 않소."

"얼어붙은 호수와 시내로 흘러드는 샘, 그리고 그 샘으로 흘러드는 모든 지하수는요?"

"얼겠지, 젠장!" 브리드 박사가 소리쳤다. "당신이 황색신문의 기자라는 사실을 알았더라면, 당신한테 단 일 분도 낭비하지 않았을 거요!" 브리드 박사가 기세등등하게 말하고는 벌떡 일어났다.

"그럼 비는요?"

"내리는 즉시 얼어서, 작고 단단한 아이스-나인 구두징이 되겠지. 그걸로 세상은 끝이오! 그리고 인터뷰도 끝이오! 잘 가시오!"

23
마지막 브라우니 한 판

브리드 박사는 적어도 한 가지를 잘못 알고 있었다. 아이스-나인 같은 물질은 실재했다.

게다가 아이스-나인은 지상에 존재했다.

아이스-나인은 필릭스 호니커 박사가 세상을 떠나기 전에 인류를 위해 창조한 마지막 선물이었다.

호니커 박사는 아무도 모르게 아이스-나인을 만들었다. 그리고 자기가 한 일에 대해 아무런 기록도 남기지 않았다.

사실 창조 행위에는 정교한 장치가 필요하지만, 그런 장치는 이미 연구소에 마련되어 있었다. 호니커 박사는 주변의 실험실로 찾아가 이것저것 빌리면서 쾌활한 이웃처럼 폐를 끼치기만 하면 되었다. 그러니까, 마지막 브라우니 한 판을 굽는 데 성공할 때까지.

호니커 박사는 아이스-나인을 한 조각 만들었다. 청백색에 녹는점이 섭씨 45.8도였다.

필릭스 호니커 박사는 아이스-나인 조각을 작은 병에 담아서 호주머니에 넣었다. 그리고 세 자녀와 함께 케이프코드의 별장으로 향했고, 그곳에서 크리스마스를 보낼 작정이었다.

당시 앤절라는 서른네 살, 프랭크는 스물네 살이었다. 꼬맹이 뉴트는 열여덟 살이었다.

그 노인은 자식들에게만 아이스-나인에 대해 말해준 뒤, 크리스마스이브에 세상을 뜨고 말았다.

호니커 박사의 자녀들은 자기들끼리 아이스-나인을 나누어 가졌다.

24
윔피터란 무엇인가

이야기를 하다보니, 윔피터라는 보코논교 개념이 떠오른다.

윔피터는 커래스의 중심축이다. 보코논에 따르면, 바퀴통 없는 바퀴가 없듯 윔피터 없는 커래스도 없다.

나무, 바위, 동물, 신념, 책, 곡조, 성배, 그 무엇이든 윔피터가 될 수 있다. 어쨌든, 커래스 일원들은 나선은하의 장엄한 카오스 속에서 윔피터를 중심으로 돈다. 그들이 공동의 윔피터 주변을 돌면서 그려나가는 궤도는 당연히 영적인 궤도다. 도는 것은 영혼이지 육체가 아니다. 보코논이 우리에게 함께 부르자고 청하는 노래처럼.

빙글빙글 빙글빙글 빙글빙글 우리는 도네,
납으로 된 발과 주석으로 된 날개로……

또한 보코논에 따르면, 윔피터는 왔다가 사라진다.

언제든 하나의 커래스에는 실제로 두 개의 윔피터가 존재한다. 하나의 중요성이 커지면, 다른 하나의 중요성은 작아진다.

그리고 거의 확신하는데, 내가 일리엄에서 브리드 박사와 이야기를 나누는 동안 내 커래스에서 막 피어나던 윔피터는 그 수정 형태의 물, 청백색 보석, 아이스-나인이라는 그 파멸의 씨앗이었다.

내가 일리엄에서 브리드 박사와 이야기를 나누는 동안, 앤절라와 프랭클린과 뉴턴 호니커는 아이스-나인의 씨앗들, 자기네 아버지의 씨앗에서 파생된 씨앗들, 즉 원래의 덩어리에서 떼어낸 조각들을 보유하고 있었다.

확실히 그 세 조각의 향방이 내 커래스의 주된 관심사였다.

25
호니커 박사에 관한 중요한 사실

내 커래스의 웜피터에 대한 이야기는 우선 이쯤 해두자.

제너럴 포지 앤드 파운드리사의 연구소에서 브리드 박사와 불편한 인터뷰를 마친 뒤, 나는 파우스트 씨의 손에 넘겨졌다. 파우스트 씨가 현관까지 나를 배웅하라는 지시를 받았다. 하지만 나는 떠나기 전에 고故 호니커 박사의 실험실이 보고 싶다며 파우스트 씨를 구슬렸다.

가는 길에 나는 그녀에게 호니커 박사를 얼마나 잘 알았느냐고 물었다. 파우스트 씨는 솔직하고 재미있는 대답을 내놓으며, 그에 어울리는 발랄한 미소를 지었다.

"알 수 없는 분이셨던 것 같아요. 대부분의 사람들이 누군가를 잘 안다거나 잘 모른다고 말할 땐 누군가의 비밀을 들었거나 듣지 못했다고 말하는 거잖아요. 그러니까 사적인 이야기나 가족사, 연애담 같은 거 말이에요. 여느 사람들의 삶처럼, 호니커 박사님의 삶에도 그 모든 게 존재했지만, 그런 건 그분에게 전혀 중요하지 않았어요." 그 친절한 노부인이 말했다.

"그럼 뭐가 중요했나요?" 내가 물었다.

"브리드 박사님이 줄곧 말씀하시길, 호니커 박사님한테 중요한 건 진실이었대요."

"그 말에 동의하지 않으시는 모양이군요."

"내가 동의하는지 안 하는지는 잘 모르겠어요. 다만 어떻게 사람이 진실만으로 충분할 수 있는지, 나로서는 이해하기가 어렵네요."

파우스트 씨는 보코논교에 어울리는 사람이었다.

26
하느님이란 무엇인가

"호니커 박사님과 이야기를 나눠본 적 있으세요?" 내가 파우스트 씨에게 물었다.

"아, 물론이죠. 이야기를 자주 나눴어요."

"기억나는 대화가 있나요?"

"한번은, 호니커 박사님이 호언장담하면서, 내가 절대적인 진실을 하나도 대지 못할 거라고 하시더라고요. 그래서 '하느님은 사랑이다'라고 말했죠."

"그랬더니 호니커 박사님이 뭐라고 그러던가요?"

"'하느님이 뭔데? 사랑이 뭔데?'라고 물으시더군요."

"음."

"하지만 하느님은 정말로 사랑이라고요. 호니커 박사님이 뭐라고 말씀하셨든 간에요." 파우스트 씨가 말했다.

27
화성에서 온 사람들

필릭스 호니커 박사가 실험실로 사용하던 곳은 건물의 꼭대기 층인 육층에 있었다.

출입구에는 자주색 줄이 쳐져 있고, 벽 위의 동판에는 그 방을 신성하게 여기는 이유가 적혀 있었다.

노벨 물리학상 수상자인 필릭스 호니커 박사가

이곳에서 생애 마지막 이십 년을 보냈습니다.

"그가 있는 곳, 그곳이 바로 지식의 최전선이었습니다."

인류 역사에서 이 한 사람의 가치는 이루 헤아릴 수 없습니다.

파우스트 씨는 내가 안으로 들어가 거기 있는 유령들과 더 친밀하게 교류할 수 있도록 자주색 줄을 치워주겠다고 했다.

나는 기꺼이 받아들였다.

"그분이 남겨놓은 모습 그대로예요. 저기 실험대 위에 널려 있는 고무밴드는 빼고요." 파우스트 씨가 말했다.

"고무밴드요?"

"용도는 묻지 말아요. 여기에 있는 그 어떤 것의 용도도 묻지 말아요."

그 노인은 실험실을 엉망으로 어질러놓았다. 여기저기 널브러져 있는 싸구려 장난감들의 숫자가 즉시 내 주의를 잡아끌었다. 중간의 대가 부러진 종이 연이 하나 있었다. 장난감 자이로스코프는 실이 감겨 있어 금방이라도 씽씽 돌며 균형을 잡을 것 같았다. 팽이도 있었고 파이프 모양 비눗방울 장난감도 있었다. 어항에는 성 모형과 거북이 두 마리가 들어 있었다.

"박사님은 10센트 상점을 좋아하셨어요." 파우스트 씨가 말했다.

"알 것 같네요."

"그분이 하셨던 가장 유명한 실험 몇 가지는 1달러도 안 되는 도구를 가지고 이루어졌어요."

"아끼는 게 버는 거죠."

물론 전통적인 실험 기구도 많이 있었다. 그런데 도리어 그것들이 화려한 싸구려 장난감에 딸린 칙칙한 부속물처럼 보였다.

호니커 박사의 책상에는 편지가 쌓여 있었다.

"답장은 한 통도 쓰지 않으셨을 거예요." 파우스트 씨가 생각에 잠긴 채 중얼거렸다. "답변을 받고 싶은 사람은 전화를 걸거나 직접 찾아와야 했죠."

책상 위에 액자가 하나 놓여 있었다. 뒷면이 내 쪽을 향하고 있었으므로, 나는 사진 속의 주인공을 추측해보았다. "사모님 사진인가요?"

"아니요."

"자제분?"

"아니요."

"박사님 본인?"

"아니요."

나는 사진을 확인해보았다. 소도시 법원 앞에 있는 작고 초라한 전사자 추모비 사진이었다. 추모비 한쪽에는 여러 전쟁에서 전사한 주민들의 이름이 새겨져 있었다. 나는 그 명단 때문에 사진을 찍은 모양이라고 생각했다. 그래서 이름을 읽어내려가다보면 그중에 호니커라는 성도 있겠거니 했다. 하지만 없었다.

"그건 박사님의 취미 중 하나였어요." 파우스트 씨가 말했다.

"뭐가요?"

"여러 법원 잔디밭에 대포알들이 쌓여 있는 모습을 사진으로 찍어놓는 것 말이에요. 그 사진에서는 대포알을 쌓아놓은 방법이 아주 특이해 보이네요."

"그렇군요."

"그분은 특이한 분이셨어요."

"동감입니다."

"백만 년쯤 지나면 모두가 그분만큼 똑똑해져서 그렇게 사물을 보게 될지도 모르죠. 하지만 오늘날의 보통 사람과 비교하면, 그분은 화성에서 온 사람만큼이나 독특했어요."

"진짜 화성인이었는지도 모르고요." 내가 넌지시 말했다.

"그렇다면 확실히 그분의 별난 세 자녀를 설명하는 데 크게 도움이 될 거예요."

28
마 요 네 즈

파우스트 씨와 내가 우리를 일층까지 실어다줄 승강기를 기다리는 동안, 파우스트 씨는 올라오는 승강기가 5호기가 아니면 좋겠다고 말했다. 왜 그런 걸 바라는지 물어볼 새도 없이, 5호기가 도착했다.

승강기 기사는 자그마한 고령의 흑인이었는데, 이름이 라이먼 엔더스 놀스였다. 놀스는 미친 게 확실해 보였다. 그것도 추잡하게. 놀스는 자신이 정곡을 찔렀다고 느낄 때마다, 제 엉덩이를 움켜쥐고 "좋아, 좋아!"라고 외쳤다.

"안녕하시오, 유인원 동포와 수련 잎과 외차 여러분*. 좋아, 좋아!" 놀스가 파우스트 씨와 나에게 말했다.

"일층 부탁해요." 파우스트 씨가 쌀쌀맞게 말했다.

문을 닫고 우리를 일층으로 데려다주기 위해 버튼 하나만 누르면 될 텐데, 놀스는 아직 그럴 마음이 없는 듯했다. 어쩌면 앞으로 몇 년 동안은 그럴 마음이 생기지 않을 모양이었다.

"누가 그러더군요, 여기 이 승강기들이 마야 건축물이라고. 나는 입때 그걸 몰랐지 뭐요. 그래서 내가 그자한테 그랬소. '그럼 나는 뭐야, 마요네즈야?' 좋아, 좋아! 그리고 그자가 그 질문에 대해 곰곰이 생각하는 동안, 내가 질문을 또하나 던졌소. 그랬더니 그자가 몸을 곧추세우고 두 배로 열심히 생각하더란 말이요! 좋아, 좋아!" 놀스가 말했다.

---

* 원문은 'Hello, fellow anthropoids and lily pads and paddlewheels'이다. 놀스가 비슷한 발음이 들어가는 단어들로 말장난을 하고 있다.

"제발 좀 내려갈 수 없을까요, 놀스 씨?" 파우스트 씨가 애원했다.

"내가 그자한테 그랬소. '여기 이곳은 리-서치를 하는 연구소야. 리-서치research는 다시 re 찾는다search는 뜻이잖아? 그건 예전에 찾아냈던 무언가가 어디론가 사라져버려서 다시 찾는다는 뜻이잖아? 그래서 지금 그것 때문에 리-서치를 시작했다는 뜻이잖아? 어째서 사람들은 마요네즈 승강기까지 갖춘 이런 건물을 지어서 그 안에 이런 미친 인간들을 가득 채워넣은 걸까? 다시 찾으려는 게 뭔데? 누가 뭘 잃어버렸는데?' 좋아, 좋아!" 놀스가 말했다.

"그거 아주 흥미롭네요." 파우스트 씨가 한숨을 쉬었다. "이제 내려갈까요?"

"내려갈 수밖에 없소." 놀스가 으르렁댔다. "여긴 꼭대기 층이오. 그쪽이 나더러 올라가자고 해도 그 부탁을 들어줄 수 없단 말이지. 좋아, 좋아!"

"그러니까 내려가자고요." 파우스트 씨가 말했다.

"조금만 기다리쇼. 이 신사 양반은 호니커 박사를 조문하러 오셨던 건가?"

"네. 그분을 아셨나요?" 내가 말했다.

"친했지. 박사가 죽었을 때 내가 뭐라고 그랬는지 아시오?" 놀스가 말했다.

"아니요."

"'호니커 박사, 그 양반은 안 죽었어'라고 말했소."

"그래요?"

"단지 새로운 차원으로 들어갔을 뿐이지. 좋아, 좋아!"

놀스가 버튼을 눌렀고, 우리는 아래로 내려갔다.

"호니커 박사의 자제분들을 아셨나요?" 내가 놀스에게 물었다.

"광견병으로 가득찬 아기들*이지. 좋아, 좋아!" 놀스가 말했다.

29
떠났으나, 잊지 못할

일리엄에서 하고 싶은 일이 하나 더 있었다. 박사의 무덤을 사진에 담고 싶었다. 그래서 호텔방으로 돌아갔다. 샌드라는 가고 없었다. 나는 사진기를 챙기고, 택시를 불렀다.

여전히 진눈깨비가 내리고 있었다. 잿빛의 산성 진눈깨비. 진눈깨비 속에 파묻힌 그 노인네의 묘석은 사진발을 아주 잘 받을 것 같았고, 『세상이 끝난 날』의 표지 사진으로도 그만일

---

* 원문은 'Babies full of rabies'. 역시 발음이 비슷한 단어들을 이용한 말장난이다.

것 같았다.

공동묘지 정문에서 관리인이 호니커 집안의 묘지를 찾는 법을 알려주었다. "못 찾을 리 없소. 이곳에서 가장 큰 묘석이 있으니까." 관리인이 말했다.

관리인의 말은 거짓이 아니었다. 묘석은 높이 약 6미터, 두께 약 3미터의 설화석고 남근상이었는데, 진눈깨비를 뒤집어쓰고 있었다.

"세상에." 나는 사진기를 들고 택시에서 내리며 탄성을 질렀다. "원자폭탄의 아버지에게 썩 잘 어울리는 기념물이로군!" 나는 웃음을 터뜨렸다.

나는 기념물의 크기를 대중해볼 요량으로 택시 기사에게 그 옆에 서달라고 부탁했다. 그런 다음, 고인의 이름이 보이도록 진눈깨비를 좀 치워달라고 했다.

택시 기사는 그렇게 했다.

그 기념주에는 약 15센티미터 크기의 글자들로, 하느님 맙소사, 다음과 같은 낱말이 새겨져 있었다.

어머니

30
단지 잠들어 계실 뿐

"어머니?" 택시 기사가 못 믿겠다는 듯이 말했다.
내가 진눈깨비를 더 치우자 이런 시가 나타났다.

　어머니, 어머니, 당신이 저희를 지켜주시기를
　제가 매일 얼마나 기도하는지 몰라요.
　—앤절라 호니커

그 밑에 또다른 시가 있었다.

　당신은 돌아가신 게 아녜요,
　단지 잠들어 계실 뿐.
　우리는 웃어야 해요,
　울음을 그치고.
　—프랭클린 호니커

그리고 그 밑에는 아기의 손자국이 찍힌 사각형 시멘트 판이
박혀 있었다. 손자국 아래에는 이렇게 새겨져 있었다.

"이게 어머니 무덤이라면, 아버지 무덤엔 대체 뭘 세웠을까요?" 택시 기사가 말했다. 그는 적합한 묘석으로 음탕한 어떤 것을 연상했다.

아버지의 무덤은 바로 옆에 있었다. 그의 비석은 각 변이 40센티미터인 대리석 정육면체였다. 나중에 알게 된 것이지만, 그 비석은 유언장에 명시된 그대로였다.

"**아버지**". 비석엔 이렇게 새겨져 있었다.

31
또 한 명 의 브 리 드

공동묘지를 떠나려는데, 택시 기사가 자기 어머니의 무덤 상태를 염려했다. 그러더니 조금 우회해서 무덤을 보고 가도 괜찮겠느냐고 물었다.

그의 어머니 무덤에는 애처로운 작은 묘석이 하나 서 있었다. 뭐, 그 사실이 중요한 건 아니었지만.

택시 기사가 또 한번 살짝 우회해도 괜찮겠느냐고 물었는데, 이번에는 공동묘지 건너편의 묘석 매장에 들르고 싶어했다.

당시에 나는 보코논교도가 아니었기 때문에, 약간 언짢은 투로 그러라고 했다. 물론 보코논교도였다면, 누가 어디를 가자고 제안하더라도 즐겁게 따랐을 것이다. 보코논이 이렇게 말하지 않는가. "특이한 여행 제안은 하느님이 제공하는 무용 수업이다."

묘석 상점의 상호는 '에이브럼 브리드와 자손들'이었다. 택시 기사와 판매원이 이야기를 나누는 동안, 나는 기념물들 사이를 어슬렁거렸다. 아무것도 새겨지지 않은 기념물들, 즉 아직 아무것도 기념하지 않은 기념물들에 둘러싸여서.

전시실에서 나는 조금 진부한 장난을 발견했다. 천사 석상 위에 겨우살이 가지가 매달려 있었던 것이다.* 받침대에는 삼나무 가지가 쌓여 있었고, 천사의 대리석 목에는 크리스마스트리 전구들이 목걸이처럼 걸려 있었다.

"천사 석상은 얼마인가요?" 내가 판매원에게 물었다.

"파는 게 아니오. 그 천사는 백 살이나 먹었소. 함자가 에이브럼 브리드이신 내 증조부께서 조각했으니까."

"이 가게가 그렇게 오래됐나요?"

"그렇소."

"그렇다면 혹시 브리드 집안사람이신가요?"

---

* 서양에서는 크리스마스에 겨우살이 아래에 서 있는 사람에게 입을 맞춰도 용인되는 풍습이 있다.

"이 마을에서 사대째 살고 있소."

"연구소 소장인 에이서 브리드 박사님과 어떤 관계라도?"

"형제지간이오." 그는 자기 이름이 마빈 브리드라고 했다.

"세상 참 좁군요." 내가 말했다.

"세상을 공동묘지 속에 욱여넣는다면, 그럴 거요." 마빈 브리드는 점잖으면서도 천박하고, 영리하면서도 감상적인 사람이었다.

32
다이너마이트로 번 돈

"지금 브리드 박사님의 사무실에서 오는 길입니다. 저는 작가입니다. 브리드 박사님과 호니커 박사님에 대해 인터뷰를 했습니다." 내가 마빈 브리드에게 말했다.

"괴상한 개자식이 한 놈 있긴 했지. 우리 형 말고, 호니커 말이오."

"그 사람이 이곳에서 아내의 묘석을 샀나요?"

"자식들이 샀소. 그 인간은 그 물건하고 아무런 관계가 없소. 그 인간은 아내의 무덤에 묘석을 세울 생각 같은 건 전혀 하지 않았지. 그런데 그 여자가 죽은 지 일 년 남짓 되었을 때, 호니커의 자식들이 이곳에 찾아왔소. 덩치 좋은 여자애하고 사내애하고 쪼그만 갓난애, 그렇게 셋이서 말이오. 아이들은 돈으로 살 수 있는 가장 큰 묘석을 원했고, 큰애들 둘은 자기들이 쓴 시를 가지고 있었소. 묘석에 그 시를 새겨달라고 그럽디다.

원한다면 그 묘석을 비웃어도 좋소. 하지만 그애들은 돈으로 살 수 있는 그 무엇보다, 그 묘석에서 더 큰 위안을 얻었소. 그애들은 한 해에도 셀 수 없을 만큼 자주 무덤에 찾아와 묘석을 보고 그 위에 꽃을 올려놓았소." 마빈 브리드가 말했다.

"묘석이 꽤 비싸 보이던데요."

"노벨상 상금으로 샀소. 그 돈으로 산 게 두 개요. 케이프코드에 있는 별장하고 그 묘석."

"다이너마이트로 번 돈 말이군요." 다이너마이트의 폭력성과 묘석과 여름 별장의 절대적 평온을 떠올리며, 내가 경탄했다.

"뭐요?"

"노벨이 다이너마이트를 발명했잖아요."

"뭐, 별의별 사람이 다 있는 거니까……"

당시에 내가 보코논교도였다면, 다이너마이트로 번 돈이 그 특정 묘석 가게로 흘러들어가기까지 일련의 사건들이 얼마나 기적적으로 얽혀 있었는가를 생각하며 이렇게 중얼거렸을 것이다. "바쁘다, 바쁘다, 바빠."

바쁘다, 바쁘다, 바빠는 우리 보코논교도들이 삶이라는 기계

장치가 정말 얼마나 복잡하고 종잡을 수 없는 존재인지 떠올릴 때마다 중얼거리는 말이다.

하지만 당시에 기독교도로서 내가 할 수 있는 말은 이것뿐이었다. "이따금 삶이란 참으로 재미있군요."

"그렇지 않을 때도 있고." 마빈 브리드가 말했다.

33
배은망덕한 인간

나는 마빈 브리드에게 필릭스의 아내이자 앤절라와 프랭크와 뉴트의 어머니, 저 거대한 기념주 아래에 누워 있는 여인 에밀리 호니커를 알았느냐고 물었다.

"그 여자를 알았느냐고?" 그의 목소리가 비장해졌다. "나더러 그 여자를 알았느냐고 물었소, 선생? 물론, 알았소이다. 에밀리를 모를 턱이 있나. 우리는 일리엄 고등학교를 함께 다녔소. 학급 색깔 위원회의 공동 위원장이었지. 에밀리의 부친은 '일리엄 악기점'의 주인이었소. 에밀리는 거기 있는 악기를 전부 다룰 줄 알았고. 난 에밀리한테 홀딱 반해서 미식축구를 그만두고 바이올린을 배웠소. 그러던 차에 MIT에 다니던 에이서 형이 봄방학을 맞아 집에 왔고, 나는 내 여자친구에게 형을 소개해주는 실수를 저지르고 말았소." 마빈 브리드가 손가락을 탁 튕겼다. "형은 재까닥 나한테서 에밀리를 빼앗아갔소. 나는 75달러짜리 바이올린을 침대 발치의 커다란 놋쇠 장식에 내리쳐서 박살을 내버리고, 꽃집으로 가서 장미 열두 송이가 들어가는 상자를 하나 얻어 가지고 와서는, 부서진 바이올린을 상자에 담아 웨스턴 유니언 전신 회사의 배달부를 시켜 에밀리한테 보냈소."

"예뻤나요, 그분?"

"예뻤냐고?" 그가 되물었다. "선생, 혹여나 하느님이 뜻하신 바가 있어 나한테 여자 천사를 내려보내신다 해도, 천사를 처음 보는 순간 내 입을 딱 벌어지게 만드는 건 천사의 날개지 얼굴이 아닐 거요. 난 이미 실재할 수 있는 가장 예쁜 얼굴을 봐버렸으니까. 일리엄 카운티에서 에밀리를 사랑하지 않는 남자는 아무도 없었소. 속으로든 겉으로든 간에. 에밀리는 자기가 원하기만 하면 어떤 남자라도 차지할 수 있었을 거요." 그는 가게 바닥에 침을 뱉었다. "그런데 에밀리가 그 똥짤막한 네덜란드 개자식하고 결혼을 해버렸소! 형하고 약혼한 사이였는데, 그 교활하고 똥짤막한 자식이 마을에 나타나버린 거요." 마빈 브리드가 또다시 손가락을 튕겼다. "그 자식이 재까닥 형한테서 에밀리를 빼앗아갔소."

"필릭스 호니커처럼 유명한 고인故人을 개자식이라고 부르는 것은 대역죄이자, 배은망덕하고 몰상식하고 시대착오적이며 반反지성적인 짓일 게요. 나도 다 알고 있소. 그자가 참으로 천진하고 온화하고 낭만적인 사람으로 여겨졌었고, 파리 한 마리 죽인 적이 없었고, 부와 권력과 멋진 옷과 자동차 따위엔 관심도 없었고, 우리와 달랐고, 우리보다 훌륭한 사람이었고, 하느님의 독생자가 아니라는 점만 빼면 예수와 다를 바 없을 정도로 무죄했다는 걸……"

마빈 브리드는 자기 생각을 다 얘기할 필요가 없다고 느낀 모양이었다. 그래서 내가 이야기를 마무리지어달라고 부탁해야 했다.

"그런데 뭐더라?" 그가 입을 열었다. "그런데 뭐더라?" 그는 창가로 가서 공동묘지 정문을 내다보았다. "그런데 뭐냐면." 그는 정문과 진눈깨비, 그리고 흐릿하게 보이는 호니커 집안의 기념주를 바라보며 중얼거렸다.

"그런데, 원자폭탄 따위를 만드는 데 일조한 사람이 대체 어떻게 무죄할 수 있소? 그리고 자신의 아내가, 세상에서 가장 다정하고 가장 아름다운 여인이 사랑과 이해심 부족으로 죽어가고 있을 때 아무런 조치도 취하지 않은 사람이 어떻게 좋은 사람일 수가 있느냐는 거요……"

그가 몸서리를 쳤다. "가끔 그자가 죽은 채로 태어난 건 아닐까 궁금하다오. 나는 살아 있는 사람에게 그토록 무관심한 인간을 본 적이 없소. 윗자리에 있는 사람들 중에는 돌처럼 차갑게 죽어 있는 자들이 너무나 많소. 이따금 그게 이 세상의 문제라는 생각이 들어요."

34
빈-디트

나는 그 묘석 매장에서 처음으로 빈-디트를 경험했다. 빈-디트는 보코논교를 향한 급작스럽고도 매우 개인적인 이끌림을 뜻하는 보코논교 용어로, 어찌되었든 전지전능한 하느님이 나에 대해 속속들이 알고 있으며, 전지전능한 하느님이 나를 위해 꽤 정교한 계획을 준비해두었다는 사실을 믿게 되는 현상을 의미한다.

나의 첫 빈-디트는 겨우살이 가지 아래에 서 있던 천사 석상과 관계가 있었다. 택시 기사는 천금을 주고서라도 자기 어머니 무덤에 그 천사를 놓아드려야겠다고 생각했다. 그는 두 눈에 눈물을 글썽이며 천사 석상 앞에 서 있었다.

여전히 창가에서 공동묘지 정문을 응시하고 있던 마빈 브리드는 이제 막 필릭스 호니커에 대한 이야기 한 자락을 끝마친 상태였다. "그 똥짤막한 네덜란드 개자식은 현대의 성자가 될 수도 있었을 거요." 마빈 브리드가 덧붙였다. "하지만 제기랄, 그 인간은 자기가 원하지 않는 일은 어떤 것도 하지 않았고, 제기랄, 그 인간은 자기가 원하는 것은 무엇이든 손에 넣었소."

"음악." 그가 말했다.

"무슨 말씀이신지?" 내가 물었다.

"에밀리는 음악 때문에 그자와 결혼했소. 에밀리는 그자의 영혼이 실재하는 가장 위대한 음악인 별들의 음악에 맞춰져 있다고 했소." 그는 고개를 저었다. "개소리지."

그런 다음, 마빈 브리드는 정문을 바라보다가 프랭크 호니커, 그 모형 제작자이자 병 속 벌레들의 박해자를 마지막으로 보았던 순간이 떠올랐는지 이렇게 말했다. "프랭크."

"프랭크는 어땠나요?"

"내가 그 가련하고 괴상한 녀석을 마지막으로 보았을 때 녀석은 저 공동묘지 정문으로 걸어나오고 있었소. 제 아버지의 장례식이 한창 진행중이었지. 아비가 아직 땅속에 들어가지도 않았는데, 프랭크가 정문으로 걸어나오더군. 그러더니 지나가는 첫번째 자동차를 향해 엄지를 쳐들었소. 플로리다 번호판을 단 신형 폰티액*이었지. 차가 멈춰 섰고, 프랭크가 그 차에 올라탔소. 그후로 일리엄에서 녀석을 본 사람은 아무도 없소."

---

*미국 제너럴 모터스사의 자동차 브랜드.

"경찰에 수배중이라고 들었습니다만."

"그건 우연이었소. 운명의 장난이었단 말이오. 프랭크는 절대로 범죄자가 아니었소. 그럴 만한 배짱도 없었지. 녀석이 잘하는 일이라고는 모형 제작뿐이었소. 꾸준히 다닌 직장도 '잭의 모형 가게'뿐이었소. 녀석은 그곳에서 모형을 팔고, 모형을 만들고, 사람들한테 모형 조립법에 대해 조언을 해주었소. 녀석은 이곳을 떠나 플로리다로 간 다음, 새러소타에 있는 모형 가게에서 일자리를 얻었소. 그런데 알고 보니, 그 모형 가게가 훔친 캐딜락을 곧바로 낡은 전차양륙함에 실어서 쿠바로 보내던 일당의 위장 사업장이었던 거지. 그런 식으로 프랭크가 그 일에 얽히게 된 거요. 경찰이 녀석을 찾아내지 못하는 건 녀석이 죽었기 때문이 아닐까 싶소. 듀코 시멘트 접착제로 전함 미주리호 모형에 회전포탑을 붙이면서 너무 많은 이야기를 들었던 게지."

"뉴트는 지금 어디에 있는지 혹시 아십니까?"

"제 누나하고 인디애나폴리스에 있을 거요. 최근 소문에 따르면 그 러시아 난쟁이랑 놀아났고, 코넬 대학교 의예과에서 퇴학을 당했답디다. 난쟁이가 의사가 되려고 하다니, 믿어지시오? 게다가 그 딱한 집안에는 꼴사나운 거인 딸도 있는데, 키가 180센티미터가 넘소. 그 인간, 고매한 인품의 소유자로 정평이 난 그 인간은 고등학교 2학년에 다니던 딸을 중퇴시켜서 자기 시중을 들게 했소. 그 여자애한테 어울리는 일이라고는 일리엄 고등학교 고적대 '행진하는 100인'에서 클라리넷을 부는 것뿐이었는데."

마빈 브리드가 계속 말을 이었다. "그애가 학교를 그만둔 뒤로, 아무도 그애를 불러내지 않았소. 그애는 친구도 한 명 없었소. 게다가 아비라는 작자는 딸한테 바깥나들이라도 하라고 돈을 줄 생각 따위는 하지도 않았지. 그애가 뭘 하며 지냈는지 아시오?"

"아뇨."

"밤이면 이따금 방안에 틀어박혀서 전축을 틀어놓고, 그 음악에 맞춰서 클라리넷을 불곤 했소. 내 생각에 그런 여자가 남편을 얻었다는 건 이 시대의 기적이오."

"이 천사는 얼마죠?" 택시 기사가 물었다.

"파는 게 아니라고 말했잖소."

"저런 석조 공예를 할 수 있는 사람은 이제 없을 듯싶네요." 내가 말했다.

"내 조카는 가능하오. 에이서 형의 아들 말이오. 조카 녀석은 훌륭한 리-서치 과학자가 되려고 만반의 준비를 갖췄었는데, 그때 마침 히로시마에 원자폭탄이 떨어졌소. 그러자 녀석은 다 때려치우고 술을 퍼마셨지. 그러더니 이곳에 와서 돌 깎는 일을 해보고 싶다고 말했소." 마빈 브리드가 말했다.

"지금도 여기에서 일하나요?"

"로마에서 조각가로 생활하고 있소."

"돈만 충분히 주면 살 수 있는 거죠?" 택시 기사가 말했다.

"어쩌면. 하지만 많이 줘야 할 거요."

"저렇게 생긴 조각상은 이름을 어디에 새기나요?" 택시 기사가 물었다.

"이미 이름이 새겨져 있소. 받침대를 보시오." 받침대에 나뭇가지가 쌓여 있어서 이름은 보이지 않았다.

"아무도 찾아가지 않았나요?" 나는 궁금했다.

"값을 치른 적도 없었소. 이야기인즉슨 이렇소. 이 독일인 이민자는 아내와 함께 서부로 가는 길이었는데, 아내가 이곳 일리엄에서 천연두로 죽고 말았소. 그래서 남자는 아내의 무덤에 세울 요량으로 이 천사 석상을 주문했고, 내 증조부에게 물건값을 치를 현금을 보여주었소. 그런데 남자는 그후에 강도를 당했고, 가진 돈을 거의 다 털리고 말았소. 이제 이 세상에서 그 남자에게 남은 거라고는 인디애나에 사두고서 한 번도 보지 못한 땅 마지기뿐이었소. 그래서 남자는 길을 떠났소. 나중에 돌아와서 천사 석상의 값을 치르겠다고 약속하고."

"그런데 돌아오지 않았군요?" 내가 물었다.

"그렇소." 마빈 브리드는 발끝으로 가지 몇 개를 치워서 받침대에 돈을새김된 글자를 우리에게 보여주었다. 거기에는 성性

이 새겨져 있었다. "당신들한테는 낯선 성일 게요. 그 이민자가 후손을 남겼다 해도, 그들은 성을 미국식으로 바꿨을 테니. 아마 지금은 존스나 블랙이나 톰프슨이 되어 있겠지." 마빈 브리드가 말했다.

"저기, 그 말은 틀렸어요." 내가 중얼거렸다.

그런데 매장이 기우는 듯싶더니, 순간적으로 벽과 천장과 바닥이 여러 통로들의 입구, 시간을 통과해 사방으로 이어지는 통로들의 입구로 변했다. 나는 모든 시간과 모든 떠도는 남성과 모든 떠도는 여성과 모든 떠도는 아이들이 매 순간 한데 어우러지는 보코논교적 환영을 보았다.

"저기, 그 말은 틀렸다고요." 환영이 사라진 뒤 내가 말했다.

"그 성을 가진 사람을 아시오?"

"네."

그건 나의 성이기도 했다.

35
모형 가게

나는 호텔로 돌아가는 길에 프랭클린 호니커가 일했던 '잭의 모형 가게'를 발견했다. 그래서 택시 기사에게 차를 세우고 잠시 기다려달라고 말했다.

안으로 들어서자 잭이라는 사람이 쪼끄만 소방차, 기차, 비행기, 배, 집, 가로등, 나무, 탱크, 로켓, 자동차, 짐꾼, 차장, 경찰관, 소방관, 엄마, 아빠, 고양이, 개, 닭, 군인, 오리, 젖소 들을 통솔하고 있었다. 그는 시체 같은 용모에 심각하고 지저분한 남자였고 자주 기침을 했다.

"프랭클린 호니커가 어떤 애였냐고요?" 잭은 이렇게 되묻고서 쿨럭쿨럭 기침을 했다. 그리고 고개를 가로젓더니, 자기가 프랭크를 누구 못지않게 좋아했다고 밝혔다. "그건 말로 대답할 질문이 아니오. 프랭클린 호니커가 어떤 애였는지 보여드리지." 잭이 기침을 했다. "직접 보고 판단하시오."

잭은 나를 데리고 가게 지하실로 내려갔다. 잭이 생활하는 곳이었다. 그곳에는 2인용 침대와 서랍장과 조리용 전열기가 있었다.

정돈되지 않은 침대 때문에 잭이 사과했다. "일주일 전에 아내가 떠나버렸다오." 잭이 기침을 했다. "나는 여전히 내 삶의 끈들을 다시 끌어모으려고 애쓰고 있지."

그리고 나서 잭이 스위치를 켜자, 지하실 저편이 눈부신 빛으로 가득찼다.

우리는 빛 쪽으로 다가갔다. 그리고 그 빛이 합판 위에 건설된 환상 속의 소인국, 캔자스주의 여느 촌락처럼 완벽한 직사

각형 형태를 갖춘 어떤 섬나라를 비추는 햇살이라는 걸 알게 되었다. 안주하지 못하는 자, 녹색 경계선 너머에 무엇이 있는 지 알아내고자 하는 자라면 누구라도 정말 그 세계의 끝에서 추락할 것만 같았다.

세세한 부분까지 비례가 어찌나 정교하고 질감과 색감이 어찌나 절묘하던지, 구태여 눈을 가늘게 뜨고 들여다보지 않아도 그 나라는 진짜처럼 보였다. 언덕, 호수, 강, 숲, 마을, 선한 주민들이 퍽 귀히 여기는 도처의 모든 것들이 다 진짜 같았다.

그리고 어디에나 스파게티 가닥 같은 철로가 놓여 있었다.

"집에 달린 문들 좀 보시오." 잭이 경건하게 말했다.

"멋지네요. 끝내줘요."

"진짜 손잡이가 달려 있소. 그리고 문 두드리는 쇠고리도 진짜로 소리가 나지."

"세상에."

"프랭클린 호니커가 어떤 애였냐고 물었소? 그애가 이걸 만들었소." 잭은 목이 메었다.

"혼자서요?"

"아, 내가 조금 거들긴 했지만, 그애의 설계도에 따랐을 뿐이오. 그애는 천재였소."

"그 말에 누가 반박할 수 있겠습니까?"

"아시다시피, 그애의 남동생은 난쟁이였소."

"그렇죠."

"동생이 바닥에 납땜질을 좀 해줬소."

"정말 실물 같아 보여요."

"쉬운 일도 아니었고, 하룻밤 사이에 끝날 일도 아니었소."

"로마는 하루아침에 이루어지지 않았죠."

"아시다시피, 그애한테는 가정생활이란 게 없었소."

"저도 들었습니다."

"여기가 그애의 진짜 집이었지. 이곳에서 수천 시간을 보냈으니까. 가끔 그애는 기차를 운행하지 않고, 가만히 앉아서 지켜보기만 했소. 지금 우리처럼."

"볼 게 참 많네요. 실제로 유럽을 여행하는 것 같아요. 그곳도 자세히 보면 볼거리가 참 많거든요."

"그애는 우리 같은 사람이 보지 못하는 것을 보았소. 갑자기 그애가 당신이든 나든 누가 봐도 진짜처럼 보이는 언덕을 뜯어내면, 그애의 판단은 틀리지 않았소. 그애가 언덕이 있던 자리에 호수를 앉히고 호수 위에 교량을 세우면, 그 모습이 전보다열 배는 보기 좋았으니까."

"누구에게나 주어지는 재능은 아니죠."

"맞소!" 잭이 열정적으로 말했다. 그러고는 그 열정 때문에 또다시 자지러지게 기침을 해댔다. 기침이 수그러들자 잭의 두눈에 눈물이 그렁그렁 맺혀 있었다. "이봐요, 내가 그애한테 대학교에 진학해서 공학 같은 걸 공부한 다음에, 아메리칸 플라이어* 같은 회사나 그애의 창의력을 실제로 지원해줄 수 있는 대단한 사람에게 가서 일하라고 했소."

"제가 보기엔 사장님께서도 많이 지원해주신 것 같은데요."

"그랬다면, 그럴 수 있었다면 얼마나 좋았겠소." 잭이 애석해했다. "나는 자금이 없었소. 틈틈이 재료를 대주긴 했지만, 자재 대부분은 그애가 위층 내 가게에서 일해서 번 돈으로 직접 장만했지. 그애는 딴 곳에는 돈을 한푼도 쓰지 않았소. 술도 마시지 않았고, 담배도 피우지 않았고, 극장에도 가지 않았고, 여자애들과도 어울리지 않았고, 자동차광도 아니었지."

"틀림없이 이 나라에는 그런 사람들이 좀더 많이 필요할 거예요."

잭이 어깨를 으쓱했다. "음…… 아무래도 플로리다 폭력배들이 그애를 해치운 것 같소. 입막음을 하려고."

"그랬을지도 모르겠군요."

잭이 갑자기 감정을 주체하지 못하고 울부짖었다. "그 비열한 개자식들은 자기들이 어떤 사람을 죽였는지 알기나 할까!" 잭이 흐느꼈다.

---

* 미국 완구 회사.

36
야옹

일리엄을 거쳐 다른 곳들을 여행하는 동안, 그러니까 크리스마스를 때우려고 취재 여행을 떠난 두 주 동안, 나는 셔먼 크레브스라는 가난뱅이 시인에게 뉴욕시에 있는 내 아파트를 공짜로 빌려주었다. 나의 두번째 아내는 내가 낙관주의자와 살기에는 너무 비관적이라는 이유로 나를 떠났다.

크레브스는 수염이 덥수룩한 사내로, 백금색 머리칼에 스패니얼 같은 눈망울을 가진 예수처럼 생겼다. 크레브스는 나와 친한 사이는 아니었다. 우리는 어느 칵테일파티에서 만났는데, 그는 임박한 핵전쟁에 대비한 시인 및 화가 협회의 전국 회장 자격으로 그 자리에 참석했다. 크레브스는 원자폭탄을 막아주지 못해도 좋으니 피난처가 필요하다고 했고, 마침 나한테 그런 것이 있었다.

일리엄의 주인 잃은 천사 석상의 당혹스러운 영적 의미에 여전히 골머리가 띵한 상태로 집에 돌아와보니, 내 아파트는 허무주의적 유희로 엉망진창이 되어 있었다. 크레브스는 가고 없었다. 하지만 떠나기 전에 장거리 전화를 300달러어치나 썼고, 소파에 불구멍을 다섯 군데나 내놓았고, 내 고양이와 아보카도 나무를 저세상으로 보냈으며, 약장의 문짝을 떼어놓았다.

크레브스는 부엌의 노란 리놀륨 바닥에, 알고 보니 똥으로, 이런 시를 적어놓았다.

내게는 부엌이 하나 있다네.
하지만 완벽한 부엌은 아니라네.
내 마음이 진정 흡족하려면
잔반 처리기 하나쯤은
있어야 하지.

침대 머리맡 벽지에 립스틱으로 또다른 메시지가 적혀 있었는데, 이번에는 여자 필체였다. "안 돼, 안 돼, 안 돼, 치킨-리킨*이 말했어요."

죽은 고양이의 목에 안내판이 하나 걸려 있고, 거기엔 이렇게 적혀 있었다. "야옹."

그후로 나는 크레브스를 한 번도 만나지 못했다. 하지만 나는 그가 내 커래스의 일원이었다고 느낀다. 내 생각이 맞다면, 그는 랭-랭의 역할을 수행한 것이다. 보코논에 따르면, 랭-랭이란 누군가의 사유가 특정 방향으로 흐르지 않도록 인도하는 사람이다. 즉, 자신의 삶을 실례로 들어 그러한 방향의 사유가 어

---

* 도토리가 떨어지자 하늘이 무너진다고 호들갑을 떠는, 동화 속의 겁 많은 병아리.

리석다는 사실을 일깨워주는 사람인 것이다.

나는 막연히 그 천사 석상을 무의미한 것으로 치부해버리고, 더 나아가 세상사가 다 무의미하다고 생각하고 싶었는지 모른다. 하지만 크레브스가 한 짓, 특히 내 귀여운 고양이에게 저지른 짓을 보고 난 뒤에는 허무주의를 따를 수가 없었다.

누군가 혹은 무언가는 내가 허무주의자가 되기를 바라지 않았다. 크레브스의 임무는, 그가 알았든 몰랐든 간에, 내가 그 사상에 환멸을 느끼게 만드는 것이었다. 잘했어요, 크레브스 씨, 참 잘했어요.

37
신세대 장군

그후 어느 일요일, 나는 수배자이자 모형 제작자이며 병 속 벌레들의 여호와 하느님이고 바알세불*인 프랭클린 호니커가 어디에 있는지 알게 되었다.

프랭크는 살아 있었다!

그 소식은 〈뉴욕 선데이 타임스〉의 특별 부록에 실려 있었다.

---

* 신약성서에서 사탄의 별칭으로 쓰인 이름.

그 부록은 어느 바나나 공화국*이 게재한 유료 광고였다. 표지에는 내가 늘 만나기를 꿈꾸던, 심장이 터질 정도로 아름다운 아가씨의 옆모습이 실려 있었다.

그 아가씨 뒤로, 불도저들이 야자나무를 쓰러뜨리며 넓은 도로를 내고 있었다. 길 끝에는 신축 건물 세 채의 철골이 서 있었다.

표지의 광고 문구는 이러했다. "샌로렌조 공화국은 발전중! 건강하고, 행복하고, 진보적이고, 아름다운 이 자유주의국가는 미국인 투자자와 관광객 모두에게 지극히 매력적인 곳으로 변모하고 있습니다."

나는 서둘러 내용을 읽을 생각이 없었다. 표지의 아가씨만으로도 충분했다. 아니, 그 이상이었다. 나는 그녀에게 첫눈에 반해버렸다. 그녀는 매우 젊고 매우 정숙했으며 눈부시도록 자애롭고 지혜로워 보였다.

피부는 초콜릿색이었고 머리칼은 황금빛 아마실 같았다.

표지에 따르면, 그녀의 이름은 모나 아몬스 몬자노였다. 그녀는 그 섬 독재자의 수양딸이었다.

나는 이 숭고한 혼혈 성모마리아의 사진을 더 볼 수 있기를 바라며 부록을 펼쳤다.

---

* 바나나 등의 일차산품 수출에 의지해 살아가는 중남미의 가난한 나라를 경멸조로 일컫는 표현.

하지만 부록에는 그녀의 사진 대신 섬의 독재자 미구엘 '파파' 몬자노의 얼굴이 실려 있었다. 고릴라같이 생긴 칠십대 후반의 사내였다.

'파파'의 사진 옆에 어깨가 좁고 얼굴이 여우상인 앳된 청년의 사진이 있었다. 그는 햇살 모양 브로치가 달린 눈처럼 새하얀 군복 상의를 입고 있었고, 양미간이 좁고 눈 밑이 그늘져 있었다. 그리고 머리는, 평생 동안 이발사들에게 옆머리와 뒷머리는 바짝 밀고 윗머리만 남겨달라고 부탁한 듯했다. 굽슬굽슬한 머리카락을 엄청난 높이로 세워서 정육면체 형태로 빳빳하게 고정한, 일명 퐁파두르 헤어스타일을 하고 있었다.

이 볼품없는 어린애가 샌로렌조 공화국의 과학진흥부 장관, 프랭클린 호니커 2성 장군이었다.

그는 스물여섯 살이었다.

38
세계적인 창꼬치 중심지

〈뉴욕 선데이 타임스〉의 부록에 따르면, 샌로렌조의 영토는 길이가 약 80킬로미터, 너비가 약 20킬로미터다. 그리고 인구는 사십오만 명이며 "…… 자유진영의 이상에 지독히도 헌신

적이다."

이 나라 최고봉인 매케이브산은 해발고도가 3.4킬로미터이다. 수도는 볼리바르이며 "…… 미국 해군 전체가 정박할 수 있는 항구 위에 세워진 초현대적 도시다." 주요 수출품은 설탕, 커피, 바나나, 인디고 염료, 수공예 장식품이다.

"그리고 낚시꾼들은 샌로렌조를 세계적인 창꼬치 중심지로 두말없이 인정한다."

나는 고등학교도 졸업하지 못한 프랭클린 호니커가 어떻게 그런 근사한 자리를 꿰찼는지 궁금했다. '파파' 몬자노의 서명이 있는 샌로렌조에 관한 토막글에 부분적으로나마 그 대답이 제시되어 있었다.

'파파'는 프랭크가 '샌로렌조 종합 개발 계획'을 설계했다고 했다. 그 계획안에는 도로 확충, 농어촌 전기화, 하수처리장, 호텔, 병원, 진료소, 철도 등의 공공사업이 포함되어 있었다. 또한, 짤막하고 간결한 그 글에서 '파파'는 다섯 번이나 프랭크를 '…… 필릭스 호니커 박사의 살붙이'라고 칭했다.

그 표현에서 식인 풍습의 냄새가 강하게 났다.

분명히 '파파'는 프랭크를 필릭스 호니커가 남긴 마법의 고깃덩어리쯤으로 생각하고 있었다.

39
파타 모르가나

부록에 실린 또다른 토막글, '어느 미국인에게 샌로렌조는 어떤 의미인가'라는 제목의 현란한 글에 좀더 많은 단서가 들어 있었다. 대필업자가 쓴 글이 거의 확실했지만, 서명은 프랭클린 호니커 장군이 했다.

그 글에서 프랭크는 20미터 길이의 크리스크래프트* 모터보트를 타고 홀로 카리브해를 떠돌다 침몰할 뻔했던 일에 대해 이야기했다. 배에서 무엇을 하고 있었는지 혹은 왜 혼자가 되었는지에 대해서는 설명하지 않았다. 하지만 출발지가 쿠바였다는 사실은 밝혔다.

"그 호화로운 유람선이 가라앉고 있었고, 그것과 더불어 나의 무의미한 삶도 가라앉고 있었다. 나흘 동안 내가 먹은 거라고는 비스킷 두 조각과 갈매기 한 마리뿐이었다. 식인 상어의 등지느러미들이 내 주변의 따스한 바다를 가르고, 바늘 같은 이빨을 가진 창꼬치들이 거친 물결을 일으키고 있었다.

나는 조물주를 향해 눈을 들고, 그분이 내리신 결정이 무엇이든 받아들이려 했다. 그리고 내 시선은 구름 위로 솟은 장엄

---

* 미국 모터보트 제작 회사.

한 산봉우리에 가닿았다. 이것이 파타 모르가나, 신기루라는 잔혹한 속임수인가?"

나는 여기까지 읽고 사전에서 파타 모르가나를 찾아보았다. 파타 모르가나는 호수 바닥에 살던 모르간 르 페이라는 요정의 이름을 딴 신기루로, 칼라브리아와 시칠리아 사이에 자리한 메시나 해협에 자주 나타났다. 요컨대, 파타 모르가나는 시적 과장이었다.

프랭크가 침몰하는 유람선에서 본 것은 잔혹한 파타 모르가나가 아니라 매케이브산의 봉우리였다. 그때 부드러운 파도가 프랭크의 유람선을 샌로렌조의 바위 해변으로 떠밀었다. 마치 조물주가 그를 그곳으로 보내고 싶어하는 듯이.

프랭크는 신발에 물 한 방울 묻히지 않고 뭍에 올라, 그곳이 어디냐고 물었다. 그 글에 언급되어 있지는 않지만, 당시에 그 개자식은 아이스-나인 한 조각을 서모스* 보온병에 담아서 휴대하고 있었다.

여권이 없었던 프랭크는 수도 볼리바르에 있는 교도소에 갇혔고, '파파' 몬자노가 그를 찾아왔다. '파파'는 혹시 프랭크가 불멸의 과학자 필릭스 호니커의 피붙이인지 알고 싶어했다.

"나는 그렇다고 인정했다." 그 글에서 프랭크가 술회했다.

---

* 보온병 제조사이자 브랜드 명칭. 1904년 독일에서 처음 설립되었다.

"그 순간부터, 샌로렌조에 존재하는 모든 기회의 문이 나를 향해 활짝 열렸다."

40
희망과 자비의 집

공교롭게도―보코논이라면 예정되어 있던 대로라고 하겠지만―나는 어느 잡지사로부터 샌로렌조에 가서 기사를 하나 써 달라는 부탁을 받았다. 그 기사는 '파파' 몬자노나 프랭크에 관한 것이 아니라, 미국인 설탕 부호 줄리언 캐슬에 관한 것이었다. 그는 알베르트 슈바이처 박사를 본받아, 마흔 살의 나이에 밀림에 자선병원을 세우고 다른 인종의 극빈자들을 위해 일생을 바친 사람이었다.

캐슬의 병원은 '밀림 속 희망과 자비의 집'이라 불렸고, 샌로렌조 매케이브산의 북쪽 기슭, 야생 커피나무 숲속에 자리해 있었다.

내가 비행기를 타고 샌로렌조로 날아갔을 당시, 줄리언 캐슬은 예순 살이었다.

그는 이십 년 동안 완벽하게 이타적인 삶을 살고 있었다.

이기적으로 살던 시절에 그는 타블로이드 신문의 독자들에게 토미 맨빌*, 아돌프 히틀러, 베니코 무솔리니, 바버라 허튼**만큼 친숙한 인물이었다. 그는 호색, 알코올중독, 난폭 운전, 징병 기피로 유명해졌고, 수백만 달러를 들여서 인류의 노여움만을 사는 놀라운 재능을 가지고 있었다.

그는 다섯 번 결혼했고, 아들을 한 명 얻었다.

그의 외아들 필립 캐슬은 내가 묵으려던 호텔의 지배인이자 소유주였다. 그 호텔은 〈뉴욕 선데이 타임스〉 부록의 표지를 장식했던 금발의 흑인 아가씨, 모나 아몬스 몬자노의 이름을 따서 카사 모나라고 불렸다. 카사 모나는 최신식 호텔로, 부록의 표지에서 모나의 배경으로 등장했던 세 채의 신축 건물 중 하나였다.

파도가 어떤 목적을 가지고 나를 샌로렌조로 떠밀어간다기보다는, 오히려 사랑이 나를 그곳으로 인도하는 듯했다. 모나 아몬스 몬자노에게 사랑을 받는다면 어떤 기분일까. 파타 모르가나, 그 신기루 같은 망상이 내 무의미한 삶에 엄청난 활력이 되어주었다. 그녀는 지금껏 나를 만족시켰던 어떤 여인보다 훨씬 더 나를 행복하게 만들어줄 것 같았다.

---

* 미국 백만장자이자 사교계 명사(1894~1967).
** 미국 사교계 명사(1912~79). 엄청난 재산을 상속받고 사치스러운 생활을 즐긴 것으로 유명하다.

41
2인 커래스

마이애미발 샌로렌조행 비행기는 좌석이 통로 양편으로 세 석씩 배치되어 있었다. 공교롭게도―'예정되어 있던 대로'― 샌로렌조 공화국 주재 신임 미국 대사 홀릭 민턴과 그의 아내 클레어가 내 옆자리에 앉았다. 그들 부부는 온화하고 노쇠한 백발노인들이었다.

민턴 대사가 나에게 말하길, 그는 직업 외교관인데, 이번에 난생처음으로 대사 직위에 올랐으며, 그들 부부는 지금까지 볼 리비아, 칠레, 일본, 프랑스, 유고슬라비아, 이집트, 남아프리카 연방, 라이베리아, 파키스탄에서 근무했다고 했다.

그들 부부는 한 쌍의 원앙이었다. 그들은 창밖의 볼만한 풍 경, 글에서 찾은 재미있거나 유익한 구절, 두서없이 떠오른 옛 추억 같은 소소한 선물들로 서로를 끊임없이 즐겁게 했다. 내 생각에, 두 사람은 듀프래스의 완벽한 전형이었다. 보코논은 오직 두 사람으로 구성된 커래스를 듀프래스라고 부른다.

"진정한 듀프래스는 불가침이고, 두 사람의 결합으로 탄생한 자녀들조차 침범할 수 없다." 보코논은 이렇게 말한다.

따라서 민턴 부부는 나의 커래스, 프랭크의 커래스, 뉴트의 커래스, 에이서 브리드 박사의 커래스, 앤절라의 커래스, 라이먼 엔더스 놀스의 커래스, 셔먼 크레브스의 커래스에서 제외된다. 민턴 부부의 커래스는 오직 두 사람으로 구성된 단출한 조직이었다.

"매우 기쁘시겠군요." 내가 민턴 대사에게 말했다.

"왜 기뻐해야 하죠?"

"대사 직위에 오르셨잖아요."

연민 어린 시선을 교환하는 민턴 부부를 보니, 내가 멍청한 말을 한 모양이었다. 하지만 그들 부부는 내 말에 맞장구를 쳐주었다. "그렇죠." 민턴 대사가 얼굴을 찡그렸다. "정말 기쁩니다." 그는 이렇게 말하고 힘없이 웃었다. "몹시 영예롭게 생각해요."

내가 어떤 화제를 꺼내든, 대화는 거의 그런 식으로 마무리되었다. 나는 어떤 이야기로도 민턴 부부를 들뜨게 하지 못했다.

예를 들면 이러했다. "여러 언어를 구사하시겠군요." 내가 말했다.

"아, 둘이 합해서 예닐곱 가지 됩니다." 민턴 대사가 말했다.

"매우 흐뭇하시겠어요."

"뭐가요?"

"아주 다양한 민족과 이야기를 나눌 수 있으시잖아요."

"매우 흐뭇합니다." 민턴 대사가 공허하게 말했다.

"흐뭇하다마다요." 부인이 말했다.

그러더니 그들 부부는 둘 사이의 팔걸이에 펼쳐져 있던, 타자기로 친 두툼한 문서를 다시 읽기 시작했다.

"저기요." 잠시 후에 내가 말을 꺼냈다. "그렇게 많은 곳을 여행하셨으니 말인데요. 어디에 살든 사람들의 마음은 다 비슷하던가요?"

"네?" 민턴 대사가 물었다.

"어디를 가든, 사람들의 마음이 다 비슷하냐고요."

민턴 대사가 고개를 돌려 아내도 그 질문을 들었는지 확인하고서, 다시 내 쪽을 보았다. "어디를 가든 비슷합니다." 그가 동의했다.

"음." 내가 말했다.

그건 그렇고, 보코논에 따르면, 듀프래스의 일원들은 한 명이 죽으면 나머지 한 명도 반드시 일주일 내에 죽는다. 죽음의 순간이 다가왔을 때, 민턴 부부는 거의 동시에 세상을 떠났다.

42
아프가니스탄을 위한 자전거

비행기 뒤편에 작은 기내 식당이 있어서, 나는 한잔하려고 그리로 갔다. 그리고 그곳에서 또다른 미국인 승객들을 만났다. 일리노이주 에번스턴에서 온 H. 로 크로즈비와 그의 아내 헤이즐이었다.

그들 부부는 오십대로, 몸집이 비대했고, 말할 때마다 코맹맹이 소리를 냈다. 크로즈비는 시카고에 자전거 공장을 하나 가지고 있는데 종업원들에게서 얻은 것이라고는 배은망덕뿐이라고 했다. 그래서 은혜를 아는 샌로렌조로 공장을 옮길 계획이라고 했다.

"샌로렌조에 대해 잘 아세요?" 내가 물었다.

"이번이 초행이오만, 그곳에 관한 이야기는 죄다 마음에 듭디다. 그곳 사람들은 자제력이 있소. 그래서 그 사람들한테는 일 년간 무언가를 믿고 맡길 수 있소. 게다가, 그 사람들에게는 무슨 듣도 보도 못한 기발한 잡놈이 되라고 부추기는 정부도 없소." H. 로 크로즈비가 말했다.

"네?"

"빌어먹을, 저기 시카고에서는 이제 자전거를 만들지 않소. 요즘은 어딜 가나 인간관계 타령이오. 지식인이라는 작자들은 모두를 행복하게 할 새로운 방법들을 찾아내보겠다며 빤들대고 있소. 사람들은 이제 어떠한 상황에서도 해고를 당하지 않소. 어쩌다 자전거라도 한 대 만들라치면, 노조는 우리가 잔인하고 비인간적인 대우를 했다고 비난을 해대고, 정부는 체납세 대신 그 자전거를 압류해서 아프가니스탄의 어느 장님한테 줘

버리지."

"그래서 샌로렌조에서는 상황이 더 나을 거라고 생각하시는 군요?"

"그러리란 걸 더럽게 잘 알고 있소. 저 아랫동네 사람들은 상식이 통할 만큼 충분히 가난하고 충분히 물렁하고 충분히 무식하거든."

크로즈비가 나에게 이름과 직업을 물었다. 내가 대답하자, 그의 아내 헤이즐은 내 성이 인디애나에서 흔한 성이라는 사실을 알아차렸다. 헤이즐 역시 인디애나 출신이었다.

"세상에, 후저*세요?" 헤이즐이 물었다.

나는 그렇다고 시인했다.

"나도 후저예요." 헤이즐이 환성을 질렀다. "후저임을 부끄러워해서는 안 돼요."

"부끄러워하지 않습니다. 그리고 제가 아는 사람 중에 그런 사람은 한 명도 없고요." 내가 말했다.

"후저들은 정말 굉장해요. 남편하고 나는 세계 일주를 두 번이나 했는데, 가는 곳마다 후저들이 요직을 맡고 있더라고요."

"그거 든든하군요."

"이스탄불에 새로 생긴 호텔의 지배인 아세요?"

---

* 인디애나 출신을 일컫는 별칭.

"아니요."

"그 사람도 후저예요. 그리고 도쿄 대사관 육군 뭐더라……"

"무관." 그녀의 남편이 말했다.

"그 사람도 후저예요. 그리고 유고슬라비아 주재 신임 대사도……" 헤이즐이 말했다.

"후저인가요?" 내가 물었다.

"그 사람뿐 아니라 〈라이프〉의 할리우드 담당 편집장도요. 그리고 칠레의 그……"

"그 사람도 후저인가요?"

"어디를 가든 후저가 이름을 떨치고 있죠." 헤이즐이 말했다.

"『벤허』를 쓴 사람도 후저였죠."

"그리고 제임스 위트콤 라일리*도요."

"선생님도 인디애나주 출신이신가요?" 내가 헤이즐의 남편에게 물었다.

"아니오. 나는 소위 '링컨의 땅'이라고 불리는 일리노이주 출신이오."

"사실, 링컨 대통령도 후저예요. 스펜서 카운티에서 자랐죠." 헤이즐이 의기양양하게 말했다.

"아무렴요." 내가 말했다.

---

* 미국 시인(1849~1916).

"이유는 모르겠지만, 후저들한테는 확실히 뭔가가 있어요. 누군가 그 명단을 작성하면, 후저들도 깜짝 놀랄 거예요." 헤이즐이 말했다.

"맞아요." 내가 말했다.

헤이즐이 내 팔을 단단히 움켜쥐었다. "우리 후저들은 단결해야 해요."

"옳은 말씀이세요."

"나를 엄마라고 불러요."

"네?"

"나는 젊은 후저를 만날 때마다, 나를 엄마라고 부르라고 말한답니다."

"아, 네."

"어디 한번 그렇게 불러봐요." 헤이즐이 재촉했다.

"엄마?"

헤이즐이 미소를 지으며 내 팔을 놓았다. 어떤 태엽 장치가 한 주기를 다 돌았다. 내가 헤이즐을 '엄마'라고 부름으로써 그 태엽 장치가 동작을 멈췄고, 이제 헤이즐은 다음에 만날 후저를 위해 태엽을 되감고 있었다.

세계 도처의 후저들에 대한 헤이즐의 집착은 가짜 커래스의 전형적인 예였다. 가짜 커래스란 하느님이 행하는 방식에 비추어보면 아무런 가치도 없는, 허울뿐인 조직을 뜻하는데, 그러한 무리를 보코논은 그랜펄룬이라고 부른다. 그랜펄룬의 또다른 예로는 공산당, 미국 혁명 자매회*, 제너럴 일렉트릭사, 오드 펠로스 국제 비밀 결사**가 있으며, 그야말로 국가, 시대, 장소를 불문한다.

보코논이 우리에게 함께 부르자고 청하는 노래처럼 말이다.

그랜펄룬에 대해 알고 싶다면,
풍선의 껍질을 한번 벗겨보라.

43
전시용 모형

H. 로 크로즈비는 독재가 대체로 굉장히 좋은 정치형태라고 믿었다. 크로즈비는 흉악한 사람도, 바보도 아니었다. 저속한 어릿광대짓으로 세상에 맞서는 그의 모습은 그에게 썩 잘 어울렸고, 무절제한 인류에 대한 그의 일침은 대부분 익살스러우면서도 정확했다.

---

* 미국 독립운동에 참여했던 사람들의 자손으로 구성된 애국 여성 단체로, 1890년에 조직되었다.
** 18세기 영국에서 창립된 비밀 공제 조합.

하지만 사람들이 지상에 머무르는 동안 진정으로 이루어야 할 일이 무엇이냐는 질문을 대할 때면 그의 이성과 유머감각은 사라져버렸다.

크로즈비는 자기를 위해 자전거를 만드는 게 사람들의 임무라고 굳게 믿었다.

"선생님께서 들으신 대로 샌로렌조가 모든 면에서 좋은 곳이기를 바랍니다." 내가 말했다.

"그곳이 좋은 곳인지 아닌지 알아보려면 딱 한 사람하고 이야기를 나눠보면 돼요. 그 작은 섬에 관한 일은 무엇이든 '파파' 몬자노가 서약만 해주면 그걸로 끝이지. 원래 다 그런 거고, 앞으로도 그럴 거요." 크로즈비가 말했다.

"그곳 사람들이 모두 영어를 사용하고 모두 기독교도라는 점이 마음에 들어요. 그만큼 일이 쉬워지잖아요." 헤이즐이 말했다.

"저 아랫동네에서 범죄를 어떻게 다루는지 아시오?" 크로즈비가 나에게 물었다.

"아뇨."

"저 아랫동네에서는 어떠한 범죄도 일어나지 않소. '파파' 몬자노가 국민들의 머릿속에 범죄를 더럽게 밥맛없는 짓으로 각인시켜놓았기 때문에, 누구든 범죄 생각만 해도 욕지기가 솟을 지경이랍디다. 인도 한가운데에 지갑을 놓아두고 일주일 뒤에 다시 가보면, 지갑이고 내용물이고 고스란히 제자리에 있다지 않소."

"음."

"물건을 훔치면 어떤 벌을 받는지 아시오?"

"아뇨."

"갈고리형. 벌금도 아니고, 보호관찰도 아니고, 징역 삼십 일도 아니고, 갈고리형이오. 절도, 살인, 방화, 반역, 강간, 염탐질은 다 갈고리형이오. 어떤 빌어먹을 범이든, 법을 어겼다 하면 바로 갈고리형이지. 모든 국민이 그걸 당연하게 여기고 있고, 그래서 샌로렌조는 세상에서 가장 품행이 바른 나라요." 크로즈비가 말했다.

"갈고리형이 뭔가요?"

"먼저 처형대를 하나 세워요, 알겠소? 기둥 둘에 가로대 하나. 그런 다음, 엄청나게 큰 쇠갈고리를 가져다가 가로대에 매다는 거요. 그리고 법을 어긴 멍청이를 데리고 와서, 갈고리 끝으로 옆구리를 꿴 다음 놓아버리는 거요. 그러면, 맙소사, 그 더럽게 딱한 죄인은 거기에 걸려 있게 되는 거요."

"세상에!"

"나도 그런 형벌이 바람직하다고 생각하진 않소. 하지만 나쁘다고 생각하지도 않지. 가끔 나는 그런 형벌이 있으면 청소년 범죄가 일소되지 않을까 생각하오. 하긴, 갈고리형은 민주국가에서 사용하기에는 조금 극단적일지도 모르겠소. 오히려 공개 교수형이 더 낫지. 십대 자동차 절도범 몇 놈을 데려다가, '엄마, 당신 아들이 여기 있어요'라고 적힌 알림판을 목에 걸어 준 다음, 각자의 집 앞 가로등에 놈들의 목을 매다는 거요. 그런 식으로 몇 번만 하면 도난 방지 장치는 구식 자동차의 접이식 좌석이나 발판처럼 영원히 사라질 겁니다." 크로즈비가 말했다.

"런던에 있는 밀랍 인형 전시관 지하에서 그걸 봤어요." 헤이즐이 말했다.

"어떤 거요?" 내가 헤이즐에게 물었다.

"갈고리요. 지하층 '공포의 방'에 있었어요. 밀랍으로 만든 사람을 갈고리에 걸어두었더라고요. 어찌나 진짜 같던지 토할 뻔했다니까요."

"해리 트루먼은 전혀 해리 트루먼 같지 않던걸." 크로즈비가 말했다.

"네?"

"밀랍 인형 전시관에 있던 트루먼 인형은 그 사람하고 별로 닮지 않았더란 말이오." 크로즈비가 말했다.

"그래도 다른 인형 대부분은 닮았었어요." 헤이즐이 말했다.

"특정인이 갈고리에 걸려 있었나요?" 내가 헤이즐에게 물었다.

"그런 것 같지는 않아요. 그냥 어떤 사람이었어요."

"그냥 전시용 모형이었군요?" 내가 물었다.

"맞아요. 그리고 그 앞에 검정 벨벳 커튼이 드리워져 있어서 전시물을 보려면 커튼을 젖혀야 했어요. 커튼에 아이들의 관람을 금한다는 경고문이 붙어 있더라고요."

"하지만 아이들도 봤소. 지하층에 아이들이 있었고, 그애들도 다 봤소." 크로즈비가 말했다.

"아이들한테 그런 경고문은 고양이 앞에 생선이라고요." 헤이즐이 말했다.

"갈고리에 걸린 사람을 보고 아이들이 어떻게 반응하던가요?" 내가 물었다.

"아, 어른들하고 비슷한 반응이었어요. 그냥 쳐다보고서 아무 말 없이 다음 전시물을 보러 갔죠." 헤이즐이 말했다.

"다음 전시물은 뭐였나요?"

"웬 남자가 철제 의자에 산 채로 구워져 있었소. 제 아들을 살해한 죄로 구워졌답니다." 크로즈비가 말했다.

"그런데 그자를 구워 죽인 뒤에야, 그가 아들의 살해범이 아니라는 사실이 밝혀졌대요." 헤이즐이 담담하게 회상했다.

44
공산주의 동조자들

클레어와 홀릭 민턴 부부 듀프래스의 옆자리로 돌아가 앉을 무렵, 나는 그들에 대한 새로운 사실을 들은 상태였다. 그 정보는 크로즈비 부부한테서 입수했다.

크로즈비 부부는 민턴 대사를 개인적으로 알지는 못했지만, 그에 대한 평판은 알고 있었다. 그들은 그가 대사로 임명된 것에 분개했다. 그들 부부의 말에 따르면, 민턴은 공산주의에 관대하다는 이유로 국무부에 의해 파면된 적이 있는데, 빨갱이의 하수인 혹은 그보다 더한 자들이 그를 복직시켰다는 것이었다.

"뒤에 썩 아담하고 괜찮은 기내 식당이 있어요." 내가 자리에 앉으면서 민턴 대사에게 말했다.

"네?" 민턴 부부는 여전히 둘 사이에 놓인 원고를 읽고 있었다.

"뒤에 괜찮은 바가 있다고요."

"좋군요. 잘됐네요."

두 사람은 나와 별로 이야기하고 싶지 않다는 듯 계속해서 원고만 읽었다. 그런데 민턴 대사가 갑자기 내 쪽으로 몸을 돌리더니 묘한 미소를 지으며 물었다. "그런데, 그 사람은 누구였나요?"

"누구 말씀이시죠?"

"바에서 당신하고 이야기를 나누던 남자 말입니다. 우리도 한잔하려고 뒤쪽에 갔었어요. 막 안으로 들어서려는데, 당신하고 어떤 남자의 말소리가 들리더군요. 그 남자 목소리가 꽤 컸어요. 나더러 공산주의 동조자라고 그러더군요."

"H. 로 크로즈비라는 자전거 제조업자예요." 내가 말했다. 온몸이 벌게지는 게 느껴졌다.

"나는 비관주의 때문에 파면당한 겁니다. 공산주의하고는 아무 관계도 없었어요."

"이이는 나 때문에 파면당했어요. 파면 이유로 제시된 물증은 내가 파키스탄에서 〈뉴욕 타임스〉로 보낸 편지 한 통뿐이었어요." 대사의 아내가 말했다.

"어떤 내용의 편지였죠?"

"여러 가지 내용을 썼어요. 어째서 미국인들은 더 특별한 존재가 될 생각을 하지 못하는지, 더 특별한 존재가 되어 자부심을 품고 살아갈 생각을 하지 못하는지에 대해 몹시 속이 상한 상태였거든요." 클레어 부인이 말했다.

"그렇군요."

"하지만 충성 심사에서 거듭 문제가 됐던 건 단 한 문장이었소." 민턴 대사가 한숨을 내쉬고서, 아내가 〈뉴욕 타임스〉에 기고했던 편지를 인용했다. "'미국인들은 결코 사랑이 존재하지 않을 곳에서, 결코 사랑일 수 없는 방식으로, 끊임없이 사랑을 갈구하고 있다. 그건 틀림없이 사라져버린 서부 미개척지와 어떤 관련이 있을 것이다.'"

45
미국인들이 미움을 받는 까닭

클레어 민턴이 〈뉴욕 타임스〉에 보낸 편지는 매카시 상원의원의 반공 정책이 극에 달했던 시기에 신문에 실렸고, 그녀의 남편은 그 신문이 발행된 지 열두 시간 만에 파면당했다.

"그 편지의 무엇이 그렇게 끔찍스러웠던 거죠?" 내가 물었다.

"우리가 생각할 수 있는 최고의 반역은, 미국인이라고 해서 가는 곳마다 그리고 하는 일마다 사랑받는 건 아니라고 말하는 행위입니다. 하지만 클레어가 말하려던 내용의 요지는 미국의 외교정책이 사랑을 기대하기보다는 미움을 인정하는 방향으로 나아가야 한다는 거였어요." 민턴 대사가 말했다.

"제가 생각하기에도 미국인들은 많은 곳에서 미움을 받고 있어요."

"인간은 많은 곳에서 미움을 받아요. 클레어는 편지에서 이렇게 지적했죠. 미국인들이 미움을 받는 것은 인간이기에 치르는 당연한 벌인데, 어떻게든 면죄부를 받아야 한다고 생각하는 것은 어리석은 짓이라고 말이에요. 하지만 충성 심사 위원회는 그 부분에 대해서는 전혀 관심을 기울이지 않았어요. 그들이 아는 거라고는 클레어와 내가 미국인들이 미움을 받고 있다고 생각한다는 사실뿐이었습니다."

"어쨌든, 이야기가 행복하게 끝을 맺어서 다행이네요."

"흠?" 민턴 대사가 말했다.

"결국엔 다 잘됐잖아요. 지금 대사님 자신의 대사관으로 가고 계시잖아요." 내가 말했다.

민턴 부부는 또다시 그 연민 어린 듀프래스식 시선을 주고받았다. 그런 다음, 민턴 대사가 나에게 말했다. "그래요. 무지개 저 끝의 황금 단지는 바로 우리 것이죠."

46
카이사르를 대하는 보코논식 태도

나는 프랭클린 호니커의 법적 지위에 대해 민턴 부부와 이야기를 나누었다. 어쨌든 프랭크는 '파파' 몬자노 정부의 거물이기도 했지만, 미국 법무부의 수배자이기도 했다.

"그 기록은 전부 말소됐어요. 그 사람은 이제 미국 시민이 아닐뿐더러, 지금 있는 곳에서 좋은 일을 하고 있는 듯한데, 그거면 됐지요." 민턴 대사가 말했다.

"그가 시민권을 포기했나요?"

"외국에 충성을 맹세하거나, 외국 군대에 복무하거나, 외국 정부에 고용된 사람은 누구나 시민권을 잃게 돼요. 여권을 한번 읽어봐요. 프랭크처럼 만화에나 등장할 법한 국제적 모험을 하고서, 계속 엉클 샘을 어미닭으로 둘 수는 없는 노릇이죠."

"샌로렌조 사람들이 그를 좋아하나요?"

민턴은 아내와 함께 읽던 원고를 두 손으로 들고 그 무게를 가늠해보았다. "아직은 모르죠. 이 책에는 그렇지 않다고 쓰여 있지만."

"그건 무슨 책인가요?"

"샌로렌조를 다룬 유일한 학술 서적이지요."

"학술 서적 비슷한 책이에요." 클레어 부인이 덧붙였다.

"학술 서적 비슷한 책입니다." 민턴 대사가 메아리처럼 따라 했다. "아직 출판은 되지 않았어요. 이건 사본 다섯 부 중에 하나죠." 그는 나에게 원고를 건네며 원하는 만큼 읽으라고 권했다.

나는 속표지를 펼쳤다. 제목은 '샌로렌조: 국토, 역사, 국민'이었다. 그리고 저자는 내가 만나러 가는 그 위대한 이타주의자 줄리언 캐슬의 아들이자 호텔 지배인인 필립 캐슬이었다.

나는 책을 아무데나 펼쳐보았다. 공교롭게도, 샌로렌조의 핍

박받는 성자 보코논에 관한 장이었다.

거기에는 『보코논서』의 한 구절이 인용되어 있었다. 그 낱말들이 종이에서 튀어나와 내 마음속으로 들어왔고, 그곳에서 환영받았다.

그 글은 "카이사르의 것은 카이사르에게 돌려라"라는 예수의 말에 대한 부연 설명이었다.

보코논의 부연 설명은 이러했다.

"카이사르는 신경쓰지 마라. 카이사르는 실제로 무슨 일이 벌어지고 있는지 전혀 모른다."

47
역동적 긴장

필립 캐슬의 책에 깊이 몰입한 나머지, 나는 비행기가 푸에르토리코의 산후안에 십 분간 기착했을 때 고개도 들지 않았다. 심지어 뒤편 승객이 난쟁이가 탔다며 흥분해서 소곤댈 때조차 고개를 들지 않았다.

잠시 후 난쟁이를 찾아 두리번댔지만, 난쟁이는 보이지 않았다. 대신 헤이즐과 H. 로 크로즈비 바로 앞에, 얼굴이 말상이고 머리칼이 백금색인 새로운 탑승객이 앉아 있었다. 그 여자의 옆 좌석은 비어 있는 듯했다. 어쩌면 좌석에 가려져 난쟁이의 머리꼭지조차 보이지 않았는지도 모른다.

하지만 당시에 나는 『샌로렌조: 국토, 역사, 국민』에 정신이 팔려 있었기 때문에, 난쟁이를 열심히 찾지는 않았다. 어쨌든 난쟁이는 따분하거나 적적한 시간을 보내기 위한 심심풀이일 뿐이고, 그때 나는 '역동적 긴장'이라는 보코논의 이론에, 선과 악의 귀중한 균형 상태에 대한 보코논의 논리에 진지한 흥미를 느끼고 있었다.

필립 캐슬의 책에서 '역동적 긴장'이라는 용어를 처음 발견한 순간, 나는 거만하다고 생각되는 그런 웃음을 지었다. 캐슬의 책에 따르면 보코논이 그 용어를 각별히 좋아한다고 하는데, 보코논이 모르는 뭔가를 내가 알고 있는 것 같았다. '역동적 긴장'이라는 말은 통신 강좌를 통해 보디빌딩을 가르치던 찰스 애틀러스라는 사람이 대중화한 용어였다.

하지만 조금 더 읽어보니, 보코논은 찰스 애틀러스가 누구인지 정확하게 알고 있었다. 사실 보코논은 찰스 애틀러스의 보디빌딩 수업을 수료했다.

찰스 애틀러스는 바벨이나 스프링 운동기구 없이 근육군을 서로 경쟁시키는 것만으로도 근육을 키울 수 있다고 믿었다.

보코논은 선과 악을 서로 경쟁시키고, 밤낮없이 둘 사이의 긴장을 고조시키는 것만으로도 좋은 사회를 건설할 수 있다고 믿었다.

캐슬의 책에서 나는 처음으로 보코논의 시 「칼립소」를 읽었다. 그 시는 이러했다.

'파파' 몬자노, 그 사람은 너무너무 못됐다네.

하지만 못된 '파파'가 없으면 참으로 애석할 거야.

괜찮다면, 그 까닭을 말해주게나.

'파파'가 못되지 않았다면,

어떻게 심술궂은 보코논 아저씨가

조금, 조금이라도 착하게 보일 수 있겠어?

48
성 아우구스티누스처럼

캐슬의 책에 따르면, 보코논은 1891년에 태어났다. 그는 흑인이었고, 토바고섬에서 감독교회 신자이자 영국 신민으로 태어났다.

그는 라이어널 보이드 존슨이라는 이름을 얻었다.

여섯 아이 중 막내였고, 부유한 집안에서 태어났다. 보코논의 조부가 땅속에서 25만 달러를 발견한 덕분에 그의 가족은 부자가 되었는데, 그 돈은 검은 수염 에드워드 티치*가 땅에 묻어둔 보물의 일부였던 것 같다.

보코논의 가족은 검은 수염의 보물을 아스팔트, 코프라, 카카오, 가축, 가금에 재투자했다.

젊은 시절, 라이어널 보이드 존슨은 감독교회 학교에 다니는 성실한 학생이었으며, 종교의식에 남다른 관심을 보였다. 그는 기성종교의 성직자들이 입는 돈보이는 제복에 끌리면서도, 술을 어지간히 좋아했던 모양이다. 왜냐하면 그는 「칼립소 제14편」에서 우리에게 이렇게 노래하자고 청하고 있다.

나는 젊었을 때,

몹시도 방탕하고 문란하여

술을 퍼마시고 여자들을 쫓아다녔네,

마치 젊은 성 아우구스티누스처럼.

성 아우구스티누스,

그는 결국 성자가 되었다네.

그러니 나 또한 성자가 되더라도

제발, 엄마, 까무러치지는 마세요.

_____

* 1700년대 카리브해와 미국 동부 해안을 휩쓸던 악명 높은 해적(1680~1718). '검은 수염'은 그의 별칭이다.

49

성난 바다가 던져올린 물고기 한 마리

라이어널 보이드 존슨은 지적 야망이 대단해서, 1911년에 혼자 외돛배 레이디스 슬리퍼호를 타고 토바고에서 런던으로 건너갔다. 그의 목적은 고등교육을 받는 것이었다.

그는 런던 정치경제 대학교에 등록했다.

그런데 제1차세계대전으로 학업이 중단되었다. 그는 보병으로 입대해 혁혁한 공을 세웠고, 전쟁터에서 장교로 임관되었으며, 수훈 보고서에 네 차례나 이름을 올렸다. 그는 제2차이프르 전투*에서 독가스를 마시고 이 년 동안 병원에 입원해 있다가 그후에 제대했다.

또다시 그는 혼자서 레이디스 슬리퍼호를 타고 고향 토바고를 향해 항해를 시작했다.

고향까지 단 130킬로미터를 남겨놓았을 때, 그는 독일 잠수함 U-99로부터 항해 중지 명령을 받고 수색을 당했다. 그는 포로가 되었고, 그의 작은 배는 훈족의 사격 연습에 사용되었다. 독일 잠수함은 계속 물위에 떠 있다가 영국 구축함 레이븐호의 기습을 받고 나포되었다.

---

* 제1차세계대전 당시 벨기에 이프르 지역에서 독일군과 연합군 사이에 있었던 전투.

영국군은 존슨과 독일군을 구축함으로 옮겨 싣고, U-99를 침몰시켰다.

레이븐호는 지중해로 향했으나 영영 그곳에 이르지 못했다. 조타기가 망가져버린 탓에, 구축함은 속절없이 떠밀려다니거나 시계방향으로 크게 원을 그리기만 했다. 그러다가 마침내 카보베르데제도*에서 멈추어 섰다.

존슨은 그곳에서 팔 개월간 머물며 서반구로 가는 교통편을 기다렸다.

마침내 그는 매사추세츠주 뉴베드퍼드로 불법 이민자를 실어나르는 어선에서 선원 자리를 구했다. 하지만 그 배는 바람에 떠밀려 로드아일랜드주 뉴포트 해안에 도착하고 말았다.

그즈음, 존슨은 웬일인지 무언가가 자신을 어딘가로 데려가려 한다는 확신을 품게 되었다. 그래서 하늘의 뜻이 뉴포트에 있는지 확인하기 위해 얼마 동안 그곳에 머물렀다. 그는 그 유명한 럼푸어드 대저택에서 정원사 겸 목수로 일했다.

그러는 동안 그는 럼푸어드가를 찾아오는 많은 저명인사들을 힐끔거렸는데, 그중에는 J. P. 모건, 존 J. 퍼싱 장군, 프랭클린 델러노 루스벨트, 엔리코 카루소, 워런 거메일리얼 하딩, 해리 후디니**도 있었다. 그사이 제1차세계대전은 천만 명의 사망

---

* 북대서양의 섬나라.

** J. P. 모건부터 해리 후디니까지 차례로, 미국 은행가(1837~1913), 미국 최초

자와 존슨을 포함한 이천만 명의 부상자를 남긴 채 끝이 났다.

전쟁이 끝나자 럼푸어드 가문의 젊은 탕아 레밍턴 럼푸어드 4세는 자신의 증기 요트 셰에라자드호를 타고 스페인, 프랑스, 이탈리아, 그리스, 이집트, 인도, 중국, 일본 등지를 돌며 세계 일주를 하기로 마음먹었다. 그는 존슨에게 일등항해사로 동행할 것을 권했고, 존슨은 수락했다.

존슨은 항해를 하는 동안 세상의 경이로움을 자주 목격했다.

셰에라자드호는 안개 자욱한 봄베이항에서 다른 선박에 들이받혔고, 존슨만 살아남았다. 그는 이 년간 인도에 머물면서 모한다스 K. 간디의 신봉자가 되었다. 그리고 철로에 드러누워 영국의 지배에 저항한 단체들을 이끈 혐의로 체포되었다. 형기를 마친 후, 그는 영국 정부에 의해 배편에 실려 고향 토바고로 송환되었다.

그곳에서 그는 범선을 한 척 만들어 레이디스 슬리퍼 2호라고 이름을 지었다.

그리고 그 배를 타고 카리브해를 돌아다녔다. 여전히 그는 자신을 운명의 땅으로 데려다줄 태풍을 찾아다니는 한량이었다.

1922년, 그는 허리케인을 피해 아이티의 포르토프랭스항으

로 육군 원수에 오른 군인(1860~1948)이자 제1차세계대전 당시 유럽 원정군 총사령관, 미국 제32대 대통령(1882~1945), 이탈리아 테너 가수(1873~1921), 미국 제29대 대통령(1865~1923), 미국 유명 마술사(1874~1926).

로 입항했는데, 당시 그 나라는 미국 해병대에 점령당한 상태였다.

그곳에서 얼 매케이브라는 해병대 탈영병이 존슨에게 접근했다. 매케이브는 상병이었고, 명석한 독학생이자 이상주의자였다. 방금 자기 중대의 유흥비를 훔친 그는 존슨에게 마이애미까지 태워다주면 500달러를 주겠다고 제안했다.

두 사람은 마이애미를 향해 돛을 올렸다.

하지만 돌풍이 범선을 샌로렌조의 바위 해변으로 맹렬히 떠다밀었다. 배는 가라앉고 말았다. 존슨과 매케이브는 알몸뚱이로 용케 해안까지 헤엄쳐갔다. 보코논은 그 모험을 이렇게 기록한다.

성난 바다가 던져올린
물고기 한 마리.
나는 육지에서 숨을 토했고
그리하여 내가 되었네.

존슨은 벌거숭이로 낯선 섬에 상륙하게 된 신비로운 경험에 매료되었다. 그는 알몸으로 바닷물에서 나오면서, 이 모험을 끝까지 해보기로, 한 인간이 얼마나 멀리까지 갈 수 있는지 두고보기로 결심했다.

그는 이렇게 다시 태어났다.

아이처럼 되라고
성경에 쓰여 있네.
그래서 나는 아이처럼 지낸다네,
이날 이때까지.

그가 보코논이라는 이름을 얻게 된 까닭은 퍽 단순했다. 존
슨을 그 섬의 영어 사투리로 발음하면 '보코논'이었다.

그 사투리에 대해 말하자면……

샌로렌조 사투리는 이해하기는 쉽지만 적기가 어렵다. 이해
하기 쉽다고 해도, 그건 어디까지나 나에게만 해당하는 이야기
다. 다른 사람들은 그 말이 바스크어만큼이나 난해하다고 하
니, 샌로렌조 사투리에 대한 내 이해력은 아마 텔레파시인지도
모르겠다.

필립 캐슬은 자신의 책에서 실례를 들어 사투리 발음법에 대
해 설명했는데, 맛을 아주 제대로 살렸다. 그는 〈반짝반짝 작은
별Twinkle, Twinkle, Little Star〉을 샌로렌조 사투리로 바꾸어 예로
들었다.

그 불후의 시는 미국 영어로 이러하다.

트윙클, 트윙클, 리틀 스타Twinkle, twinkle, little star

하우 아이 원더 왓 유 아How I wonder what you are

샤이닝 인 더 스카이 소 브라이트Shining in the sky so bright

라이크 어 티 트레이 인 더 나이트Like a tea tray in the night

트윙클, 트윙클, 리틀 스타Twinkle, twinkle, little star

하우 아이 원더 왓 유 아How I wonder what you are.

캐슬에 따르면, 똑같은 시가 샌로렌조 사투리로는 이렇게 된다.

츠벤트-키얼, 츠벤트-키얼, 렛-풀 스토어Tsvent-kiul, tsvent-kiul, lett-pool store,

코 자이 츠밴투어 뱃 부 요어Ko jy tsvantoor bat voo yore.

푸-치닉 온 로 쉬 조 브래스Put-shinik on lo shee zo brath,

캄 운 티트론 온 로 나스Kam oon teetron on lo nath,

츠벤트-키얼, 츠벤트-키얼, 렛-풀 스토어Tsvent-kiul, tsvent-kiul, lett-pool store,

코 자이 츠밴투어 뱃 부 요어Ko jy tsvantoor bat voo yore.

그건 그렇고, 존슨이 보코논이 되고 난 직후에, 난파된 레이디스 슬리퍼 2호의 구명보트가 해변에서 발견되었다. 나중에 그 구명보트는 황금색으로 칠해져 그 섬나라 대통령의 침대로 사용되었다.

필립 캐슬은 자신의 책에 이렇게 적고 있다. "보코논이 지어
낸 전설에 따르면, 세상의 종말이 다가오면 그 황금빛 보트가
다시 항해를 시작할 것이라고 한다."

50
멋 진 난 쟁 이

보코논의 생애를 한참 읽고 있는데, H. 로 크로즈비의 아내
헤이즐이 나의 독서를 방해했다. 헤이즐은 내 자리 옆 통로에
서 있었다. "믿기지 않겠지만, 이 비행기 안에서 후저를 두 명
이나 더 만났지 뭐예요." 헤이즐이 말했다.

"설마요."

"태생이 후저는 아니지만 지금 거기서 살고 있대요. 인디애
나폴리스에서요."

"아주 흥미롭네요."

"그 사람들을 만나볼래요?"

"꼭 그래야 할까요?"

헤이즐은 내 말에 당황스러워했다. "그 사람들도 당신과 같
은 후저라고요."

"이름이 뭐라던가요?"

"여자는 코너스고 남자는 호니커예요. 둘은 남매간인데, 남동생이 난쟁이예요. 하지만 멋진 난쟁이죠." 헤이즐이 눈을 찡긋했다. "똑똑한 아이더라고요."

"그 사람한테도 엄마라고 부르라고 하셨나요?"

"그러라고 할 뻔했어요. 그런데 그만두었죠. 난쟁이한테 그런 말을 하면 실례일 것 같아서."

"그럴 리가요."

51
알았어요, 엄마

그리하여 나는 비행기 뒤쪽으로 가서 내 커래스의 일원인 앤절라 호니커 코너스와 꼬맹이 뉴턴 호니커를 만나 이야기를 나누었다.

앤절라는 내가 진즉 알아챘던 대로 말상에 백금색 머리였다.

뉴트는 기괴해 보이지는 않지만, 과연 아주 작은 젊은이였다. 그는 거인국 사람들 틈에 끼어 있는 걸리버처럼 작았고, 또 예민하게 주위를 경계했다.

뉴트는 기내식으로 제공되는 샴페인 한 잔을 손에 들고 있었다. 뉴트가 샴페인 잔을 들고 있으니, 마치 보통 사람이 어항을 들고 있는 것 같았지만, 뉴트는 그 잔으로 고상하고 편안하게 샴페인을 마셨다. 마치 자신과 그 잔이 더할 나위 없이 잘 어울린다는 듯이.

그 꼬맹이 개자식은 아이스-나인 결정체가 담긴 서모스 보온병을 수화물 속에 감추고 있었고, 그의 가련한 누나도 마찬가지였다. 그사이 우리는 신의 물이라고 일컬어지는 카리브해의 상공을 날고 있었다.

헤이즐은 후저에게 후저를 소개하는 기쁨을 만끽하고 난 뒤 우리만 남겨두고 떠나버렸다. 그녀는 자리를 뜨면서 말했다. "지금부터는 잊지 말고 나를 엄마라고 불러요."

"알았어요, 엄마." 내가 말했다.

"알았어요, 엄마." 뉴트가 말했다. 뉴트의 목소리는 작은 후두에 어울리게 매우 높았다. 그렇지만 용케도 남자 목소리를 내고 있었다.

앤절라는 줄곧 뉴트를 갓난아기 취급했고, 뉴트는 저렇게 작은 사람이 어쩌면 그럴 수 있을까 싶을 정도로 온화하고 관대하게 그런 누나를 받아주었다.

뉴트와 앤절라는 나와 내가 쓴 편지를 기억하고 있었고, 내게 삼인용 좌석의 빈자리에 앉으라고 권했다.

앤절라는 답장을 보내지 못해서 미안하다고 사과했다.

"독자의 흥미를 끌 만한 이야깃거리가 생각나지 않았어요. 그날에 관한 일화를 지어낼 수도 있었겠지만, 그런 걸 원하진 않을 거라 생각했어요. 사실, 그날도 평소와 다름없었고요."

"여기 계신 동생 분이 제게 아주 멋진 편지를 보내주었답니다."

앤절라가 깜짝 놀랐다. "뉴트가요? 뉴트가 어떻게 그날 일을 기억할 수 있죠?" 앤절라가 동생을 돌아보았다. "아가, 그날 일은 아무것도 기억나지 않지? 너는 어린애였을 뿐인데."

"기억나." 뉴트가 부드럽게 말했다.

"내가 그 편지를 봤어야 하는데." 앤절라의 말은 뉴트가 외부 세계와 직접 상대하기에는 아직 너무 어리다는 뜻이었다. 앤절라는 지독하게 둔감한 여자여서, 작다는 것이 뉴트에게 어떤 의미인지 전혀 이해하지 못했다.

"아가, 그 편지를 나한테 보여줬어야지." 앤절라가 꾸짖었다.

"미안해. 미처 생각을 못 했어." 뉴트가 말했다.

"당신에게 이야기하는 편이 낫겠군요." 앤절라가 나에게 말했다. "브리드 박사님이 저더러 댁한테 협조하지 말라고 하셨어요. 당신은 아버지를 공정하게 묘사하는 일에는 관심도 없다고." 앤절라는 그런 연유로 내가 싫다고 말하고 있었다.

나는 어차피 그 책은 완성되지 못할 것 같다고, 이제는 그 책에 어떤 의미를 담아내야 하는지도 잘 모르겠다고 말해서 앤절라를 조금 진정시켰다.

"뭐, 혹시라도 그 책을 쓰게 된다면, 아버지를 성자로 만드는 편이 좋을 거예요. 아버지는 그런 분이셨으니까."

나는 그러한 모습을 그리기 위해 최선을 다하겠다고 앤절라에게 약속했다. 그런 다음, 가족 상봉을 하기 위해 뉴트와 함께 샌로렌조로 프랭크를 만나러 가는 중이냐고 물었다.

"프랭크가 결혼해요. 우리는 약혼식에 참석하러 가는 길이에요." 앤절라가 말했다.

"그래요? 그 운좋은 아가씨가 누군가요?"

"보여드릴게요." 앤절라가 핸드백에서 아코디언 모양의 비닐이 달린 지갑을 꺼냈다. 아코디언 주름마다 사진이 들어 있었다. 앤절라가 사진을 죽 넘기면서 케이프코드 해변의 꼬마 뉴트, 노벨상을 수상하는 필릭스 호니커 박사, 앤절라 자신의 못생긴 쌍둥이 딸들, 모형 비행기를 끈에 매달아 날리고 있는 프랭크의 모습을 슬쩍 보여주었다.

그런 다음, 앤절라는 프랭크와 결혼할 아가씨의 사진을 보여주었다.

사타구니를 걷어차였다면 그런 느낌이었을까.

사진 속에는 모나 아몬스 몬자노, 내가 사랑하는 바로 그 여인이 있었다.

52
아무 고통 없이

앤절라는 일단 그 비닐 아코디언을 펼쳤다 하면, 누군가 사진을 다 보기 전까지는 좀처럼 닫으려 하지 않았다.

"내가 사랑하는 사람들이에요." 앤절라가 분명하게 밝혔다.

그래서 나는 앤절라가 사랑하는 사람들을 보았다. 앤절라가 호박 속 딱정벌레 화석처럼 아크릴수지 안에 가두어둔 것들 대다수가 우리 커래스 일원들의 모습이었다. 그 수집품 속에 그랜펄루너, 즉 허울뿐인 구성원은 단 한 명도 없었다.

원자폭탄의 아버지이자 세 자녀의 아버지이며 아이스-나인의 아버지인 호니커 박사의 사진이 가장 많았다. 그 조그만 사내는 어떤 난쟁이와 어떤 여자 거인의 아비로도 알려져 있었다.

앤절라의 화석 수집품 중에서 가장 내 마음에 든 것은 그 노인네가 겨울이랍시고 외투, 목도리, 덧신, 커다란 털 방울이 달린 니트 모자로 온몸을 꽁꽁 싸맨 사진이었다.

그 사진은 노인네가 죽기 세 시간쯤 전에 하이애니스에서 찍힌 거라고 앤절라가 목멘 소리로 말했다. 크리스마스 요정처럼 보이는 그자가 바로 그 위대한 과학자임을 어느 신문사의 사진기자가 알아보았던 것이다.

"부친께서는 병원에서 돌아가셨나요?"

"오, 아니에요! 별장에서, 커다란 흰색 고리버들 의자에 앉아 바다를 바라보다가 돌아가셨어요. 뉴트하고 프랭크는 눈 내리는 해변으로 산책을 나갔고……"

"아주 따뜻한 눈이었어요. 마치 오렌지꽃 속을 걷는 듯한 기분이었죠. 아주 이상했어요. 다른 별장에는 아무도 없었고……" 뉴트가 말했다.

"난방이 되는 곳이 우리 별장밖에 없었거든요." 앤절라가 말했다.

"수 킬로미터 내에 아무도 없었어요." 뉴트가 경탄하듯 그날을 회상했다. "그런데 프랭크 형하고 저는 해변에서 커다란 검둥개랑 마주쳤죠. 래브라도레트리버였는데, 우리가 바다로 막대기를 던지면 녀석이 그걸 물어왔어요."

"나는 크리스마스 전구를 더 구하려고 마을에 나가 있었고요. 별장에는 항상 크리스마스트리가 있었거든요." 앤절라가 말했다.

"부친께서도 크리스마스트리를 좋아하셨나요?"

"아무 말씀도 안 하셨어요." 뉴트가 말했다.

"아버지도 좋아하셨을 거예요. 단지 감정을 잘 드러내지 않았을 뿐이죠. 그런 사람들 있잖아요." 앤절라가 말했다.

"그렇지 않은 사람도 있고요." 뉴트가 말했다. 그리고 어깨를 가볍게 으쓱했다.

"어쨌든, 우리가 집으로 돌아갔을 때 아버지는 의자에 앉아 계셨어요." 앤절라가 고개를 저었다. "아무 고통도 느끼지 않으셨을 거예요. 그냥 주무시는 것 같았어요. 만약 조금이라도 고통스러우셨다면, 그런 모습이 아니었겠죠."

앤절라는 그 이야기에서 정작 흥미로운 부분은 생략해버렸다. 바로 그날, 그 크리스마스이브에 자신과 프랭크와 꼬맹이 뉴트가 그 노인네의 아이스-나인을 나누어 가졌다는 사실은 말하지 않았다.

53
패브리-텍의 사장

앤절라가 나에게 사진을 더 보라고 권했다.

"믿기지 않겠지만, 이게 나예요." 앤절라는 키가 180센티미터 정도인 십대 소녀를 가리켰다. 사진 속에서 앤절라는 일리엄 고등학교 고적대의 제복을 입고 클라리넷을 들고 있었다. 머리칼을 고적대 모자 속으로 단정하게 집어넣은 모습이었다. 앤절라는 수줍은 듯 명랑하게 웃고 있었다.

그다음에는 하느님이 남자를 사로잡을 만한 매력이라고는 거의 아무것도 주지 않은 이 여자, 앤절라가 남편 사진을 보여주었다.

"그러니까 이분이 해리슨 C. 코너스 씨로군요." 나는 어안이 벙벙했다. 앤절라의 남편은 빼어나게 잘생긴데다, 그 자신도 그 사실을 아는 듯했다. 말쑥한 멋쟁이였고, 돈 후안처럼 눈가에 나른한 황홀감이 감돌았다.

"남편은 뭐, 뭐하시는 분인가요?" 내가 물었다.

"패브리-텍의 사장이에요."

"전자 회사인가요?"

"안다고 해도, 말할 수 없어요. 전부 극비로 이루어지는 정부 관련 일이라서."

"군수 회사인가요?"

"뭐, 어쨌든 전쟁하고 관련이 있어요."

"두 분은 어떻게 만났나요?"

"그이는 아버지의 연구조수로 일했었는데, 나중에 인디애나폴리스로 가서 패브리-텍을 창업했죠." 앤절라가 말했다.

"그러니까 두 분의 결혼은 오랜 연애의 행복한 결실이었군요?"

"아니에요. 나는 그이가 내 생사를 안다는 사실조차 몰랐는걸요. 나는 그이를 멋진 사람이라고 생각했지만, 그이는 나한테 아무런 관심도 보이지 않았어요. 아버지가 돌아가시기 전까지는."

"어느 날 그이가 일리엄에 나타났어요. 나는 그 커다란 고택에서 빈둥빈둥 세월을 보내며, 이제 내 인생은 끝났다고 생각하고 있었죠……" 앤절라는 아버지 사망 직후의 그 끔찍했던 몇 주에 대해 이야기했다. "그 커다란 고택에 달랑 나하고 꼬맹이 뉴트만 남았어요. 프랭크는 종적을 감췄고, 유령들이 뉴트랑 나보다 열 배는 더 시끄러웠죠. 나는 아버지 수발을 드느라 인생을 다 바쳤어요. 자동차로 출퇴근시켜드리고, 추운 날엔 싸매드리고, 더운 날엔 풀어드리고, 식사를 챙겨드리고, 공과금을 납부하고…… 그런데 갑자기 할 일이 없어진 거예요. 가까운 친구 한 명 없었기 때문에, 의지할 사람이라고는 뉴트뿐이었죠.

그런데 그때, 누군가 문을 두드렸어요. 그리고 거기에 해리슨 코너스가 서 있었죠. 나는 그이만큼 아름다운 사람을 본 적이 없었어요. 그이가 안으로 들어왔고, 우리는 아버지의 마지막 나날에 대해 그리고 주로 이런저런 옛일에 대해 이야기를 나눴죠."

앤절라는 금방이라도 울음을 터뜨릴 것 같았다.

"이 주 뒤, 우리는 결혼했어요."

54

공산주의자, 나치, 왕정주의자, 낙하산부대원, 징집 기피자

나는 모나 아몬스 몬자노를 프랭크에게 빼앗겼다는 생각에 훨씬 더 초라해진 기분으로 자리에 돌아와 다시 필립 캐슬의 원고를 읽기 시작했다.

색인에서 몬자노, 모나 아몬스를 찾아보니, 아몬스, 모나 항을 확인하라고 적혀 있었다.

그래서 아몬스, 모나 항을 보았더니, '파파' 몬자노의 이름 뒤에 붙어 있는 것만큼이나 많은 참조 페이지들이 나열되어 있었다.

아몬스, 모나의 다음 항목은 아몬스, 네스토르였다. 나는 네스토르와 관련된 페이지를 몇 군데 읽어보고서, 그가 모나의 아버지이자 핀란드 태생의 건축가였다는 사실을 알게 되었다.

제2차세계대전 동안, 네스토르 아몬스는 러시아군의 포로가 되었다가 독일군에 의해 석방되었다. 그런데 독일군은 그를 고국으로 송환하지 않고, 베어마흐트 공병대에 배치해 유고슬라비아 게릴라 부대와 싸우게 했다. 그러다 그는 세르비아 왕정주의 게릴라 부대인 체트니크 부대에 포로로 붙잡혔고, 그다음에는 체트니크 부대를 공격한 공산주의 게릴라 부대에 포로로 붙잡혔다. 다시금 그는 공산주의자들을 기습한 이탈리아 낙하

산부대에 의해 석방되었고, 배편으로 이탈리아로 후송되었다.

이탈리아인들은 그에게 시칠리아의 요새를 설계하도록 했다. 그는 시칠리아에서 어선을 하나 훔쳐 타고 중립국인 포르투갈에 도착했다.

거기에서 그는 줄리언 캐슬이라는 미국인 징집 기피자를 만났다.

캐슬은 아몬스가 건축가임을 알게 되자마자, 그에게 자신과 함께 샌로렌조섬으로 가서 '밀림 속 희망과 자비의 집'이라 불릴 병원을 설계해달라고 부탁했다.

아몬스는 수락했다. 그는 병원을 설계했고, 실리아라는 원주민 여인과 결혼해 완벽한 딸을 낳았고, 죽었다.

55
자기 책에 직접 색인을 달지 말 것

아몬스, 모나의 생애에 대해 말하자면, 그녀를 좌지우지한 수많은 대립 세력과 그들에 대한 그녀의 당혹스러운 반응이 색인에 요란스럽고도 초현실적으로 묘사되어 있었다.

색인에는 이렇게 되어 있었다. "아몬스, 모나: 몬자노의 지지도를 높이기 위해 그에게 입양됨, 194~199, 216 n.; '희망과 자비의 집'에서 보낸 어린 시절, 63~81; P. 캐슬과의 풋사랑, 72 f; 아버지 사망, 89 ff; 어머니 사망, 92 f; 국민적 섹스 심벌이라는 역할에 당황함, 80, 95 f, 166 n., 209, 247 n., 400~406, 566 n., 678; P. 캐슬과의 약혼, 193; 천진난만함의 정수, 67~71, 80, 95 f, 166 n., 209, 247 n., 400~406, 566 n., 678; 보코논과 생활함, 92~98, 196~197; 모나에 관한 시, 2 n., 26, 114, 119, 311, 316, 477 n., 501, 507, 555 n., 689, 718 ff, 799 ff, 800 n., 841, 846 ff, 908 n., 971, 974; 모나가 쓴 시, 89, 92, 193; 몬자노에게 돌아감, 199; 보코논에게 돌아감, 197; 보코논에게서 달아남, 199; 몬자노에게서 달아남, 197; 국민적 섹스 심벌의 역할을 그만두기 위해 스스로를 추하게 만들려 함, 80, 95 f, 116 n., 209, 247 n., 400~406, 566 n., 678; 보코논에게 개인 지도를 받음, 63~80; 미국에 편지를 씀, 200; 실로폰의 거장, 71."

나는 색인의 이 부분을 민턴 부부에게 보여주며, 이 자체가 하나의 매혹적인 전기, 주저하는 사랑의 여신에 관한 전기 같지 않느냐고 물었다. 그리고 살다보면 가끔 그렇듯, 뜻밖에도 전문적인 답변이 돌아왔다. 클레어 민턴이 젊은 시절에 색인 전문가였던 모양이다. 그때 나는 그런 직업에 대해 처음 들었다.

클레어는 색인 작성자로 일하며 남편의 대학교 학비를 댔고, 당시 수입이 꽤 쏠쏠했다고 했다. 그리고 색인을 제대로 만드는 사람은 매우 드물다고도 말했다.

그리고 자기 책에 직접 색인을 다는 것은 완전 풋내기 작가나 하는 짓이라고 했다. 나는 그녀에게 필립 캐슬의 색인에 대해 어떻게 생각하는지 물었다.

"저자 자신을 치켜세우는 짓이자, 독자를 모독하는 짓이지요." 클레어는 전문가답게 예리하면서도 온화하게 말했다. "한마디로, 제멋에 취한 거예요. 저자가 자기 작품에 직접 달아놓은 색인을 보면 언제나 당혹스러워요."

"당혹스럽다고요?"

"저자가 자기 작품에 색인을 다는 건 속 보이는 짓이죠. 숙달된 사람의 눈으로 보면, 그건 파렴치한 자기과시예요." 클레어가 나에게 설명해주었다.

"아내는 색인을 보고 성격까지 파악할 수 있어요." 클레어의 남편이 말했다.

"그래요? 필립 캐슬에 대해서는 무얼 알 수 있나요?" 내가 물었다.

클레어가 희미하게 웃었다. "처음 만난 사람에게는 말하고 싶지 않은 것들이에요."

"유감이군요."

"분명히 그 사람은 모나 아몬스 몬자노를 사랑하고 있어요." 클레어가 말했다.

"샌로렌조 남자들이 다 그런 것 같은데요."

"그는 아버지에 대해 복잡한 감정을 품고 있어요." 클레어가 말했다.

"세상 남자들이 다 그렇죠." 내가 클레어를 살살 부추겼다.

"그리고 불안정한 사람이군요."

"그렇지 않은 사람도 있나요?" 내가 따져 물었다. 당시에는 몰랐지만, 그건 매우 보코논교적인 질문이었다.

"그 사람은 절대 그 여자하고 결혼하지 않을 거예요."

"왜죠?"

"더는 말할 수 없어요." 클레어가 말했다.

"타인의 사생활을 존중해주는 색인 전문가를 만나서 기쁘네요."

"절대 자기 책에 직접 색인을 달지 마세요." 클레어가 분명히 말했다.

보코논이 우리에게 말하길, 듀프래스는 두 사람이 내밀하게 끊임없이 사랑하면서, 그 속에서 기묘하지만 진실한 통찰력을 얻고 키워가는 귀중한 수단이라고 한다. 민턴 부부의 교묘한 색인 탐구는 확실히 그 말에 딱 들어맞는 사례였다. 또한 보코논이 우리에게 말하길, 듀프래스는 은근히 자부심이 강한 조직이라고 한다. 민턴 부부의 조직도 예외는 아니었다.

잠시 후, 민턴 대사와 나는 클레어에게서 조금 떨어진 비행기 통로에서 마주쳤는데, 그에게는 아내가 색인에서 알아낸 것을 내가 존중한다는 사실이 중요한 듯했다.

"캐슬이 왜 그 아가씨와 절대 결혼하지 않는지 아십니까? 그 사람이 그 아가씨를 사랑하고, 그 아가씨가 그를 사랑하고, 또 둘이 함께 자랐는데도 말이죠." 민턴 대사가 조용조용히 말했다.

"아니요, 대사님. 모르겠는데요."

"그 사람이 동성애자이기 때문이지요." 민턴 대사가 속삭였다. "아내는 색인에서 그런 것도 알 수 있어요."

56
다람쥐 쳇바퀴

내가 읽은 바에 따르면, 라이어널 보이드 존슨과 얼 매케이브 상병은 벌거벗은 채 샌로렌조의 해변으로 떠밀려와서, 자기들보다 훨씬 딱한 사람들에게 환영을 받았다. 샌로렌조 사람들은 병밖에 가진 것이 없었고, 병을 치료하기는커녕 병명도 몰랐다. 그에 비해, 존슨과 매케이브는 읽고 쓰는 능력, 야망, 호기심, 뻔뻔함, 불경함, 건강, 해학, 외부 세계에 대한 다량의 정보라는 눈부신 보물을 가지고 있었다.

다시 「칼립소」에서 인용하자면 이렇다.

오, 정말 가여운 이들을, 야호,
이곳에서 발견했네.
오, 그들에게는 음악도
맥주도 없었네.
게다가, 오, 어디든
그들이 엉덩이를 붙이려는 곳은
죄다 캐슬 설탕 주식회사나
가톨릭교회 소유였네.

필립 캐슬에 따르면, 1922년 샌로렌조의 재산 현황에 대한 위의 진술은 대단히 정확했다. 공교롭게도, 캐슬 설탕 회사의 설립자는 필립 캐슬의 증조부였다. 1922년 당시에 섬의 경작지는 모두 그 회사의 소유였다.

필립 캐슬은 이렇게 기록했다. "캐슬 설탕의 샌로렌조 사업체는 전혀 이윤을 내지 못했다. 하지만 회사는 노동자들에게 임금을 지불하지 않음으로써, 매년 간신히 수지 균형을 맞추어나갔다. 그러면서도 노동자를 괴롭히는 자들에게 봉급으로 지급할 돈은 충분히 벌어들였다.

원래 이 나라는 무정부 상태였지만, 캐슬 설탕이 무언가를 소유하거나 실행하려고 하는 경우에는 예외적으로 봉건 체제가 되었다. 귀족계급은 캐슬 설탕 플랜테이션의 감독관들로 구성되었는데, 그들은 외부에서 온 중무장한 백인들이었다. 기사계급은 거구의 원주민들로 이루어졌고, 그들은 작은 선물과 시시한 특권만 주어지면 명령에 따라 살인, 상해, 고문도 마다하지 않았다. 이 흉포한 다람쥐 쳇바퀴에 갇힌 주민들의 영적 욕구는 소수의 뚱뚱보 사제들이 해결했다.

샌로렌조 대성당은 1923년에 폭파되었으나, 신세계에서 인간이 만들어낸 불가사의 중 하나로 알려져 있다."

57
역겨운 꿈

매케이브 상병과 존슨이 샌로렌조를 지배하게 된 것은 결코 기적이 아니었다. 많은 이들이 샌로렌조를 차지했다가 언제나 쉽게 남에게 넘겨주었다. 그 이유는 단순했다. 무한히 지혜로운 하느님이 그 섬을 무가치한 곳으로 창조했기 때문이었다.

기록에 따르면, 샌로렌조를 공연히 정복한 최초의 인물은 에르난도 코르테스였다. 코르테스와 그의 부하들은 1519년에 식수를 구하려고 상륙해 섬에 이름을 붙이고 그곳을 황제 카를

5세*의 땅으로 선포해놓고는 다시는 돌아오지 않았다. 그후에 탐험대들이 금과 다이아몬드와 루비와 향신료를 찾으러 왔다가 아무런 소득도 얻지 못하자, 재미 삼아 원주민 몇 명을 잡아다 이단이라며 화형에 처하고는 배를 타고 가버렸다.

필립 캐슬은 이렇게 기록했다. "1682년에 프랑스가 샌로렌조에 대한 소유권을 주장했을 때, 항의하는 스페인인은 아무도 없었다. 1699년에 덴마크가 샌로렌조에 대한 소유권을 주장했을 때, 항의하는 프랑스인은 아무도 없었다. 1704년에 네덜란드가 샌로렌조에 대한 소유권을 주장했을 때, 항의하는 덴마크인은 아무도 없었다. 1706년에 영국이 샌로렌조에 대한 소유권을 주장했을 때, 항의하는 네덜란드인은 아무도 없었다. 1720년에 스페인이 샌로렌조에 대한 소유권을 다시 주장했을 때, 항의하는 영국인은 아무도 없었다. 1786년에 아프리카 흑인들이 영국 노예 무역선을 장악하고 샌로렌조 해안으로 배를 몰고 와서 샌로렌조를 독립국이자 황제 국가로 선포했을 때, 항의하는 스페인인은 사실상 아무도 없었다.

황제는 텀범와였는데, 그 섬을 지킬 가치가 있는 곳이라 여긴 유일한 사람이었다. 미치광이 텀범와 황제는 섬의 북쪽 해변에 샌로렌조 대성당과 환상적인 요새를 세웠다. 현재 그 요

---

* 프랑스를 제외한 서유럽 전역과 아메리카, 아시아 대륙까지 영토를 넓혔던 스페인의 국왕이자 신성로마제국의 황제(1500~58).

새 안에는 공화국 대통령이라 불리는 자의 관저가 있다.

요새는 한 번도 공격을 받은 적이 없었고, 제정신인 사람은 누구도 그곳을 공격해야 할 까닭을 알지 못했다. 요새는 어떠한 것도 방어한 적이 없었다. 요새를 건설하다가 천사백 명이 죽었다고 전해진다. 그리고 그 천사백 명 중에서 절반가량은 열의가 부족하다는 이유로 공개 처형을 당했다고 한다."

캐슬 설탕 회사는 제1차세계대전으로 설탕 사업이 호황을 누리던 1916년에 샌로렌조로 진출했다. 그곳에는 어떠한 정부도 없었다. 회사는 설탕 시세가 아주 높으니 샌로렌조의 진흙 땅과 자갈밭이라도 일구기만 하면 벌이가 되리라 생각했다. 토를 다는 사람은 아무도 없었다.

1922년에 매케이브와 존슨이 도착해서 자신들이 섬을 떠맡겠다고 선언하자, 캐슬 설탕은 역겨운 꿈에서 깨어난 듯 흐늘흐늘 철수해버렸다.

58
색다른 독재

필립 캐슬은 이렇게 기록했다. "샌로렌조의 새로운 정복자들에게는 진짜로 새로운 특징이 적어도 하나는 있었다. 매케이브와 존슨은 샌로렌조를 유토피아로 만들려는 꿈을 꾸었다.

이를 위해 매케이브는 경제와 법률을 정비했다.

존슨은 새로운 종교를 창안했다."

캐슬은 다시 「칼립소」를 인용했다.

나는 만물이

이치에 맞아 보이기를 바랐다네.

그러면 우리 모두가

긴장을 풀고 행복할 수 있을 테니, 그래.

그리하여 나는 거짓말을 지어냈다네.

내 거짓말은 앞뒤가 딱 들어맞았고,

이 슬픈 세상은

낙―원이 되었다네.

한참 읽고 있는데 누군가 내 소매를 잡아당겼다. 나는 고개를 들었다.

꼬맹이 뉴턴 호니커가 내 자리 옆 통로에 서 있었다. "기내 식당으로 가서 몇 잔 들이켜고 싶지 않으신지요." 뉴트가 말했다.

그래서 우리는 몇 잔 털어넣었다. 그러자 뉴트는 말문이 트여서, 자신의 난쟁이 여자친구인 러시아 무용수 진카에 대해 몇 가지 사실을 알려주었다. 그들의 밀회 장소는 케이프코드에 있는 아버지의 별장이었다고 했다.

"절대 결혼은 못하겠지만, 적어도 신혼여행은 한 셈이죠."

그는 자신과 진카가 펠릭스 호니커의 낡은 흰색 고리버들 의자에 파묻힌 채, 서로의 품안에서 바다를 바라보며 지냈던 목가적인 시간에 대해 이야기했다.

진카는 뉴트를 위해 춤을 추곤 했다. "한 여자가 나만을 위해 춤을 춘다고 생각해보세요."

"조금도 후회하지 않는 모양이군요."

"그녀가 제 가슴을 찢어놓았어요. 조금 힘들긴 했어요. 하지만 값을 치른 거죠. 이 세상에선 값을 치른 만큼만 얻으니까요."

뉴트가 씩씩하게 건배를 제안했다. "연인과 아내들을 위하여." 그가 외쳤다.

59
안전벨트를 매세요

샌로렌조가 보일 무렵, 나는 뉴트, H. 로 크로즈비, 그리고 모르는 사람 두 명과 함께 기내 식당에 있었다. 크로즈비는 잡놈들에 대해 이야기하고 있었다. "내가 뭘 잡놈이라고 하는지 아시오?"

"저도 그 말을 들어보기는 했는데, 선생님과 달리 그 말에서 특별하게 괴상한 것을 연상하지는 못하겠네요." 내가 말했다.

크로즈비는 거나하게 취했고, 다정하기만 하다면 솔직하게 이야기해도 된다는 술꾼의 착각에 빠져 있었다. 크로즈비는 뉴트의 키에 대해 솔직하고 다정하게 이야기했다. 그곳에 있던 사람들 누구도 지금껏 그러한 주제를 입에 올린 적이 없었다.

"이 친구처럼 작은 친구를 두고 하는 말이 아니오." 크로즈비가 햄덩어리 같은 손을 뉴트의 어깨에 걸쳤다. "누군가를 잡놈으로 만드는 건 크기가 아니라 사고방식이오. 나는 여기 이 작은 친구보다 네 배나 큰 사람들을 만난 적이 있는데, 그자들은 잡놈들이었소. 그리고 작은 친구들도 만났는데, 뭐 실제로 이렇게까지 작지는 않았지만, 맹세코 정말 더럽게 작았소. 여하튼 나는 그 친구들을 진정한 사나이라고 부르겠소."

"고맙습니다." 뉴트가 제 어깨에 놓인 거대한 손에는 눈길조차 주지 않고 쾌활하게 말했다. 나는 그토록 굴욕적인 신체장애에 그렇게 잘 적응한 인간을 본 적이 없었다. 나는 몸서리가 쳐질 만큼 감탄했다.

"선생님은 잡놈에 대해 말하는 중이셨어요." 나는 그 무거운 손이 뉴트에게서 치워지길 바라며 크로즈비에게 말했다.

"빌어먹을, 그랬었지." 크로즈비가 자세를 똑바로 했다.

"뭘 잡놈이라고 하는지 아직 이야기하지 않으셨어요." 내가 말했다.

"잡놈은 자기가 더럽게 똑똑한 줄 아는 인간이오. 그래서 잠자코 있지를 못하고, 누가 무슨 말을 하든 꼭 언쟁을 하려 들지. 당신이 무얼 좋아한다고 말하면, 맹세코 그 인간은 당신이 틀렸다며 말꼬리를 물고 늘어질 거요. 잡놈은 언제나 상대를 얼간이로 보이게 하려고 안간힘을 쓰지. 상대가 무슨 말을 하든, 늘 자기가 더 잘났다고 나댄단 말이오."

"그다지 매력적인 성격은 아니군요." 내가 넌지시 말했다.

"예전에 내 딸이 어느 잡놈하고 결혼을 하고 싶어했소." 크로즈비가 험악하게 말했다.

"결혼을 했나요?"

"내가 그 자식을 벌레처럼 짓뭉개버렸지." 크로즈비는 그 잡놈의 말과 행동을 떠올리며 탁자를 내리쳤다. "제기랄! 우린 모두 대학을 나왔잖소!" 크로즈비의 시선이 다시 뉴트에게로 향했다. "대학에 다니시오?"

"코넬 대학교요." 뉴트가 말했다.

"코넬!" 크로즈비가 반갑게 소리쳤다. "세상에, 나도 코넬에 다녔는데."

"저분도요." 뉴트가 나를 향해 고개를 까딱했다.

"코넬인 세 명이 한 비행기에 타다니!" 크로즈비가 말했다. 그리고 우리는 다시 한번 그랜펄룬 축제를 벌였다.

분위기가 좀 진정되자, 크로즈비가 뉴트에게 전공이 뭐냐고
물었다.

"색칠을 해요."

"페인트칠?"

"그림이에요."

"저런." 크로즈비가 말했다.

"좌석으로 돌아가서 안전벨트를 매세요. 우리는 지금 샌로렌
조 볼리바르, 몬자노 공항의 상공에 있습니다." 승무원이 알렸다.

"제기랄! 잠깐만 기다려요." 크로즈비가 뉴트를 내려다보며
말했다. "갑자기 생각났는데, 당신 이름이 귀에 익군."

"제 부친이 원자폭탄의 아버지셨습니다." 뉴트는 필릭스 호
니커가 원자폭탄의 아버지들 가운데 한 사람이라고 말하지 않
았다. 그는 필릭스가 원자폭탄의 아버지라고 말했다.

"그렇소?" 크로즈비가 물었다.

"그렇습니다."

"나는 다른 걸 생각하고 있었소만." 크로즈비가 말했다. 그리
고 열심히 머리를 굴렸다. "어떤 무용수하고 관련이 있었는데."

"다들 자리로 돌아가는 게 좋겠어요." 뉴트가 조금 뻣뻣하
게 말했다.

"러시아 무용수하고 관련된 건데." 크로즈비는 술 때문에 맛
이 가서, 아무 거리낌없이 생각나는 대로 지껄였다. "그 무용수

가 스파이일지도 모른다는 사설을 읽었던 기억이 나는데."

"제발요, 여러분. 이제 정말 자리로 돌아가서 안전벨트를 매셔야 해요." 승무원이 말했다.

뉴트가 순진한 표정으로 H. 로 크로즈비를 올려다보았다. "이름이 호니커였던 게 확실한가요?" 뉴트는 다른 사람과 혼동했을지도 모른다며, 크로즈비에게 제 이름의 철자까지 알려주었다.

"내가 틀렸을 수도 있소." H. 로 크로즈비가 말했다.

60
혜택받지 못한 나라

하늘에서 내려다본 섬은 놀라울 정도로 네모반듯했다. 그리고 잔인하고 쓸모없는 뾰족 바위들이 바다에서 솟아올라, 섬 주위로 원을 이루었다.

섬의 남쪽 끝이 항구도시 볼리바르였다.

그곳이 유일한 도시였다.

그곳이 수도였다.

그곳은 늪지대 위에 세워져 있었다. 몬자노 공항의 활주로는 해안가에 있었다.

볼리바르 북쪽에는 산들이 불쑥불쑥 솟아올라 있었는데, 그 잔혹한 봉우리들이 섬의 나머지 지역을 빽빽하게 메우고 있었다. 그 산들은 상그레 데 크리스토*산맥이라 불렸지만, 내 눈에는 여물통에 늘어선 돼지들 같았다.

볼리바르의 이름은 그동안 카즈-마-카즈-마, 산타마리아, 세인트루이스, 세인트조지, 포트글로리 등으로 수차례 바뀌었다. 그리고 1922년에 존슨과 매케이브가 라틴아메리카의 위대한 이상주의자이자 영웅인 시몬 볼리바르를 기리는 뜻으로 지금의 이름을 붙였다.

존슨과 매케이브가 그 도시를 발견했을 때, 그곳은 무수한 청소동물들이 행복하게 우글대는 지하묘지 위, 오물과 노폐물과 점액이 뒤범벅된 썩은 곤죽 속 지하묘지 위에 잔가지, 함석, 상자, 진흙으로 지어져 있었다.

내가 그곳에 도착했을 때도 마찬가지였다. 해안을 따라 늘어선 선전용 신축 건물은 예외였지만.

존슨과 매케이브는 빈곤과 진창으로부터 국민들을 일으켜 세우지 못했다.

'파파' 몬자노 역시 마찬가지였다.

누구나 그럴 수밖에 없었다. 샌로렌조는 사하라사막이나 만

---

* Sangre de Cristo. 스페인어로 '예수의 가족'이라는 의미.

년설로 뒤덮인 극지방만큼이나 황폐한 땅이었다.

게다가 인구밀도는 인도와 중국을 포함한 세계 어느 곳에도 뒤지지 않을 만큼 높았다. 그 불모지에 2제곱킬로미터당 사백오십 명이 거주했다.

필립 캐슬은 이렇게 기록했다. "매케이브와 존슨이 샌로렌조를 재편성하던 이상주의적 시기에, 국가의 총수입을 모든 성인에게 균등하게 분배하겠다는 발표가 있었다. 이 조치가 처음이자 마지막으로 시행되었을 당시, 한 사람에게 돌아간 몫은 6~7달러 정도였다."

61
1코퍼럴의 가치

몬자노 공항의 세관에서 우리는 모두 수화물 검사를 받고 샌로렌조에서 사용할 돈을 현지 통화인 코퍼럴*로 환전해야 했다. '파파' 몬자노는 1코퍼럴이 미국 화폐로 50센트의 가치가 있다고 주장했다.

세관 사무소는 깔끔한 새 건물이었지만, 벽에는 이미 많은

---

* 메케이브 상병(corporal)의 계급명에서 따왔다.

안내문들이 뒤죽박죽 나붙어 있었다.

어느 안내문에는 이런 글이 적혀 있었다.

**샌로렌조에서 보코논교를 따르다가 걸리는 자는 갈고리에서
죽을 것이다!**

다른 포스터에는 웬 앙상한 흑인 노인이 시가를 피우는 사진
이 실려 있었는데, 그 사람이 바로 보코논이었다. 그는 똑똑하
고 친절하고 유쾌해 보였다.

사진 밑에 이런 글이 적혀 있었다. **현상 수배, 생사 불문, 현
상금 1만 코퍼럴!**

좀더 자세히 들여다보니, 1929년에 보코논이 직접 작성한 경
찰 신원 증명서 서식이 포스터 아래쪽에 복사되어 있었다. 보
코논 사냥꾼들에게 그의 지문과 필적을 보여주려고 복사해놓
은 모양이었다.

하지만 내 관심을 잡아끈 것은 1929년에 보코논이 서식 빈
칸에 적어놓은 말들이었다. 그는 가능한 한 어디에서나 우주적
시각으로 이승의 덧없음과 저승의 장구함 따위를 헤아리려고
했다.

그는 자신의 부업을 이렇게 적었다. '살아 있기.'

그는 자신의 본업을 이렇게 적었다. '죽어 있기.'

또다른 안내문에는 이런 말이 적혀 있었다. **이 나라는 기독교
국가다! 모든 발장난은 갈고리형에 처한다.** 나는 이 안내문을

이해하지 못했다. 그때까지 나는 보코논교도들이 서로 발바닥을 맞대서 영혼을 교류한다는 사실을 모르고 있었기 때문이다.

그리고 아직 필립 캐슬의 책을 다 읽지 못한 탓이었지만, 나의 가장 큰 수수께끼는 매케이브 상병의 막역한 친구였던 보코논이 어쩌다가 도망자 신세가 되었느냐 하는 것이었다.

62
헤이즐이 겁먹지 않은 까닭

샌로렌조에 내린 사람은 뉴트와 앤절라, 민턴 대사 부부, 크로즈비 부부, 나, 이렇게 일곱 명이었다. 우리는 통관 절차를 마친 뒤 옥외의 사열대로 안내되었다.

그곳에서 우리는 아주 조용한 군중과 마주했다.

오천 명 남짓의 샌로렌조 국민들이 우리를 쳐다보았다. 섬 사람들의 피부는 연갈색이었다. 그들은 모두 야위었고, 뚱뚱한 사람은 한 명도 보이지 않았다. 치아가 온전한 사람은 아무도 없었다. 많은 이들의 다리가 휘거나 부어 있었다.

모두들 눈이 흐리멍덩했다.

여자들의 드러난 젖가슴은 보잘것없었다. 남자들이 아랫도리에 두른 헐렁한 가리개는 괘종시계 추 같은 음경을 거의 가려주지 못했다.

개들이 많았으나 한 마리도 짖지 않았다. 갓난아기들이 많았지만 한 명도 울지 않았다. 여기저기에서 기침을 해댔다. 그게 다였다.

군중 앞에 군악대가 차렷 자세로 서 있었다. 하지만 연주는 하지 않았다.

군악대 앞에는 기수가 서 있었는데, 기수는 성조기와 샌로렌조 국기, 이렇게 두 개의 기를 들고 있었다. 샌로렌조 국기는 감청색 바탕에 미국 해병대 상병의 갈매기형 계급장이 그려져 있었다. 잔잔한 대기 속에서 깃발들이 축 늘어졌다.

어딘가 먼 곳에서 쇠망치로 놋쇠 북을 두드리는 소리가 들리는 듯했다. 하지만 그런 소리는 없었다. 그저 내 영혼이 샌로렌조 기후의 놋쇠처럼 쨍쨍거리는 열기에 장단을 맞추어 공명하고 있을 뿐이었다.

"이곳이 기독교 국가여서 정말 다행이에요." 헤이즐 크로즈비가 남편에게 속삭였다. "그렇지 않았다면 조금 겁먹었을 거예요."

우리 뒤에 실로폰이 있었다.

실로폰에는 표찰이 붙어 있었는데 석류석과 모조 다이아로 만든 것이었다.

그 표찰에 이렇게 적혀 있었다. **모나.**

63
경건하고 자유로운

사열대 왼편으로 미국에서 군사원조를 받은 프로펠러 전투기 여섯 대가 일렬로 서 있었다. 전투기 동체에는, 유치한 살인 충동이 담긴, 악마를 으스러뜨려 죽이는 보아구렁이 그림이 그려져 있었다. 악마의 귀와 코와 입에서 피가 흘러내리고 빨간 손에서는 삼지창이 미끄러져 떨어지고 있었다.

전투기 앞에 연갈색 살빛의 조종사들이 한 명씩 서 있었는데, 그들 역시 조용했다.

그때, 부풀어오른 적막을 깨고 모깃소리처럼 집요한 소리가 들려왔다. 다가오는 사이렌 소리였다. 사이렌은 '파파'의 반들반들한 검정 캐딜락 리무진에서 울리고 있었다.

리무진은 먼지를 일으키며 우리 앞에 멈추어 섰다.

'파파' 몬자노와 그의 수양딸 모나 아몬스 몬자노, 프랭클린 호니커가 차에서 내렸다.

'파파'가 고압적인 태도로 대충 신호를 보내자, 군중이 샌로렌조 국가를 불렀다. 곡조는 〈언덕 위의 집〉이고 가사는 1922년에 라이어널 보이드 존슨, 그러니까 보코논이 썼다. 가사는 이러했다.

오, 이 나라는

고결한 삶을 누리는 땅.

사내들은 상어처럼 용맹하고

여인들은 순결하다네.

우리는 한시도 믿어 의심치 않네,

우리 아이들 모두가 원칙을 지키리란 걸.

샌, 샌 로-렌-조!

진정 풍요롭고 복된 우리 섬!

적들은 겁을 먹지,

이토록 경건하고 자유로운 우리 국민들에게

패할 것이 뻔하기에.

64
평화와 풍요

그리고 군중은 다시 쥐죽은듯 조용해졌다.

'파파'와 모나와 프랭크가 사열대로 합류했다. 그러는 동안
작은북 하나가 연주되었다. '파파'가 손가락으로 북 치는 사람
을 가리키자 북소리가 멈췄다.

'파파'는 군복 위로 어깨에 권총집을 메고 있었다. 그 안에

들어 있는 무기는 크롬으로 도금된 45구경 권총이었다. 그는 내 커래스 일원들 대다수가 그렇듯 늙디늙은 노인이었다. 그리고 몸이 불편해 보였다. 보폭이 좁고 걸음에 탄력이 없었다. 몸은 아직 통통했지만, 단출한 군복이 헐렁한 것으로 보아 몸속 지방이 빠르게 녹고 있는 모양이었다. 두꺼비눈 같은 안구가 누랬고, 두 손이 부들댔다.

'파파'의 개인 경호원은 흰색 군복을 입은 프랭클린 호니커 장군이었다. 손목이 가늘고 어깨가 좁은 프랭크는 마치 평소의 취침 시간을 훨씬 넘겨버린 아이 같아 보였다. 그는 가슴에 훈장을 달고 있었다.

나는 어렵사리 '파파'와 프랭크를 볼 수 있었다. 시야가 가려져서가 아니라, 내가 모나에게서 시선을 떼지 못했기 때문이었다. 나는 감격했고, 애통했고, 들떴고, 혼미했다. 내가 그때껏 여자에 대해 품었던 탐욕스럽고 불합리한 모든 환상이 모두 모나에게서 실현되리라. 하느님이 그녀의 따뜻하고 보드라운 영혼을 사랑하사, 거기에 영원한 평화와 풍요가 깃들었노라.

그 소녀, 고작 열여덟 살인 그 소녀는 황홀할 정도로 침착했다. 그녀는 모든 것을 아는 듯했고, 알아야 할 모든 것은 바로 그녀 자신인 듯했다. 『보코논서』에도 그녀의 이름이 언급되어 있다. 보코논은 그녀에 대해 이렇게 말한다. "모나는 만유의 천진함을 지녔노라."

그녀는 하얀 그리스식 드레스를 입고

자그마한 갈색 발에 평평한 샌들을 신었다.

그녀의 엷은 금발은 곧고 길었으며

그녀의 엉덩이는 리라 같았다.

오, 하느님.

평화와 풍요가 영원케 하소서.

그녀는 샌로렌조의 유일한 미녀였고 국가적 보물이었다. 필립 캐슬에 따르면, '파파'는 자신의 가혹한 통치에 신성함을 부여하기 위해 그녀를 입양했다고 한다.

실로폰이 사열대 앞으로 옮겨졌다. 그리고 모나가 실로폰을 연주했다. 그녀는 〈하루가 끝났을 때〉를 연주했다. 연주 내내 트레몰로 기법을 구사해서, 소리가 커졌다가 희미해졌다가 다시 커지기를 반복했다.

군중은 아름다움에 취했다.

그리고 이제 '파파'가 우리를 환영할 시간이었다.

65
샌로렌조를 방문하기 좋은 때

'파파'는 독학자로, 원래 매케이브 상병의 집사였다. 그는 한 번도 섬을 떠나본 적이 없었지만 미국 영어를 그런대로 잘 구사했다.

사열대에서 우리가 하는 모든 말이 최후의 심판일에 울려퍼질 것 같은 나팔들을 통해 군중에게 퍼부어졌다.

그 나팔들을 통해 울려퍼지는 소리는 군중 뒤의 짧은 대로를 따라 재잘대며 내려가다가, 길 끝에서 신축 건물 세 채의 유리 외벽에 부딪혀서 꽥꽥거리며 되돌아왔다.

"환영합니다." '파파'가 말했다. "여러분은 미국 역사상 최고의 우방국에 오신 겁니다. 미국은 많은 곳에서 오해를 받고 있지만, 이곳에서는 아닙니다. 대사님." '파파'는 H. 로 크로즈비에게 고개를 숙였다. 자전거 제조업자인 그를 신임 대사로 착각한 것이었다.

"여기가 좋은 나라라는 건 저도 알고 있습니다, 대통령 각하. 이 나라에 대한 이야기 또한 모두 마음에 들고요. 다만……" 크로즈비가 말했다.

"다만?"

"저는 대사가 아닙니다." 크로즈비가 말했다. "대사라면 좋겠지만, 저는 평범한 일개 사업가입니다." 누가 진짜 대사인지 말하려니 쑥스러운 모양이었다. "여기 이 사람이 바로 그 거물이죠."

"아!" '파파'가 자신의 실수를 깨닫고 미소 지었다. 그러다 불현듯 미소가 사라졌다. 그는 내부의 어떤 고통으로 인해 움

찔댔고, 곧이어 몸을 구부린 채 눈을 감았다. 그리고 고통을 견 뎌내기 위해 정신을 집중했다.

프랭크 호니커가 쭈뼛대며 서투르게 자신의 후원자에게 다 가갔다. "괜찮으십니까?"

"실례했습니다." 마침내 '파파'가 몸을 살짝 일으키며 속삭 였다. 두 눈에 눈물이 고여 있었다. 그는 눈물을 훔치고 몸을 완전히 일으켰다. "양해해주시기 바랍니다."

잠시 그는 자신이 어디에 있는지, 무엇을 해야 하는지 확신 이 서지 않는 듯했다. 그리고 그는 결국 기억해냈다. 그는 홀릭 민턴과 악수를 나눴다. "이곳 사람들은 모두 여러분의 친구입 니다."

"물론이지요." 민턴 대사가 다정하게 말했다.

"또한 기독교도들입니다." '파파'가 말했다.

"좋군요."

"그리고 반공산주의자들입니다." '파파'가 말했다.

"좋네요."

"이곳에는 공산주의자가 한 명도 없습니다. 다들 갈고리를 아주 무서워하거든요." '파파'가 말했다.

"그러리라 생각합니다." 민턴 대사가 말했다.

"아주 좋은 때 잘 오셨습니다. 내일은 이 나라 역사상 가장 행복한 날 가운데 하나가 될 것입니다. 내일은 이 나라 최대 국경일인 '민주주의 순교자 100인의 날'입니다. 그리고 호니커 장군과 모나 아몬스 몬자노가 약혼을 하는 날이기도 하지요. 모나는 나를 비롯한 모든 샌로렌조 국민의 삶에서 가장 소중한 사람입니다." 파파가 말했다.

"행복하시기 바랍니다, 몬자노 씨. 그리고 축하합니다, 호니커 장군." 민턴 대사가 따뜻한 말을 건넸다.

두 젊은이가 고개를 숙여 감사를 전했다.

민턴 대사는 이제 소위 '민주주의 순교자 100인의 날'에 대해 이야기했는데, 전부 터무니없는 거짓말이었다. "미국 학생들 모두가 제2차세계대전중에 샌로렌조가 치른 고귀한 희생에 대해 알고 있습니다. 내일 기념하게 될 100인의 용감한 샌로렌조인은 자유를 사랑하는 사람들이 할 수 있는 최선을 다했습니다. 미합중국 대통령께서는 저에게, 내일 기념식에 그분의 대리인으로 참석해, 미국 국민이 샌로렌조 국민에게 보내는 선물인 화환을 바다에 던져달라고 당부하셨습니다."

"샌로렌조 국민은 귀하와 귀국 대통령과 관대한 미합중국 국민들이 보여주신 배려에 감사드립니다. 대사께서 내일 약혼식에서 바다에 화환을 던져주신다면, 영광일 겁니다." '파파'가 말했다.

"제가 영광이지요."

'파파'는 우리 모두에게 다음날 있을 화환 의식과 약혼식에 참석해 자리를 빛내줄 것을 지시했다. 우리는 정오까지 그의 관저로 가야 했다.

"이 두 사람의 자녀들이 얼마나 대단할지!" '파파'의 말에 우리는 프랭크와 모나를 응시했다. "이 혈통! 이 아름다움!"

고통이 다시 그를 엄습했다.

그는 고통 때문에 또다시 눈을 감고 몸을 응송그렸다.

그리고 고통이 가시기를 기다렸지만, 고통은 사라지지 않았다.

그는 여전히 격심한 고통에 휩싸인 채 우리에게서 몸을 돌려 군중과 마이크를 마주했다. 군중에게 손짓을 하려 했으나, 그러지 못했다. 군중에게 무언가 말하려 했으나, 그러지 못했다.

그러다가 말소리가 터져나왔다. "집으로 돌아들 가시오." 그가 목을 쥐어짜며 소리쳤다. "돌아들 가요!"

군중은 낙엽처럼 흩어졌다.

'파파'는 여전히 고통에 휩싸인 채, 기괴한 표정으로 우리 쪽으로 다시 돌아서더니……

의식을 잃고 쓰러졌다.

66
존재하는 가장 강한 것

'파파'는 죽지 않았다.

하지만 확실히 죽은 사람처럼 보이기는 했다. 죽은듯 가만히 있다가 이따금 부르르 몸을 떠는 것만 빼면 말이다.

프랭크가 큰 소리로 '파파'는 죽지 않았다고, '파파'가 죽었을 리 없다고 뻗댔다. 그는 제정신이 아니었다. "파파! 돌아가시면 안 돼요! 그럴 수 없어요!"

프랭크는 '파파'의 옷깃과 상의 단추를 풀고 손목을 주물렀다. "바람을 쐐드려! '파파'께 바람을 쐐드리라고!"

전투기 조종사들이 우리를 도우러 달려왔다. 그래도 한 사람은 분별력이 있었는지 공항 구급차를 부르러 갔다.

아무런 명령도 받지 못한 군악대와 기수단은 차렷 자세로 떨고 있었다.

나는 모나를 찾다가, 그녀가 여전히 침착한 태도를 잃지 않고 사열대 난간으로 물러나 있는 모습을 발견했다. 죽음이 다가오고 있을지언정, 그녀는 불안해하지 않았다.

그녀의 옆에 조종사가 한 명 서 있었다. 그는 그녀를 쳐다보고 있지 않았지만, 그녀와 아주 가까이 있어서인지 그에게서 광채가 났다.

'파파'는 이제 의식 비슷한 것을 약간 되찾았다. 그리고 붙잡힌 새처럼 퍼덕이는 손으로 프랭크를 가리켰다. "자네……" '파파'가 말했다.

우리는 모두 그의 말을 듣기 위해 숨을 죽였다.

'파파'가 입술을 달싹댔으나, 부글거리는 소리만 들릴 뿐이었다.

그러자 누군가 묘수를 생각해냈다. 사실 그때는 묘수처럼 보였지만, 돌이켜보면 정말 끔찍한 발상이었다. 여하튼, 누군가— 아마도 어느 조종사—가 받침대에 걸려 있던 마이크를 가져다 '파파'의 부글대는 입에 대고 그의 말소리를 증폭시키려 했다.

그리하여 임종 때의 가르랑거림과 온갖 종류의 경련성 요들 송이 신축 건물들에 부딪혀 흩어졌다.

그런 다음 말소리가 나왔다.

"자네," '파파'가 쉰 목소리로 프랭크에게 말했다. "자네, 프랭클린 호니커, 자네가 샌로렌조의 차기 대통령을 맡아주게나. 과학, 자네에겐 과학이 있어. 과학이야말로 존재하는 가장 강한 것이라네."

"과학." '파파'가 말했다. "아이스." 그는 노란 눈알을 뒤룩대더니 다시 정신을 잃었다.

나는 모나를 쳐다보았다.

그녀의 표정에는 변화가 없었다.

하지만 그녀 옆에 서 있는 조종사는 명예 훈장을 받는 사람처럼 긴장과 흥분이 공존하는 엄숙한 표정을 짓고 있었다.

나는 눈을 내리떴다가 뜻하지 않은 장면을 목격했다.

모나가 샌들을 벗고 서 있었다. 그녀의 작은 갈색 발이 다 드러나 있었다.

모나는 그 발로 조종사의 군화 발등을 문지르고, 문지르고 또 문질렀다. 그것도 아주 음란하게.

67
하이-우-오-욱-쿠!

'파파'는 죽지 않았다. 그때는.

'파파'는 공항의 크고 빨간 구급차에 실려나갔다.

민턴 부부는 미국 리무진을 타고 대사관으로 갔다.

뉴트와 앤절라는 샌로렌조 리무진을 타고 프랭크의 집으로 갔다.

크로즈비 부부와 나는 샌로렌조에 한 대뿐인 택시를 타고 카사 모나 호텔로 갔다. 그 택시는 영구차처럼 생긴 1939년형 크라이슬러 리무진이었고 접이식 보조의자가 달려 있었다. 택시 옆면에는 캐슬 운수회사라는 상호가 적혀 있었다. 그 택시는 완벽한 이타주의자의 아들이자 카사 모나의 주인, 필립 캐슬의 소유였다. 나는 그의 아버지와 인터뷰를 하기 위해 이곳에 왔다.

크로즈비 부부도 나도 당황스러웠다. 우리가 즉시 답을 듣고 싶어하는 질문들 속에 우리의 당혹감이 그대로 녹아 있었다. 크로즈비 부부는 보코논이 누구인지 알고 싶어했다. 그들은 '파파' 몬자노에게 대항하는 사람이 있다는 생각에 분개했다.

엉뚱하게도, 나는 '민주주의 순교자 100인'이 어떤 사람들인지 즉시 알아야겠다고 생각했다.

크로즈비 부부가 먼저 답을 얻었다. 그들이 샌로렌조 사투리를 알아듣지 못했으므로 내가 통역을 해줘야 했다. 크로즈비는 가장 궁금했던 것을 택시 기사에게 물어보았다. "그런데, 보코논이라는 그 잡놈이 대체 누구요?"

"아주 나쁜 사람very bad man." 택시 기사가 말했다. 실제로는 사투리로 이렇게 말했다. "보리 발 모운."

"공산주의자요?" 내 통역을 듣고 크로즈비가 물었다.

"아, 물론이죠."

"추종자가 있소?"

"네?"

"그를 조금이라도 좋게 생각하는 자가 있느냐는 말이오."

"아, 없어요, 손님." 택시 기사가 경건하게 말했다. "그런 미친 사람은 없어요."

"그자는 왜 아직 잡히지 않았소?" 크로즈비가 물었다.

"찾기가 어려워요. 아주 영리해서." 택시 기사가 말했다.

"음, 분명히 사람들이 은신처와 음식을 제공해주는 걸 거요. 그게 아니라면 벌써 잡혔겠지."

"숨겨주는 사람도, 음식을 주는 사람도 없어요. 다들 영리해서 그런 짓은 하지 않아요."

"확실해요?"

"아, 확실해요." 택시 기사가 말했다. "그 미친 노인네한테 음식이나 잠자리를 주는 사람은 다 갈고리형이에요. 누구도 갈고리를 원하지 않아요."

그는 갈고리hook를 하이-우-오-욱-쿠라고 발음했다.

68
훈-예-라 모라-투어즈

나는 택시 기사에게 '민주주의 순교자 100인'이 어떤 사람들이냐고 물었다. 알고 보니 우리가 통과하고 있는 길이 바로 '민주주의 순교자 100인 대로'였다.

택시 기사의 말에 따르면, 샌로렌조는 진주만이 공격당한 지 한 시간 만에 독일과 일본에 선전포고를 했다고 한다.

샌로렌조는 민주주의 편에서 싸우기 위해 남자 백 명을 징집해 미국행 배에 실었다. 그들은 미국에서 무기를 지급받고 훈련에 들어갈 예정이었다.

그런데 그 배가 볼리바르항을 벗어나자마자 독일 잠수함에 격침되고 말았다.

"도스, 소어, 이어라 로 훈-예라 모라-투어즈 투트 자무-크라츠-야." 운전사가 말했다.

"그들이, 손님, '민주주의 순교자 100인'이에요Those, sir, are the Hundred Martyrs to Democracy." 통역하면 이런 뜻이었다.

69
대형 모자이크

크로즈비 부부와 나는 새 호텔에 첫 손님이 되는 별난 경험을 했다. 우리는 카사 모나의 숙박부에 처음으로 서명을 했다.

크로즈비 부부가 나보다 먼저 접수대에 도착했으나, H. 로 크로즈비는 완전히 백지상태인 숙박부를 보고 깜짝 놀라 서명할 엄두를 내지 못했다. 그는 잠시 생각할 시간이 필요했다.

"당신이 서명하시오." 크로즈비가 나에게 말했다. 그러고는 자기를 미신적인 사람으로 생각할 테면 하라며, 자신은 로비의 갓 바른 회벽 위에 대형 모자이크를 만들고 있는 사내의 사진을 찍고 싶다고 딱 잘라 말했다.

그 모자이크는 모나 아몬스 몬자노의 초상이었고, 높이가 약 6미터였다. 작업을 하고 있는 사람은 근육질의 젊은 사내였다. 그는 계단식 사다리의 꼭대기에 앉아 있었다. 그리고 딸랑 흰색 즈크* 바지 하나만 걸치고 있었다.

그는 백인이었다.

그 모자이크 화가는 금조각으로 모나의 백조 같은 목덜미 위에 고운 머리칼을 붙이고 있었다.

크로즈비는 사진을 찍으러 갔다 와서, 저 인간은 자신이 만난 최악의 잡놈이라고 말했다. 크로즈비는 얼굴이 토마토주스 빛이 되어서는 이렇게 말했다. "누가 무슨 젠장할 소리를 해도, 저 자식이 다 뒤집어놓을 거요."

그래서 나는 그 모자이크 화가에게로 가서, 그를 한참 지켜보다가 입을 열었다. "당신이 부럽네요."

"늘 알고 있었죠." 그가 한숨을 쉬었다. "오랫동안 기다리다 보면 누군가 다가와서 나를 부러워하리라는 걸. 나는 늘 스스로에게 인내심을 가지라고, 조만간 나를 부러워할 사람이 나타날 거라고 말했어요."

---

* 삼베나 무명실로 두껍게 짠 직물.

"미국인인가요?"

"그런 행운을 누리고 있죠." 그는 곧장 하던 일로 되돌아갔다. 그리고 내 생김새에는 관심도 두지 않았다. "당신도 내 사진을 찍고 싶은가요?"

"그래도 괜찮을까요?"

"나는 생각한다. 고로 존재한다. 고로 사진 찍힐 수 있다."

"유감스럽게도 사진기가 없습니다."

"저런, 그럼 가져오세요! 자기 기억을 신뢰하는 그런 부류는 아니죠, 그렇죠?"

"당신이 만들고 있는 그 얼굴은 쉬이 잊지 못할 것 같네요."

"죽으면 잊게 될 테죠. 나도 마찬가지고요. 죽으면 모든 걸 잊으려 합니다. 그리고 당신도 그러는 편이 좋을 겁니다."

"저 여성이 이 작품을 위해 자세를 취해주었나요, 아니면 사진이나 뭐 다른 걸 가지고 작업하고 있나요?"

"뭐 다른 걸 가지고 작업하고 있습니다."

"그게 뭔가요?"

"뭐 다른 걸 가지고 작업하고 있습니다." 그는 관자놀이를 톡톡 두드렸다. "모든 게 부러움을 받을 만한 이 머릿속에 들어 있지요."

"저 여자를 아나요?"

"그런 행운을 누리고 있죠."

"프랭크 호니커는 행운의 사나이예요."

"프랭크 호니커는 똥덩어리예요."

"정말 솔직하군요."

"부유하기도 합니다."

"반가운 말이군요."

"혹시 전문가의 견해를 원하신다면, 돈이 있다고 반드시 행복한 것은 아닙니다."

"알려주어서 고맙군요. 방금 많은 수고를 덜었네요. 이제 막 돈을 좀 벌어보려던 참이었는데."

"어떻게요?"

"글을 써서요."

"나도 예전에 책을 한 권 썼죠."

"제목이 뭔가요?"

"'샌로렌조: 국토, 역사, 국민'이오." 그가 말했다.

70
보코논에게 개인 지도를 받다

"아, 그렇다면 당신이 필립 캐슬이군요. 줄리언 캐슬 씨의 아들." 내가 모자이크 화가에게 말했다.

"그런 행운을 누리고 있죠."

"나는 그쪽 부친을 뵈러 왔어요."

"아스피린 판매원인가요?"

"아니요."

"안됐군요. 아버지는 아스피린이 부족한데. 기적의 명약은 어때요? 아버지는 가끔 기적을 일으키는 걸 즐기시거든요."

"나는 약장수가 아닙니다. 작가예요."

"왜 작가는 약장수가 아니라고 생각하십니까?"

"알았어요. 내 잘못을 인정하죠."

"아버지는 죽어가거나 끔찍한 고통에 시달리는 사람들에게 읽어줄 만한 책을 원합니다. 당신이 그런 책을 쓰지는 않았을 것 같은데요."

"아직은요."

"그런 책은 돈벌이도 될 거예요. 유익한 정보를 하나 더 알려 드린 겁니다."

"「시편 23장」을 다듬어서 내용을 조금 바꿀 수도 있을 것 같은데, 그렇게 하면 내가 원저자가 아니라는 사실을 누구도 알아차리지 못할 겁니다."

"보코논이 그걸 다듬으려고 했었죠. 결국 낱말 하나 바꿀 수 없다는 사실을 깨달았지만." 그가 내게 말했다.

"그 사람과도 아는 사이인가요?"

"그런 행운을 누리고 있죠. 내 어릴 적 개인 교사였어요." 그는 다정하게 모자이크를 가리켰다. "모나의 개인 교사이기도 했고요."

"좋은 선생이었나요?"

"모나와 나는 둘 다 읽고 쓰고, 간단한 덧셈도 합니다. 그런 뜻으로 질문하신 거라면요." 캐슬이 말했다.

71
미국인이라는 행운

H. 로 크로즈비가 잡놈 캐슬에게 다가와 또 한판 붙으려고 했다.

"당신은 스스로를 뭐라고 생각하시오?" 크로즈비가 비아냥댔다. "비트족*이나 뭐 그런 거?"

"나는 스스로를 보코논교도라고 생각합니다."

"그건 이 나라에서 불법 아니오?"

"우연히도 나는 미국인이라는 행운을 누리고 있죠. 그래서 나는 더럽게 원하기만 하면 언제든 보코논교도라고 말할 수 있

---

* 1920년대 대공황기에 태어나 제2차세계대전을 경험한 세대로, 전후 5~60년대 사회와 문화에 저항한 방랑적 문학가 및 예술가 그룹.

고, 지금까지 그 일로 나를 성가시게 하는 사람은 아무도 없었습니다. 젠장."

"어느 나라에 가게 되든 그 나라 법을 따라야 한다고 생각하오."

"새로운 이야기는 아니네요."

크로즈비는 격노했다. "이 젠장맞을 놈아!"

"이 젠장맞을 양반아." 캐슬이 점잖게 말했다. "그리고 이 젠장맞을 어머니날과 크리스마스야."

크로즈비는 로비를 가로질러 가서 접수대 직원에게 말했다. "저기 저 자식, 저 잡놈, 저 예술가라는 작자를 신고하고 싶소. 이 멋진 소국은 지금 관광객과 신규 산업투자를 유치하려고 애쓰고 있소. 그런데 저자가 나한테 말하는 꼬락서니를 보니, 다시는 샌로렌조에 오고 싶지가 않소. 그리고 샌로렌조에 대해 묻는 친구가 있다면, 이곳에 발도 들이지 말라고 말할 거요. 당신네들이 저 벽에다 얼마나 멋진 그림을 걸려고 그러는지는 몰라도, 맙소사, 그걸 그리고 있는 저 잡놈은 내가 평생 만나본 사람 중에 가장 무례하고 밥맛없는 개자식이오."

직원의 안색이 안 좋아 보였다. "손님……"

"듣고 있소." 크로즈비가 열에 받쳐 말했다.

"손님, 저분이 이 호텔 주인이에요."

72
잡놈의 힐턴*

H. 로 크로즈비와 그의 아내는 카사 모나를 떠났다. 크로즈
비는 그곳을 '잡놈의 힐턴'이라고 부르며, 미국 대사관에 숙소
를 요청했다.

그리하여 나는 객실 백 개짜리 호텔의 유일한 투숙객이 되
었다.

내 방은 쾌적했다. 다른 모든 객실처럼 내 방도 '민주주의 순
교자 100인 대로'와 몬자노 공항, 그 너머 볼리바르항을 마주
하고 있었다. 카사 모나 호텔은 책장처럼 지어진 건물로, 옆면
과 뒷면은 단단한 벽이고 앞면은 청록색 유리였다. 이 도시의
불결하고 비참한 모습은 호텔 옆과 뒤에 있어서 전혀 보이지
않았다.

방에 에어컨이 돌아가고 있었다. 춥다고 느껴질 정도였다. 폭
염에서 그런 냉기 속으로 넘어오니 재채기가 나왔다.

침대 옆 탁자에는 싱싱한 꽃이 놓여 있었지만 침대에는 아직
이불이 깔려 있지 않았다. 하다못해 베개조차 없었다. 새로 나
온 뷰티레스트** 매트리스만 덜렁 놓여 있었다. 벽장에 옷걸이

---

* 미국 호텔 체인.
** 미국 침대 제조사 시몬스에서 만든 매트리스 브랜드.

도 없었고 욕실에는 화장지도 없었다.

그래서 나는 물품을 좀더 완벽하게 구비해줄 객실 종업원이 있는지 보려고 복도로 나갔다. 복도에는 아무도 없었다. 그런데 저 끝에 문이 하나 열려 있었고 아주 희미하게 사람 소리가 들렸다.

나는 그 문으로 갔다. 그곳은 얼룩 방지용 천으로 뒤덮인 커다란 스위트룸이었다. 아직 페인트칠이 끝나지 않았는데, 내가 도착했을 때 도장공 두 명은 작업을 쉬고 있었다. 그들은 통유리 밑을 가로지른 창턱 위에 앉아 있었다.

그들은 신발을 벗은 채 두 눈을 감고 서로를 마주하고 있었다.

그들은 맨발바닥을 맞대고 있었다.

각자 자신의 발목을 붙잡고 있어서, 몸이 견고한 삼각형 모양을 이루었다.

내가 헛기침을 했다.

그러자 둘은 창턱에서 굴러 얼룩진 천 위로 떨어졌다. 그들은 손과 무릎으로 착지해서, 엉덩이를 공중에 쳐들고 코를 바닥에 바싹 붙인 자세로 가만히 있었다.

그들은 죽을 때만 기다리고 있었다.

"실례했습니다." 내가 놀라서 말했다.

"이르지 마세요." 한 사람이 다급하게 빌었다. "제발, 제발 이르지 마세요."

"이르다니, 뭘요?"

"방금 본 것 말이에요!"

"아무것도 못 봤는데요."

그는 뺨을 마루에 붙이고 애원하듯 나를 올려다보았다. "당신이 이르면, 우리는 하이-우-오-욱-쿠에서 죽어요!"

"저기요, 여러분, 내가 너무 일찍 오거나 너무 늦게 온 모양입니다. 다시 한번 말하지만, 나는 누군가에게 이를 만한 것을 전혀 보지 못했어요. 자, 일어나세요." 내가 말했다.

그들은 내게 시선을 고정한 채 몸을 일으켰다. 그러고는 부들부들 떨면서 몸을 웅크렸다. 그러더니 방금 본 것을 절대로 이르지 않겠다는 나의 말을 겨우겨우 믿어주었다.

물론, 내가 목격한 것은 보코-마루라는 보코논교 의식으로, 서로의 깨달음을 뒤섞는 행위였다.

우리 보코논교도들은 사랑하지 않는 사람과는 발바닥을 맞댈 수 없다고 믿는다. 아무리 깨끗하고 잘 관리된 발이라 하더라도.

발바닥 의식의 근거는 다음 「칼립소」에 제시되어 있다.

우리는 서로 발을 맞댈 거야, 그래,

그래, 온 정성을 다해서,

그리고 우리는 서로 사랑할 거야, 그래,

그래, 어머니 대지를 사랑하듯이.

73
흑사병

내가 방으로 돌아왔을 때, 모자이크 화가이자 사학자이자 자가 색인 작성자이자 잡놈이자 호텔 소유주인 필립 캐슬이 욕실에 두루마리 화장지를 걸고 있었다.

"대단히 고맙습니다." 내가 말했다.

"원 별말씀을."

"이곳이야말로 진정으로 호텔이라 부르고 싶은 곳입니다. 손님의 편의에 직접 관심을 갖는 호텔 주인이 몇이나 될까요?"

"손님이 한 사람뿐인 호텔 주인이 몇이나 될까요?"

"원래는 셋이었죠."

"그때가 좋았죠."

"저기, 주제넘은 말인지 모르겠지만, 당신 같은 취향과 재능을 가진 사람이 어떻게 호텔 사업에 뛰어들게 되었는지 이해하기 어렵네요."

그가 당혹스러운 듯 얼굴을 찌푸렸다. "내가 손님 접대에 서툴러 보이는 모양이죠?"

"코넬에 다닐 때 알고 지내던 호텔학과 학생들이 있었는데, 그들이라면 크로즈비 부부를 좀 다르게 대했을 거라는 생각이 들기는 합니다."

그가 거북하게 고개를 끄덕였다. "압니다, 알아요." 그러고는 두 팔을 내저었다. "이 호텔을 왜 지었는지 난들 알겠습니까. 아마 내 인생과 관련이 있을 겁니다. 바빠질 방법, 외롭지 않을 방법이 필요했던 거지요." 그가 고개를 저었다. "은둔자가 되든 호텔을 열든, 둘 중 하나를 선택해야 했어요."

"부친의 병원에서 자랐나요?"

"맞아요. 모나하고 나, 둘 다 그곳에서 자랐습니다."

"음, 부친께서 인생을 바친 일에 당신도 인생을 바치고 싶다는 생각은 전혀 들지 않던가요?"

필립 캐슬은 힘없이 웃으며 직접적인 답을 피했다. "아버지는 재미있는 분이죠. 당신은 그분을 좋아하게 될 거예요."

"저도 그렇게 생각합니다. 그분만큼 이타적인 사람도 드무니까요."

"한번은 말입니다. 내가 열다섯 살 때쯤인가, 근처에서 선상반란이 일어났습니다. 그 배는 고리버들 가구를 가득 싣고 홍콩에서 아바나로 가는 그리스 상선이었죠. 폭도들은 배를 장악하는 데 성공했지만, 어떻게 조종하는지를 몰라서 '파파' 몬자노가 사는 성 근처의 암초 지대에서 배가 좌초하고 말았습니다. 쥐 빼고 전부 익사했지요. 쥐와 고리버들 가구 들이 해안으로 떠밀려왔습니다." 캐슬이 말했다.

이야기는 그것으로 끝인 듯했지만, 확신할 수는 없었다. "그래서요?"

"그래서 어떤 사람들은 공짜 가구를 얻었고, 또 어떤 사람들은 림프샘 페스트를 얻었죠. 아버지의 병원에서 열흘 만에 천사백 명이 죽었어요. 림프샘 페스트로 죽은 사람을 본 적이 있나요?"

"그런 불운을 누리지는 않았습니다."

"사타구니와 겨드랑이의 림프샘들이 자몽만하게 부어오르죠."

"충분히 상상이 되는군요."

"그리고 죽으면 몸이 검게 변합니다. 샌로렌조 사람들의 경우 몸이 뉴캐슬로 보내는 석탄*처럼 변했더군요. 페스트가 한창 기승을 부릴 때, '밀림 속 희망과 자비의 집'은 마치 아우슈비츠나 부헨발트 수용소 같았어요. 시체 더미들이 어찌나 높고 넓던지, 불도저로 시체를 공동묘지로 밀어내다가 실제로 엔진이 멎기도 했었습니다. 아버지는 며칠 동안 잠도 못 자고 일했어요. 그렇게 일했지만, 많은 생명을 구하지도 못했죠."

방 전화기의 벨이 울리면서 캐슬의 소름 끼치는 이야기가 중

---

* '이미 충분히 있는 것을 가져다주다'라는 뜻의 관용구 'carry coals to Newcastle'을 차용한 표현.

단되었다.

"맙소사, 전화가 연결된 것도 모르고 있었군." 캐슬이 말했다.

나는 수화기를 들었다. "여보세요?"

전화를 건 사람은 프랭클린 호니커 장군이었다. 그의 목소리는 숨이 차고 겁에 질린 듯했다. "잘 들으세요! 지금 당장 내 집으로 와주셔야겠습니다. 드릴 말씀이 있어요! 당신 인생에서 아주 중요한 일일 수도 있습니다!"

"무엇 때문에 그러는지 귀띔이라도 해주시겠습니까?"

"전화로는 안 됩니다. 전화로는 안 돼요. 내 집으로 오세요. 지금 당장 오세요! 제발!"

"알았습니다."

"농담이 아닙니다. 당신 인생에서 정말 중요한 일이에요. 그 무엇보다 중요한 일입니다." 그가 전화를 끊었다.

"무슨 전화인가요?" 캐슬이 물었다.

"전혀 모르겠어요. 프랭크 호니커가 당장 나를 만나고 싶어 하는군요."

"천천히 가세요. 서두를 필요 없습니다. 그자는 멍청이예요."

"중요한 일이라고 하던데요."

"뭐가 중요한지 그자가 어떻게 압니까? 차라리 바나나로 만든 조각상이 그 인간보단 나을 겁니다."

"음, 어쨌든 하던 이야기나 마저 하시죠."

"어디까지 했죠?"

"림프샘 페스트요. 시체들 때문에 불도저 엔진이 멈췄다고."

"아, 맞아요. 어쨌든, 하루는 밤에 잠을 이룰 수가 없어서, 일하시는 아버지를 따라다녔어요. 우리가 할 수 있는 일이라고는 살아 있는 환자를 찾아서 치료해주는 것뿐이었습니다. 이 침대 저 침대, 침대마다 사람들이 죽어 있었거든요."

"그런데 아버지가 낄낄대기 시작하더군요." 캐슬이 말을 이었다.

"웃음을 멈출 수 없는 모양이었습니다. 손전등을 들고 어둠 속으로 걸어나가셨죠. 그러고도 계속 낄낄대는 바람에 전등 불빛이 바깥에 쌓여 있는 시체 더미 위에서 춤을 추었어요. 아버지가 내 머리에 손을 얹으시더니, 그 놀라운 분이 나한테 뭐라고 그랬는지 아십니까?" 캐슬이 물었다.

"아뇨."

"아버지가 그러시더군요. '아들아, 언젠가는 이 모든 게 다 네 차지란다.'"

74
고양이 요람

나는 샌로렌조에 한 대뿐인 택시를 타고 프랭크의 집으로 향했다.

우리는 끔찍하게 가난한 지역을 통과해 매케이브산의 비탈길을 올랐다. 공기가 점점 차가워지더니 엷은 안개가 서렸다.

프랭크의 집은 예전에 네스토르 아몬스의 집이었다. 그는 모나의 아버지이자 '밀림 속 희망과 자비의 집'을 설계한 사람이었다.

아몬스가 그 집도 설계했다.

집은 폭포 위에 올라앉아 있었고, 폭포에서 올라오는 물안개 속으로 테라스가 돌출되어 있었다. 그 집은 초경량 철제 기둥과 들보로 정교하게 짜맞춘 격자 구조물이었다. 여러 모양의 격자 틈은 자연석으로 메우거나, 유리를 끼우거나, 캔버스로 가려놓았다.

그 집은 한 남자가 그곳에서 뒤변덕스레 분주했다는 사실을 감추기보다는 알리는 효과가 있었다.

하인 하나가 나에게 공손히 인사를 하고서, 프랭크가 아직집에 돌아오지 않았으나 곧 도착할 거라고 말했다. 프랭크가 하인에게 내가 즐겁고 편하게 지내도록 해주고, 저녁식사와 잠자리를 챙겨주라고 미리 지시를 해둔 상태였다. 자신을 스탠리라고 소개한 그 하인은 내가 처음으로 본 통통한 샌로렌조인이었다.

스탠리는 나를 데리고 집 중심부로 가서, 사각 철판으로 얼기설기 덮어놓은 천연석 계단을 내려갔다. 그곳에 내가 묵을 방이 있었다. 내가 쓸 침대는 천연석 받침 위에 발포 고무판을 얹은 것이었다. 벽이 있어야 할 곳에 캔버스가 쳐져 있었다. 스탠리는 캔버스를 원하는 대로 말아올리고 내리는 방법을 설명해주었다.

나는 집에 또 누가 있느냐고 물었다. 스탠리는 뉴트밖에 없다고 대답했다. 뉴트가 캔틸레버* 테라스에 나가서 그림을 그리고 있다고 했다. 그리고 앤절라는 '밀림 속 희망과 자비의 집'을 구경하러 갔다고 했다.

폭포 위에 올라앉은 그 아찔한 테라스로 나가보니, 꼬맹이 뉴트가 노란 접이식 천 의자에서 잠들어 있었다.

뉴트가 작업하던 그림은 알루미늄 난간 옆 이젤에 놓여 있었다. 안개 낀 하늘과 바다와 골짜기가 그 그림을 둘러싸고 있었다.

뉴트의 그림은 작고 까맣고 오톨도톨했다.

---

* 마치 다이빙대처럼 한쪽 끝만 고정되고 다른 끝은 받쳐지지 않은 채 뛰어나온 들보.

두껍게 바른 끈끈한 검정 물감 위에 마구 생채기를 내어놓은 듯한 모습이었다. 생채기들은 거미줄 모양을 이루었는데, 나는 그것이 달도 뜨지 않은 밤에 말리려고 내걸어놓은, 인간의 공허로 짠 끈적끈적한 그물이 아닐까 싶었다.

나는 이 지독한 그림을 그려놓은 난쟁이를 깨우지 않은 채 담배를 피워 물고서, 물소리에 섞여 들려오는 상상의 목소리에 귀를 기울였다.

꼬맹이 뉴트를 깨운 것은 저멀리 아래쪽에서 들려온 폭발음이었다. 그 소리는 골짜기를 타고 튀어올라 하느님에게 가닿았다. 볼리바르 부둣가에서 들리는 대포 소리라고, 프랭크의 집사가 말했다. 매일 오후 다섯시에 대포가 발사된다는 것이었다.

꼬맹이 뉴트가 꼼지락거렸다.

뉴트가 비몽사몽간에 검정 물감이 묻은 손으로 입과 턱을 만졌고, 그 자리에 검은 얼룩이 남았다. 뉴트가 두 눈을 비비자 눈 주위에도 얼룩이 묻었다.

"안녕하세요." 뉴트가 졸린 목소리로 말했다.

"안녕하세요. 그림이 마음에 들어요." 내가 말했다.

"무슨 그림인지 아시겠어요?"

"보는 사람마다 다른 느낌을 받을 것 같은데요."

"고양이 요람이에요."

"아하, 아주 멋지네요. 저 할퀸 자국들이 실이군요. 맞나요?"

내가 말했다.

"세상에서 가장 오래된 놀이 중 하나래요. 실뜨기 말이에요. 에스키모들도 안다더군요."

"설마요."

"어쩌면 십만 년 넘게, 어른들이 아이들 얼굴에 대고 얽힌 실을 흔들어왔을 거예요."

"음."

뉴트는 여전히 의자에 웅크리고 있었다. 그는 물감 묻은 두 손을 그 사이에 고양이 요람이라도 걸려 있는 양 앞으로 내밀었다. "아이들이 서서히 미쳐간다고 해도 놀랄 일은 아니죠. 고양이 요람이라는 게 두 손 사이에 있는 X자 다발에 불과한데도, 꼬맹이들은 그 X자를 보고, 보고, 또 보고……"

"그런데요?"

"그런데, 빌어먹을 고양이도 없고, 빌어먹을 요람도 없죠."

75
앨버트 슈바이처에게 안부 전해주시오

그리고 그때 뉴트의 키다리 누나, 앤절라 호니커 코너스가 필립 캐슬의 아버지이자 '밀림 속 희망과 자비의 집' 설립자,

줄리언 캐슬과 함께 나타났다. 캐슬은 헐렁한 흰색 리넨 양복에 줄무늬 넥타이를 매고 있었다. 콧수염이 듬성듬성했고, 머리가 벗어졌으며, 몸은 앙상했다. 나는 그가 성자였다고 생각한다.

줄리언 캐슬은 캔틸레버 테라스에서 뉴트와 나에게 자신을 소개했다. 그는 영화에 나오는 갱처럼 입꼬리로 말을 함으로써 자신을 두고 성자입네 어쩌네 하고 말하지 못하도록 사전에 기선을 제압했다.

"선생님께서 앨버트 슈바이처 박사의 신봉자시라더군요." 내가 그에게 말했다.

"나는 먼발치에서도……" 그가 악당 같은 냉소를 머금었다. "그 양반을 본 적이 없소이다."

"그분은 분명히 선생님의 업적에 대해 알고 계실 겁니다. 선생님께서 그분의 업적에 대해 알고 계시듯이."

"그럴 수도 있고 아닐 수도 있지. 그 양반을 본 적 있소?"

"아니요."

"그 양반을 만나게 될 것 같소?"

"언젠가는 그럴 수도 있겠죠."

"음, 혹시 여행을 하다가 슈바이처 박사와 우연히 마주치게 되거든, 그 양반은 내 영웅이 아니라고 전해주시오." 줄리언 캐슬이 커다란 시가에 불을 붙였다.

시가에 불이 제대로 붙자, 그가 그 빨간 끝으로 나를 가리켰다.
"그 양반은 내 영웅이 아니라고 전해주시오. 그리고 그 양반 덕
에 예수그리스도가 내 영웅이 되었다는 말도 좀 전해주시오."

"그 말을 들으면 그분도 기뻐하실 겁니다."

"그러든 말든 난 관심 없소. 이건 예수와 나 사이의 문제니까."

76

모든 것이 무의미하다는 뉴트의 의견에 줄리언 캐슬이 동의하다

줄리언 캐슬과 앤절라가 뉴트의 그림 앞으로 다가갔다. 캐
슬이 집게손가락을 말아서 바늘귀만한 구멍을 만든 뒤에, 눈을
가늘게 뜨고 그 틈으로 그림을 보았다.

"그림이 어떤가요?" 내가 캐슬에게 물었다.

"까맣군. 이게 뭔가? 지옥?"

"무엇이든 될 수 있습니다." 뉴트가 말했다.

"그렇다면 이건 지옥이네." 캐슬이 으르렁거렸다.

"방금 전에 듣기로는 고양이 요람이라더군요." 내가 말했다.

"내부 정보는 늘 유용하지." 캐슬이 말했다.

"별로 좋은 그림 같진 않네요." 앤절라가 투덜댔다. "저는 현

대미술에 대해서 완전히 문외한이기는 하지만, 이 그림은 추해 보이네요. 가끔 저는 뉴트가 개인 교습을 좀 받았으면 싶어요. 그러면 자기가 괜찮은 그림을 그리는지 아닌지 확실히 알 수 있을 거 아녜요."

"독학했소?" 줄리언 캐슬이 뉴트에게 물었다.

"다들 그러지 않나요?" 뉴트가 되물었다.

"아주 훌륭한 대답이오." 캐슬이 정중하게 말했다.

뉴트가 똑같은 이야기를 반복해 떠들고 싶어하지 않는 듯하기에, 내가 나서서 고양이 요람의 깊은 뜻을 설명했다.

그러자 캐슬이 현자처럼 고개를 끄덕였다. "그러니까 이 그림은 만물의 무의미함을 표현한 거로군! 전적으로 동의하네."

"정말로 동의하세요?" 내가 물었다. "방금 예수에 대해 뭐라고 말씀하셨잖아요."

"누구?" 캐슬이 말했다.

"예수그리스도요."

"아, 그분." 캐슬이 어깨를 으쓱했다. "후두를 좋은 상태로 유지하기 위해서는 뭐든 말해야 하는 법이지. 그래야 정말로 의미 있는 말을 할 때 후두를 제대로 쓸 수 있거든."

"그렇군요." 나는 캐슬에 대해 통속적인 기사를 쓰기는 어렵겠다고 생각했다. 그의 성자 같은 행위에만 집중하고, 악마 같은 생각과 말은 철저히 무시해야 할 것 같았다.

"내 말을 인용해도 좋소. 인간은 형편없는 존재라서, 만들 가치가 있는 것은 아무것도 만들지 못하고, 알 가치가 있는 것은 아무것도 알지 못하지." 캐슬이 말했다.

캐슬은 몸을 숙여서 꼬맹이 뉴트의 물감 묻은 손을 잡고 악수를 나눴다. "그렇지 않나?"

뉴트는 의미가 조금 부풀려지지 않았나 잠시 생각하는 듯하더니, 이내 고개를 끄덕였다. "그렇습니다."

그런 다음, 그 성자는 뉴트의 그림으로 성큼성큼 걸어가더니 이젤에서 그림을 떼어냈다. 그리고 우리 모두를 향해 활짝 웃었다. "쓰레기라고, 다른 모든 것처럼."

그러고는 캔틸레버 테라스 너머로 그림을 던졌다. 그림은 상승기류를 타고 올라가다가 멈추는가 싶더니, 부메랑처럼 방향을 바꾸어 폭포 속으로 내리꽂혔다.

꼬맹이 뉴트는 아무 말도 하지 못했다.

앤절라가 먼저 입을 열었다. "얼굴이 온통 물감투성이구나, 아가. 가서 씻으렴."

77
아스피린과 보코-마루

"말씀해주세요, 선생님. '파파' 몬자노의 상태는 어떤가요?"
내가 줄리언 캐슬에게 물었다.

"내가 어찌 알겠소?"

"선생님께서 그분의 치료를 맡고 계신다고 생각했는데요."

"우리는 서로 말도 하지 않소……" 캐슬이 웃었다. "그러니까, 그 양반이 나한테 말을 하지 않는다는 뜻이오. 삼 년쯤 전에 그 양반이 나한테 마지막으로 말하기를, 내가 미국 시민권자만 아니라면 벌써 갈고리에 걸었을 거라나."

"무슨 일로 그분의 심기를 거스르셨나요? 선생님께선 이곳에 내려오셔서 그분의 국민을 위해 사비로 자선병원을 지으셨고……"

"'파파'는 우리가 환자를 다루는 방식을 좋아하지 않소. 특히 죽어가는 환자를 다루는 방식을 말이오. '밀림 속 희망과 자비의 집'에서는 원하는 사람에게 보코논 교회의 임종 의식을 치러주고 있거든." 캐슬이 말했다.

"그건 어떤 의식인가요?"

"아주 간단하오. 교독交讀으로 시작하지. 한번 해보겠소?"

"죄송하지만, 당장은 죽음에 그다지 가까이 있지 않아서요."

그가 나에게 소름 끼치는 윙크를 보냈다. "신중을 기하다니 현명하군그래. 임종 의식을 받는 사람은 보통 특정한 순간에 죽게되어 있소. 하지만 우리가 서로 발만 대지 않는다면, 당신이 그 순간에 이르는 일은 없을 거요."

"발이요?"

그가 발을 대하는 보코논교도들의 태도에 대해 말해주었다.

"그 말씀을 들으니 제가 호텔에서 무엇을 본 건지 알겠군요." 나는 그에게 창턱에 앉아 있던 두 도장공에 대해 이야기해 줬다.

"그러니까, 그 행위는 효과가 있소. 그걸 하는 사람들은 실제로 상대방과 세상에 대해 더 좋은 감정을 갖게 되지." 캐슬이 말했다.

"음."

"보코-마루."

"네?"

"그 발짓의 이름이오. 그건 확실히 효과가 있소. 나는 효과가 있는 것들에 감사하오. 그러니까, 정말로 효과가 있는 것들은 그리 많지 않거든."

"저도 그렇게 생각합니다."

"아마 아스피린하고 보코-마루 없이는 병원을 운영하지 못할 거요."

"이 섬에 아직도 보코논교도가 여럿 있는 모양이네요. 금지령과 하이-우-오-욱-쿠에도 불구하고……" 내가 말했다.

그가 웃었다. "아직 사태 파악이 안 된 모양이지?"

"무엇에 대해서요?"

"샌로렌조 사람들은 모두 독실한 보코논교도요. 하이-우-오-욱-쿠가 있건 말건."

78
강철 고리

"오래전 보코논과 매케이브가 이 비참한 섬을 장악했을 때, 그들은 성직자를 모조리 쫓아내버렸소. 그런 다음 보코논이 냉소적이고 장난스럽게 새로운 종교를 하나 만들어냈지." 줄리언 캐슬이 말했다.

"알고 있어요." 내가 말했다.

"음, 어떤 정치적 혹은 경제적 개혁으로도 국민들의 비참한 상태를 그다지 개선할 수 없으리라는 사실이 명확해지자, 그 종교가 유일하고 실제적인 희망의 수단이 되었소. 진실이 워낙 끔찍했기 때문에, 진실은 오히려 사람들의 적이 되고 말았지. 그래서 보코논은 책임지고 사람들에게 더욱더 그럴듯한 거짓

말을 제공했소."

"그 사람은 왜 도망자가 되었나요?"

"보코논 본인의 생각이었소. 그가 매케이브한테 자신을 추방하고 자신의 종교를 불법화하라고 요구했소. 국민의 신앙생활에 좀더 많은 열정과 자극을 부여하기 위해서였지. 그건 그렇고, 보코논이 그 일에 관해 짧은 시를 하나 지었소."

캐슬이 그 시를 들려주었다. 그 시는 『보코논서』에는 기록되어 있지 않다.

그리하여 나는 정치에 작별을 고했네.

그리고 이러한 이유를 댔다네.

정말로 좋은 종교는

반역의 형태를 띠어야 한다고.

"보코논교도들에 대한 적절한 벌로 갈고리형을 제안한 사람도 바로 보코논이었소." 캐슬이 말했다. "보코논은 그 갈고리를 마담 투소 박물관에 있는 공포의 방에서 보았소." 캐슬이 악마처럼 윙크를 날렸다. "그 역시 열정을 부여하기 위해서였지."

"갈고리에서 죽은 사람이 많은가요?"

"처음엔 안 그랬지, 처음엔 안 그랬어. 처음에는 모든 게 가짜였소. 처형에 대한 소문이 교묘하게 유포되었지만, 그런 식으로 처형된 사람은 실제로 아무도 없었소. 매케이브는 보코논 교도들에게, 그러니까 모든 사람들에게 살벌한 협박을 하면서 아주 재미난 시간을 보냈지."

"그리고 보코논은 밀림 속의 아늑한 은신처로 들어갔소." 캐슬이 말을 이었다. "그곳에서 그는 온종일 글을 쓰고, 설교를 하고, 제자들이 가져다주는 진미를 먹었지."

"매케이브는 실업자들을, 그러니까 사실상 모든 사람을 동원해서 대대적인 보코논 사냥에 나섰소.

그는 육 개월마다 보코논이 무자비하게 조여드는 강철 고리 같은 포위망에 둘러싸여 있다고 발표했소.

그러고 나면, 그 무자비한 강철 고리의 우두머리들은 분해서 졸도하기 직전인 매케이브에게 보코논이 불가능한 일을 해냈다고 보고해야 했소.

보코논이 탈출해서, 증발해버렸다가, 살아남아 설교를 했다고 말이오. 기적이지!"

79
매케이브의 영혼이 야비해진 까닭

"매케이브와 보코논은 일반적으로 생활수준이라 여겨지는

것을 끌어올리는 데 실패했소. 사실, 삶은 변함없이 짧고 잔인하고 야비했지." 캐슬이 말했다.

"하지만 국민들은 그 끔찍한 진실에 그다지 신경쓰지 않았소. 도시의 잔혹한 폭군과 밀림의 온화한 성자에 대한 살아 있는 전설에 점점 살이 붙어갈수록 국민들의 행복도 커져갔으니까. 국민들은 모두 자신들이 완벽하게 이해하는 연극에서 전업 배우로 활약하고 있었던 거요. 어디에 사는 누구라도 이해하고 박수칠 수 있을 만한 그런 연극에서 말이오."

"그리하여 삶은 하나의 예술작품이 되었군요." 내가 경탄했다.

"그렇소. 그런데 한 가지 문제가 있었지."

"그래요?"

"그 연극은 두 주연배우, 그러니까 매케이브와 보코논의 영혼에 너무나 가혹했소. 젊은 시절에는 두 사람이 매우 비슷해서, 둘 다 반은 천사고 반은 해적이었지.

하지만 그 연극을 하려면, 보코논이 가진 절반의 해적 기질과 매케이브가 가진 절반의 천사 기질을 퇴화시킬 수밖에 없었소. 그래서 매케이브와 보코논은 국민의 행복을 위해 끔찍하게 고통스러운 대가를 치러야 했지. 매케이브는 폭군의 고통을 알게 되었고, 보코논은 성자의 고통을 알게 되었소. 실제로, 두 사람 다 미쳐가고 있었소."

캐슬이 왼손 집게손가락을 갈고리 모양으로 구부렸다. "그리고 사람들이 정말로 하이-우-오-욱-쿠에서 죽어나가기 시작했소."

"하지만 보코논이 잡힌 적은 없죠?" 내가 물었다.

"매케이브가 그 정도까지 미치지는 않았소. 그는 기를 쓰고 보코논을 잡으려 한 적이 없지. 잡으려고 했다면 쉽게 잡을 수도 있었을 테지만."

"왜 잡지 않았나요?"

"매케이브는 분별력이 있는 사람인지라, 대적해 싸울 성자가 없으면 자기 자신도 무의미해진다는 사실을 인지하고 있었소. '파파' 몬자노도 그 사실을 알고 있고."

"아직도 사람들이 갈고리에서 죽나요?"

"갈고리에 꿰이면 당연히 죽지."

"그러니까, '파파'가 정말로 사람들을 그런 식으로 처형하느냐고요." 내가 말했다.

"이 년에 한 사람씩 처형하고 있소. 말하자면, 딱 불씨가 꺼지지 않을 정도로만." 그가 밤하늘을 올려다보며 한숨을 쉬었다. "바쁘다, 바쁘다, 바빠."

"네?"

"기이한 일들이 많이 벌어지고 있다고 생각될 때 우리 보코논교도들이 하는 말이오." 캐슬이 말했다.

"선생님도?" 나는 깜짝 놀랐다. "보코논교도세요?"

캐슬은 침착하게 나를 바라보았다. "당신도 그렇소. 곧 알게 될 거요."

80
폭포수 여과기

앤절라와 뉴트도 줄리언 캐슬과 나와 함께 캔틸레버 테라스에 있었다. 우리는 칵테일을 마셨다. 프랭크에게서는 아직 아무런 소식이 없었다.

앤절라와 뉴트는 대단한 술고래들 같았다. 캐슬은 젊은 시절에 한량으로 지내느라 신장이 상한 탓에, 안타깝고 부득이하게도 진저에일밖에 못 마신다고 했다.

앤절라는 술이 몇 잔 들어가자 세상이 아버지를 등쳐먹었다며 투덜댔다. "아버지는 아낌없이 주셨는데, 세상은 아버지한테 쩨쩨하게 굴었죠."

나는 앤절라에게 세상의 인색함에 대한 예를 좀 들어달라고 부탁했고, 몇 가지 정확한 수치를 얻어냈다. "제너럴 포지 앤드 파운드리사는 아버지의 연구로 얻게 된 특허 한 건당 45달러의 상여금을 지급했어요. 회사가 모두에게 지급하는 특허 상여금과 똑같은 금액이라고요." 앤절라가 비통하게 고개를 저었다.

"45달러라니! 그 특허의 일부가 어디에 쓰였는지 생각 좀 해보라고요!"

"음, 봉급도 받으셨을 텐데요." 내가 말했다.

"아버지가 최고로 많이 받은 연봉이 2만 8000달러였어요."

"꽤 괜찮은 금액 같은데요."

앤절라가 발끈 성을 냈다. "영화배우들이 얼마나 버는지 알아요?"

"많이 벌죠, 가끔은."

"혹시 브리드 박사의 연봉이 아버지의 연봉보다 1만 달러나 많았다는 사실은 아세요?"

"그건 확실히 부당하군요."

"부당함에 아주 신물이 난다고요."

앤절라가 너무 격앙되어서 나는 화제를 바꿨다. 줄리언 캐슬에게 그가 폭포 아래로 던진 그림이 어떻게 되었을 것 같으냐고 물었다.

"폭포 아래에 작은 마을이 하나 있소." 캐슬이 내게 말했다. "판잣집이 다섯 채 내지 열 채 정도 있을 거요. '파파' 몬자노의 생가도 그곳에 있지. 여하튼, 폭포는 그 마을에 있는 커다란 바위 웅덩이로 떨어져요.

웅덩이에 V자 모양으로 터진 곳이 하나 있는데, 마을 사람들이 그곳에 철망을 쳐두었소. 물은 그 터진 곳을 통과해서 개울로 흘러들어가게 되지."

"그래서 뉴트의 그림이 지금 그 철망에 걸려 있다고 생각하세요?" 내가 물었다.

"아직 알아채지 못했을까봐 말해주는데, 이곳은 가난한 나라요. 어떠한 것도 철망에 그다지 오래 걸려 있지 않소. 지금쯤 뉴트의 그림은 내가 버린 꽁초와 함께 햇볕에 건조되고 있을 거요. 0.4제곱미터짜리 끈끈한 캔버스, 각목 네 개를 짜맞춘 캔버스 틀, 압정 몇 개, 시가 하나. 대체로, 밑구멍이 찢어지게 가난한 사람한테는 꽤 짭짤한 소득이지." 캐슬이 말했다.

"가끔은 악을 쓰고 싶어요. 자기들은 아주 많이 받으면서 아버지한테는 쥐꼬리만큼 주던 사람들을 생각하면요. 아버지가 얼마나 아낌없이 주셨는데." 앤절라는 한바탕 울어젖힐 기세였다.

"울지 마." 뉴트가 다정하게 앤절라를 달랬다.

"가끔은 나도 어쩔 수가 없어." 앤절라가 말했다.

"가서 클라리넷을 가져와. 그게 항상 도움이 되잖아." 뉴트가 설득했다.

처음에 나는 그 제안이 아주 우스꽝스럽다고 생각했다. 하지만 앤절라의 반응을 보고 진지하고 타당한 제안이었음을 알게 되었다.

"가끔 기분이 이럴 때는 그것만큼 도움이 되는 게 없어요." 앤절라가 캐슬과 나에게 말했다.

하지만 앤절라는 워낙 수줍은 성격이라 곧장 클라리넷을 가져오지는 않았다. 우리는 계속 연주를 부탁해야 했고, 앤절라는 술을 두 잔 더 마셔야 했다.

"누나의 연주는 정말 훌륭해요." 꼬맹이 뉴트가 장담했다.

"연주를 꼭 듣고 싶소." 캐슬이 말했다.

"좋아요." 마침내 앤절라가 비칠비칠 몸을 일으켰다. "좋아요, 연주하겠어요."

앤절라가 말소리를 듣지 못할 만큼 멀어지자, 뉴트가 누나의 행동에 대해 사과했다. "누나가 요즘 힘든 시간을 보내고 있어요. 휴식이 필요해요."

"어디가 아팠나요?" 내가 물었다.

"매형이 누나한테 지독히 못되게 굴어요." 뉴트가 말했다. 뉴트의 태도로 보아, 그는 앤절라의 잘생긴 젊은 남편이자 몹시 출세한 패브리-텍 사장 해리슨 C. 코너스를 미워하고 있었다. "집에도 거의 안 들어오고, 들어올 때면 늘 술에 취해 있고, 대개는 립스틱 자국으로 뒤덮여 있어요."

"누나의 말을 들었을 땐 아주 행복한 결혼생활을 하는 줄 알았어요." 내가 말했다.

꼬맹이 뉴트가 양손을 들어 15센티미터쯤 떼더니, 손가락을 펼쳤다. "고양이가 보이세요? 요람이 보이세요?"

81
침대차 승무원의 아들을 위한 백인 신부

나는 앤절라의 클라리넷에서 어떤 소리가 나올지 알 수 없었다. 누구라도 거기에서 어떤 소리가 나올지 상상할 수 없었을 것이다.

나는 어떤 병적인 소리를 예상하긴 했지만, 그 병의 깊이와 격렬함과 견디기 힘든 아름다움은 예상하지 못하고 있었다.

앤절라는 마우스피스를 축이고 덥히고서도 준비 음 하나 불지 않았다. 그러다 앤절라의 눈빛이 아련해졌고, 길고 앙상한 손가락들이 공연히 소리도 나지 않는 키를 짚었다.

나는 초조하게 기다리다가, 마빈 브리드의 말을 떠올렸다. 그의 말에 따르면, 앤절라가 아버지와 함께하는 황폐한 삶에서 벗어나는 유일한 방법은 방으로 가서 문을 걸어 잠그고 축음기 소리에 맞춰 클라리넷을 연주하는 것뿐이었다.

뉴트가 테라스 안쪽 방으로 가서 대형 축음기에 엘피판을 걸었다. 그리고 음반 재킷을 가져와 내게 건넸다.

그것은 〈고양이 집 피아노〉라는 음반으로, 미드 럭스 루이스의 무반주 피아노 연주곡 모음이었다.

앤절라는 무아지경에 더 깊이 빠지기 위해, 첫 곡을 루이스가 혼자 연주하도록 내버려두었다. 그래서 나는 음반 재킷에 실려 있는 루이스에 대한 글을 조금 읽어보았다.

"1905년, 켄터키주 루이빌 출생. 루이스는 열여섯번째 생일이 지나고서야 음악에 관심을 갖기 시작했고, 그때 아버지에게서 바이올린을 선물받았다. 일 년 뒤, 청년 루이스는 우연히 지미 얀시의 피아노 연주를 듣고서, '이것이야말로 진정한 음악이다'라고 생각했다. 루이스는 곧 부기우기* 피아노를 혼자 연습하며, 선배 얀시로부터 가능한 한 모든 것을 흡수했다. 얀시는 죽을 때까지 루이스에게 가까운 친구이자 우상이 되어주었다. 루이스의 아버지가 침대차의 승무원이었기 때문에, 그의 가족은 철로 근처에서 살았다. 열차의 리듬은 금세 어린 루이스의 몸에 배었고, 루이스는 고전이 된 부기우기 독주곡, 〈홍키 통크 트레인 블루스〉를 작곡했다."

나는 재킷에서 눈을 뗐다. 그때 음반의 첫 곡이 끝났다. 축음기 바늘은 이제 서서히 공백을 가로질러 두번째 곡으로 넘어갔다. 재킷에서 본바, 두번째 곡은 〈드래곤 블루스〉였다.

미드 럭스 루이스가 네 마디를 혼자 연주했다. 그런 다음, 앤절라 호니커가 동참했다.

앤절라의 두 눈이 감겨 있었다.

나는 소스라치게 놀랐다.

_____

* 블루스 피아노 주법의 하나.

그녀는 굉장했다.

앤절라는 침대차 승무원의 아들이 연주하는 음악에 맞춰 즉흥연주를 했다. 연주는 청아한 서정에서 시작해 날카로운 도발로, 놀란 아이의 꽥꽥대는 법석으로, 헤로인의 악몽으로 옮아갔다.

앤절라의 글리산도*는 천국과 지옥과 그 틈바구니의 모든 것에 대해 이야기했다.

이런 여자에게서 이런 음악이 나오다니, 그건 정신분열증에 걸리거나 귀신에 들려야만 가능한 일이었다.

마치 앤절라가 입에 거품을 물고 바닥을 뒹굴며 유창하게 바빌로니아 방언을 지껄이기라도 하는 것처럼, 내 머리카락이 주뼛주뼛 섰다.

연주가 끝나자, 나는 얼어붙어 있는 줄리언 캐슬을 향해 외쳤다. "맙소사, 인생! 누군들 그걸 단 일 분이라도 이해할 수 있을까요?"

"애쓸 것 없소. 그냥 이해하는 척만 하시오." 캐슬이 말했다.

"그거, 그거 참 좋은 충고네요." 나는 맥이 빠졌다.

캐슬이 또다른 시를 인용했다.

---

* 높이가 다른 두 음 사이를 빠르게 미끄러지듯 연결하며 연주하는 방법.

호랑이는 사냥을 해야 하지.

새는 하늘을 날아야 하지.

인간은 앉아서 "왜, 왜, 왜?" 하고 궁금해해야 하지.

호랑이는 잠을 자야 하지.

새는 땅에 내려앉아야 하지.

인간은 스스로에게 이해했다고 말해야 하지.

"어디에 나오는 시죠?" 내가 물었다.

"『보코논서』가 아니면 어디겠소?"

"언젠가 그 책을 꼭 보고 싶군요."

"그 책은 구하기 어렵소. 기계로 찍어내지 않고 손으로 만들거든. 물론, 완결본 같은 것도 없소. 보코논이 매일 내용을 추가하니까." 캐슬이 말했다.

꼬맹이 뉴트가 콧방귀를 뀌었다. "종교!"

"뭐라고 했소?" 캐슬이 말했다.

"고양이가 보이세요? 요람이 보이세요?" 뉴트가 물었다.

82
자-마-키-보

프랭클린 호니커 장군은 저녁식사에도 나타나지 않았다.

프랭크가 전화를 걸어서 다른 사람 말고 꼭 나하고만 통화를 해야 한다고 고집했다. 그는 자신이 '파파'의 침대맡에서 불침번을 서고 있으며, '파파'가 극심한 고통 속에 죽어가고 있다고 했다. 무섭고 외로운 모양이었다.

"저기, 호텔로 돌아갔다가 나중에 만나면 어떨까요? 이 난국이 수습된 뒤에." 내가 말했다.

"아니, 아니, 안 됩니다. 꼼짝 말고 거기에 있어요! 당신은 나하고 바로바로 연락이 되는 곳에 있어야 합니다." 프랭크는 내가 자신의 손아귀에서 벗어날까봐 전전긍긍했다. 프랭크가 나에게 관심을 갖는 이유를 알지 못했던 나 역시 덜컥 겁이 나기 시작했다.

"무엇 때문에 날 만나고 싶어하는지 귀띔이라도 해줄 수 없나요?" 내가 물었다.

"전화로는 안 됩니다."

"부친에 관한 건가요?"

"당신에 관한 겁니다."

"내가 한 일에 관한 건가요?"

"당신이 할 일에 관한 겁니다."

전화기 너머에서 닭이 꼬꼬댁거리는 소리가 들려왔다. 그리고 문이 열리는 소리가 들리더니 다른 방에서 흘러나오는 실로폰 음악 소리가 들렸다. 이번에도 〈하루가 끝났을 때〉였다. 그런 다음 문이 닫히는 소리가 들렸고, 더는 음악 소리가 들리지 않았다.

"나한테 무엇을 바라는지 살짝 귀띔이라도 해주면 고맙겠습니다. 마음의 준비를 할 수 있게." 내가 말했다.

"자-마-키-보."

"뭐라고요?"

"보코논교 용어입니다."

"나는 보코논교 용어를 전혀 몰라요."

"거기 줄리언 캐슬 씨 계십니까?"

"네."

"그분에게 여쭤보세요. 저는 이만 가봐야겠습니다." 프랭크가 전화를 끊었다.

그래서 나는 줄리언 캐슬에게 자-마-키-보가 무슨 뜻이냐고 물었다.

"간단한 답을 원하시오, 완전한 답을 원하시오?"

"간단한 것부터 시작하죠."

"숙명, 즉 필연적인 운명이라는 의미요."

83
슐리히터 폰 쾨니히스발트 박사가 손익분기점에 접근하다

"암이오." 내가 저녁식사중에 줄리언 캐슬에게 '파파'가 고통 속에서 죽어가고 있다고 하자, 그가 말했다.

"무슨 암인가요?"

"모든 종류의 암이오. 오늘 그 사람이 사열대에서 쓰러졌다지?"

"분명히 그랬어요." 앤절라가 말했다.

"그건 약효 때문이오." 캐슬이 단언했다. "지금은 약과 고통이 얼추 균형을 이루고 있는 상태요. 약을 더 썼다가는 사람이 죽을 거요."

"나라면 자살하겠어." 뉴트가 높다란 접이식 의자에 앉아 중얼거렸다. 뉴트는 어디를 가든, 알루미늄 파이프와 캔버스천으로 만들어진 그 의자를 챙겼다. 뉴트는 방금 전에 그 의자를 펴면서 이렇게 말했었다. "사전이나 지도책, 전화번호부에 앉는 것보다 훨씬 나아요."

"물론 매케이브 상병은 그렇게 했지. 그자는 자기 집사를 후계자로 지명한 뒤, 총으로 자살해버렸소." 캐슬이 말했다.

"그 사람도 암이었나요?" 내가 물었다.

"잘은 모르겠지만 암은 아니었을 거요. 내 추측으로는, 지속적인 악행이 그를 완전히 소진시킨 것 같소. 그 모든 게 내가 여기 오기 전에 일어난 일이라서."

"정말 유쾌한 대화군요." 앤절라가 말했다.

"요즘이 유쾌한 시절이라는 데에 누구라도 동의할 거요." 캐슬이 말했다.

"음, 대다수의 사람들보다 선생님에게 유쾌할 이유가 더 많겠네요. 인생을 걸고 자신의 일을 하고 계시니까요." 내가 캐슬에게 말했다.

"전에는 요트도 가지고 있었단 말이오."

"무슨 말씀이신지 모르겠네요."

"요트를 소유하는 것도 대다수의 사람들보다 더 유쾌할 이유지."

"선생님이 '파파'의 주치의가 아니라면, 누가 그 일을 맡고 있나요?" 내가 말했다.

"우리 병원 의사인 슐리히터 폰 쾨니히스발트 박사요."

"독일인인가요?"

"대충은 그렇소. 그 사람은 십사 년 동안 SS부대*에 있었소. 그중 육 년은 아우슈비츠 수용소에서 근무했지."

---

* 제2차세계대전 당시 유대인 강제수용소를 관리하던 악명 높은 나치 부대.

"'희망과 자비의 집'에서 속죄하는 중이군요?"

"그렇소. 장족의 발전을 보이며 사방팔방에서 많은 생명을 구하고 있소." 캐슬이 말했다.

"다행이네요."

"그렇소. 만약 지금과 같은 속도로 밤낮없이 일하면, 그가 살린 사람의 수가 그가 죽게 한 사람의 수와 같아질 거요. 한 3010년쯤에."

그렇게 내 커래스 일원이 한 명 더 있었다. 바로 슐리히터 폰 쾨니히스발트 박사다.

84
정 전

저녁식사가 끝나고 세 시간이 지나도록 프랭크는 집에 오지 않았다. 줄리언 캐슬은 양해를 구하고 '밀림 속 희망과 자비의 집'으로 돌아갔다.

앤절라와 뉴트와 나는 캔틸레버 테라스에 앉아 있었다. 저 아래 볼리바르의 불빛들이 아름다웠다. 몬자노 공항 청사 꼭대기에 불 밝힌 대형 십자가가 서 있었다. 모터로 작동되는 그 십자가는, 전기에서 발생하는 신앙심의 도움을 받아 전방위를 훑으며 느릿느릿 회전하고 있었다.

우리 북쪽으로 밝게 빛나는 곳이 몇 군데 더 있었다. 산맥에 가로막혀 그곳이 직접 보이진 않았지만, 우리는 상공에 떠 있는 풍선 모양의 빛들을 볼 수 있었다. 나는 프랭클린 호니커의 집사 스탠리에게 그 오로라의 근원지들을 알려달라고 했다.

스탠리가 반시계방향으로 그 빛들을 하나하나 가리키며 말했다. "밀림 속 희망과 자비의 집, '파파'의 관저, 예수 요새."

"예수 요새?"

"우리 군대의 훈련소예요."

"예수그리스도의 이름을 딴 건가요?"

"물론이죠. 안 되나요?"

북쪽에서 새로운 불빛 풍선이 빠르게 커지고 있었다. 불빛의 정체를 묻기도 전에, 나는 그것이 산등성이를 오르는 자동차 전조등이라는 걸 알 수 있었다. 전조등이 우리 쪽으로 다가오고 있었다. 호송대 차량들이었다.

호송대는 미제 육군 트럭 다섯 대에 나누어 타고 있었다. 운전석의 회전 총좌에 기관총수들이 배치되어 있었다.

호송대가 자동차 진입로에서 멈추어 섰다. 대원들이 즉시 차에서 내렸다. 그리고 땅을 파서 개인 참호와 기관총 참호를 만들기 시작했다. 나는 지휘관에게 무슨 일인지 물어보려고 프랭크의 집사와 함께 밖으로 나갔다.

"샌로렌조의 차기 대통령을 보호하라는 명령을 받았습니다."지휘관이 섬 사투리로 말했다.

"지금 여기 안 계십니다." 내가 그에게 알려주었다.

"그것에 대해서는 아는 바가 없습니다. 이곳에 참호를 만들라는 명령을 받았습니다. 아는 것은 그뿐입니다." 지휘관이 말했다.

나는 앤절라와 뉴트에게 이 일에 대해 이야기했다.

"어떤 위험한 일이 실제로 벌어지고 있는 걸까요?" 앤절라가 나에게 물었다.

"저도 이 나라는 처음이라서." 내가 말했다.

그 순간 정전이 되었다. 샌로렌조의 모든 전등이 꺼졌다.

85
포마 덩어리

프랭크의 하인들이 우리에게 가솔린 랜턴을 가져다주며, 샌로렌조에서는 정전이 흔한 일이니 두려워할 필요 없다고 말했다. 하지만 아까 프랭크가 나의 자-마-키-보를 언급한 탓에, 나는 불안을 떨치기 어려웠다.

프랭크 때문에, 내 자유의지가 시카고 도살장에 도착한 새끼

돼지의 자유의지만큼이나 무의미하게 느껴졌다.

다시금, 일리엄의 천사 석상이 떠올랐다.

나는 바깥의 군인들 소리에 귀를 기울였다. 쩔그렁쩔그렁, 덜커덩덜커덩, 속닥속닥.

나는 앤절라와 뉴트의 대화에 집중할 수 없었지만, 그들은 매우 흥미로운 주제에 대해 이야기하기 시작했다. 그들은 아버지가 일란성쌍둥이였다고 말했다. 그들은 삼촌을 만나본 적이 없었다. 삼촌의 이름은 루돌프였다. 그들이 마지막으로 들은 소식은 그가 스위스 취리히에서 오르골 제조업자로 일한다는 것이었다.

"아버지는 삼촌에 대해 별말씀이 없으셨어요." 앤절라가 말했다.

"아버지는 다른 누구에 대해서도 별말씀이 없으셨어요." 뉴트가 단언했다.

그들은 아버지에게 누이도 한 명 있다고 했다. 고모의 이름은 실리아였다. 그녀는 뉴욕주 셸터아일랜드에서 자이언트 슈나우저를 몇 마리 길렀다.

"고모는 매년 크리스마스카드를 보내세요." 앤절라가 말했다.

"자이언트 슈나우저의 사진을 붙여서요." 꼬맹이 뉴트가 말했다.

"사람들이 각기 다른 가정에서 얼마나 달라지는지를 보면 참

재미있어요." 앤절라가 말했다.

"정말 그래요. 전적으로 옳은 말이에요." 내가 동의했다. 나는 양해를 구한 뒤, 그 화려한 동석자들을 떠나 스탠리 집사에게 가서 혹시 집에『보코논서』가 있느냐고 물었다.

스탠리는 내 말을 못 알아듣는 척했다. 그러더니『보코논서』는 쓰레기라고 툴툴댔다. 그러고는, 그 책을 읽는 사람은 누구나 갈고리에서 죽어야 한다고 주장했다. 그런 다음, 프랭크의 침실 탁자에서『보코논서』한 권을 가져다주었다.

그 책은 아주 무거웠고, 크기가 대사전만했다. 그리고 필사본이었다. 나는 그걸 내 침대로, 천연석 위에 얹힌 고무판으로 운반했다.

색인이 달려 있지 않아서 자-마-키-보 관련 항목을 찾기가 어려웠다. 그래서 사실 그날밤엔 허탕만 쳤다.

별 도움이 되지는 않았지만, 몇 가지 사실을 알아내기는 했다. 예를 들어서, 나는 보코논교의 우주생성론을 알게 되었는데, 그 이론에 따르면 태양 보라시시는 달 파부를 품에 안고서 파부가 불같은 자식을 낳아주기를 바랐다.

그러나 가엾은 파부는 차갑고 타오르지 않는 자식들을 낳았고 보라시시는 넌더리를 내며 자식들을 던져버렸다. 이들은 행성이 되어 아버지로부터 안전거리를 유지한 채 그 주위를 돌았다.

그다음에 보라시시는 가엾은 파부마저 던져버렸고, 파부는 자기가 가장 아끼는 자식인 지구에게 가 함께 살았다. 파부가 지구를 아낀 건 그곳에 인간들이 있었기 때문이다. 인간들은 그녀를 올려다보고, 그녀를 사랑하고, 그녀와 슬픔을 함께 나눴다.

그렇다면 보코논은 자신의 우주생성론에 대해 어떤 견해를 가지고 있었을까?

"포마! 거짓말! 포마 덩어리!" 보코논은 이렇게 기록했다.

86
작은 보온병 두 개

내가 잠을 잤다는 사실이 믿기지는 않지만, 분명히 자고 있었던 모양이다. 그게 아니라면 어떻게 일련의 굉음과 빛의 홍수에 잠에서 깨어날 수 있었겠는가?

나는 첫번째 굉음이 들렸을 때 침대에서 나와, 의용소방대원처럼 어리석은 황홀감에 취해 집 중심부로 달려갔다.

나는 뉴트와 앤절라를 향해 무작정 돌진하고 있었고, 그들은 각자의 침대에서 달아나고 있었다.

우리는 모두 우뚝 멈추어 서서 우리를 에워싼 악몽 같은 소리들을 쭈뼛쭈뼛 분석하기 시작했고, 그 소리들이 라디오에서,

식기세척기에서, 펌프에서 들려온다는 사실을 알아냈다. 다시 전기가 들어오자 모든 기계들이 요란스럽게 부활한 것이었다.

정신을 차리고 보니, 우리 세 사람의 꼴이 퍽 어처구니가 없었다. 우리는 별것 아닌 상황을 죽을 운명으로 착각해서 우습도록 인간적인 반응을 보였던 것이다. 그 허깨비 같은 운명의 지배자가 바로 나라는 사실을 입증하기 위해 나는 라디오를 꺼버렸다.

우리는 모두 낄낄거렸다.

그리고 모두들 체면치레를 하느라, 자신이 인간 본성에 가장 관심이 많은 사람임을, 가장 기민한 유머감각의 소유자임을 앞다퉈 과시했다.

뉴트가 가장 기민했다. 뉴트는 내가 양손에 여권과 지갑과 손목시계를 들고 있다고 지적했다. 나는 내가 죽음에 직면했을 때 움켜잡은 것이 무엇인지도 모르고 있었다. 무언가를 움켜잡았다는 사실조차 깨닫지 못했다.

나는 앤절라와 뉴트에게 소형 서모스 보온병은 뭐하러 들고 나왔느냐고 물어봄으로써 통쾌한 반격을 가했다. 그들은 커피를 석 잔 정도 담을 수 있는, 회색과 적색이 섞인 똑같은 보온병을 각각 들고 있었다.

두 사람도 자신들이 그런 보온병을 들고 있다는 사실을 그제야 깨달은 모양이었다. 그들은 손에 든 보온병을 보고 깜짝 놀랐다.

밖에서 굉음이 한차례 더 들려온 덕에 그들은 아무 설명 없이 상황을 모면할 수 있었다. 나는 그 굉음의 정체가 무엇인지 즉시 알아보기로 마음먹고는 방금 전의 공포만큼이나 당찮은 배짱으로 주변을 살피다가, 밖에서 트럭에 실린 전동발전기를 만지작대고 있는 프랭클린 호니커를 발견했다.

그 발전기가 우리의 새로운 전력 공급원이었다. 발전기의 가솔린 기관이 폭발음을 내며 연기를 내뿜었다. 프랭크가 그것을 고치려 애쓰고 있었다.

프랭크 옆에 천상의 여인 모나가 있었다. 그녀는 여느 때처럼 진지하게 프랭크를 바라보고 있었다.

"이봐요, 당신에게 전할 소식이 있어요!" 프랭크가 나에게 소리치더니, 앞장서서 집안으로 들어왔다.

앤절라와 뉴트는 여전히 거실에 있었지만, 어디에 어떻게 치웠는지 그 별난 서모스 보온병들은 보이지 않았다.

물론 보온병에 든 것은 필릭스 호니커 박사의 유산이자 내 커래스의 웜피터인 아이스-나인 조각들이었다.

프랭크가 나를 한쪽으로 데리고 갔다. "잠은 얼마나 깨셨나요?"

"평소처럼 말짱합니다."

"부디 완전히 깨셨길 바랍니다. 지금 당장 이야기를 나눠야

하거든요."

"시작하시죠."

"좀 조용한 곳으로 가시죠." 프랭크는 모나에게 좀 쉬라고
말했다. "필요하면 부르겠소."

나는 모나를 감미롭게 바라보며, 내게는 다른 누구보다 그녀
가 필요하다고 생각했다.

87
나의 풍채

프랭클린 호니커에 대해 말하자면, 얼굴이 파리한 아이가 장
난감 피리 같은 목소리와 거기에 딱 걸맞는 자신감을 가지고
이야기하는 것 같았다. 아무개가 직장直腸이 종이로 된 사람*처
럼 이야기하더라는 말을 군대에서 들은 적이 있는데, 호니커
장군이 바로 그런 사람이었다. 가엾은 프랭크는 은밀한 어린
시절을 '비밀 요원 엑스-나인'으로 보내느라, 다른 사람과 이야
기를 나눈 경험이 거의 없었다.

이제 프랭크는 자신이 다정하고 노련해 보이기를 바라며,

---

* a man with a paper rectum, 속어로 입만 나불대는 사람을 뜻한다.

"당신의 풍채가 마음에 듭니다!"라는 둥 "사나이 대 사나이로 툭 터놓고 이야기하고 싶습니다!"라는 둥, 시답잖은 말들을 해 댔다.

그리고 프랭크는 "…… 결과가 어찌되든, 서로 터놓고 이야기를 나눌 수 있도록" 자기가 "밀실"이라고 부르는 곳으로 나를 데리고 갔다.

그리하여 우리는 절벽을 깎아 만든 층계를 내려가 폭포 아래편 뒤쪽에 있는 천연 동굴로 들어갔다. 그곳에는 제도용 책상 두 개, 색상이 연하고 뼈대가 가느다란 스칸디나비아풍 의자 세 개, 건축 서적과 독일어, 프랑스어, 핀란드어, 이탈리아어, 영어로 쓰인 책들이 꽂힌 책장 하나가 있었다.

전등 불빛들이 그 모든 것을 비추고 있었고, 그 불빛들은 전동발전기의 털털거림에 맞춰 강해졌다 약해지기를 반복했다.

그 동굴에서 가장 놀라운 것은 벽에 그려진 그림들이었다. 그 그림들은 유치원생 같은 대담한 필치로, 광택 없는 점토나 흙, 목탄 같은 원시인이 쓸 법한 재료들을 사용해 그린 벽화였다. 그 동굴벽화가 얼마나 오래됐느냐고 물어볼 필요도 없었다. 그림의 주제로 연대를 추정할 수 있었다. 그 벽화는 매머드나 검치호, 발기한 동굴곰 그림이 아니었다.

그 그림들은 어린 시절 모나 아몬스 몬자노의 다양한 모습을 담고 있었다.

"여기, 여기가 모나 아버지의 작업실이었나요?" 내가 물었다.

"맞습니다. 그분은 핀란드인이었고, '밀림 속 희망과 자비의 집'을 설계했습니다."

"나도 압니다."

"그런 이야기를 하려고 당신을 여기로 데려온 게 아닙니다."

"부친에 관한 이야기인가요?"

"당신에 관한 이야기입니다." 프랭크가 내 어깨에 손을 얹고 내 눈을 바라보았다. 그 효과는 경악스러웠다. 동지애를 느끼게 하려고 그런 것이겠지만, 내 눈에는 그의 머리가 마치 빛 때문에 눈이 부셔 높다란 흰색 기둥에 올라앉은 괴상한 올빼미처럼 보였다.

"본론으로 들어가는 게 좋겠군요."

"빙빙 돌려봤자 소용없는 짓이죠. 제 입으로 말하기는 좀 그렇지만, 저는 사람의 성격을 기가 막히게 잘 알아맞힙니다. 저는 당신의 풍채가 마음에 듭니다." 프랭크가 말했다.

"고맙군요."

"당신과 나는 죽이 썩 잘 맞을 것 같습니다."

"여부가 있나요."

"우리 둘은 톱니바퀴처럼 딱 맞물려 있습니다."

나는 프랭크가 내 어깨에서 손을 치워주어서 고마웠다. 프랭크는 두 손의 손가락들을 톱니처럼 맞물리게 했다. 한 손은 자신을 나타내고 다른 한 손은 나를 나타내는 모양이었다.

"우리는 서로가 필요합니다." 프랭크는 톱니바퀴가 어떻게 작동하는지 보여주려고 손가락을 꼼지락거렸다.

나는 잠시 침묵했지만, 겉으로는 우호적인 태도를 보였다.

"내 말뜻을 이해하시겠습니까?" 마침내 프랭크가 물었다.

"당신과 나, 우리가 어떤 일을 함께 해야 하는 모양이죠?"

"맞습니다!" 프랭크가 손뼉을 쳤다. "당신은 대중을 만나는 데 익숙한 세간 사람이고, 나는 막후에서 일하며 상황을 진척시키는 데 익숙한 기술자입니다."

"내가 어떤 사람인지 당신이 어떻게 알죠? 방금 만났잖습니까."

"당신의 옷, 당신의 말투." 프랭크가 다시 내 어깨에 손을 얹었다. "저는 당신의 풍채가 마음에 듭니다!"

"아까도 그렇게 말했죠."

프랭크는 내가 열광적으로 그의 생각을 갈무리해주기를 미친듯이 바랐으나, 나는 여전히 갈피를 잡을 수가 없었다. "그러니까 내가 이해하기로…… 당신은 지금 나한테 여기, 이곳 샌로렌조에서 수행할 어떤 일을 제안하고 있는 건가요?"

프랭크가 손뼉을 쳤다. 프랭크는 아주 기뻐했다. "맞습니다! 연봉 10만 달러면 어떨까요?"

"하느님 맙소사!" 내가 소리쳤다. "그 대가로 내가 해야 할 일이 뭔가요?"

"거의 없습니다. 당신은 매일 밤 황금 잔으로 술을 마시고 황금 접시에 담긴 음식을 먹으면서 궁전을 독차지하게 될 겁니다."

"그 일이 대체 뭐죠?"

"샌로렌조 공화국의 대통령."

88
프랭크가 대통령이 될 수 없는 까닭

"내가? 대통령을?" 나는 숨이 턱 막혔다.

"여기 당신 말고 누가 있습니까?"

"말도 안 돼요!"

"진지하게 생각해보고 말씀하세요." 프랭크가 나를 간절하게 바라보았다.

"안 돼요!"

"진지하게 생각해보지 않았잖습니까."

"그게 미친 짓이라는 것쯤은 압니다."

프랭크가 다시 손가락으로 톱니바퀴를 만들었다. "우린 함께 일하는 겁니다. 내가 항상 당신 뒤를 받쳐줄 거예요."

"좋아요. 그럼 내가 앞에서 한 방 맞으면, 당신도 맞겠군요."

"한 방 맞는다니요?"

"총에 맞는다고요! 암살당한다고요!"

프랭크가 어리둥절해했다. "누가, 왜 당신을 쏩니까?"

"자기가 대통령이 되려고요."

프랭크가 고개를 저었다. "샌로렌조 사람은 누구도 대통령이 되고 싶어하지 않아요." 프랭크가 장담했다. "자기네 신앙에 어긋나니까요."

"당신의 신앙에도 어긋나나요? 당신이 차기 대통령이 될 거라고 생각했는데."

"나는……" 프랭크가 말을 맺지 못했다. 마치 겁에 질린 듯했다.

"당신이 뭐요?" 내가 물었다.

프랭크는 커튼처럼 동굴을 가리고 있는 물의 장막을 향해 몸을 돌렸다. "내가 이해하기로, 성숙이란 자신의 한계를 아는 겁니다." 프랭크가 나에게 말했다.

성숙의 의미를 정의하는 데 있어, 프랭크는 보코논과 크게 다르지 않았다. 보코논은 우리에게 이렇게 이야기한다. "성숙이란 어떠한 치료제도 없는 쓸쓸한 실망이다. 혹시 웃음이 만병통치약이라면 모를까."

"나는 내 한계를 잘 압니다." 프랭크가 계속했다. "아버지가 가지고 있었던 한계와 똑같은 것이죠."

"네?"

"나는 기발한 아이디어를 많이 가지고 있습니다, 아버지처럼." 프랭크는 나와 폭포를 향해 말했다. "하지만 아버지는 대중을 상대하는 데 서투셨고, 나 역시 그렇습니다."

89
더 플

"그 자리를 맡아주실 거죠?" 프랭크가 간절하게 물었다.

"아니요." 내가 말했다.

"그렇다면, 혹시 그 자리를 원할 만한 사람을 아시나요?" 프랭크는 보코논이 더플이라고 부르는 것의 전형적인 예를 보여주고 있었다. 보코논의 말에 따르면, 더플이란 스투파의 수중에 놓인 수천수만 명의 운명이다. 스투파는 안개 속에 갇힌 아이를 뜻한다.

내가 웃었다.

"뭐가 우습죠?"

"내가 웃을 땐 신경쓰지 마세요." 내가 프랭크에게 부탁했다. "나는 그 방면에서 악명 높은 괴짜거든요."

"나를 비웃는 겁니까?"

나는 고개를 저었다. "아닙니다."

"맹세코?"

"맹세코."

"사람들은 항상 나를 놀렸습니다."

"당신의 상상이었겠죠."

"큰 소리로 놀렸어요. 그건 상상이 아니었습니다."

"사람들은 가끔 의도치 않게 불친절할 때가 있죠." 내가 넌지시 말했다. 하지만, 혹시 그가 요구했더라도 나는 이 말에 대해서는 맹세하지 않았을 것이다.

"그애들이 나한테 뭐라고 소리쳤는지 아십니까?"

"아니요."

"그애들은 내게 '어이, 엑스-나인, 어디 가?'하고 소리치곤 했습니다."

"그다지 나쁜 말 같지는 않은데요."

"그게 내 별명이었단 말입니다." 프랭크가 언짢은 추억에 젖어 말했다. "비밀 요원 엑스-나인."

나는 이미 알고 있었다고 말하지 않았다.

"어디 가, 엑스-나인?" 프랭크가 거듭 되뇌었다.

나는 그 말썽꾼들이 어땠을지, 또 숙명이 그들을 어느 방향으로 들쑤시고 몰아댔을지 상상해보았다. 프랭크에게 소리치던 그 익살꾼들은 분명 제너럴 포지 앤드 파운드리사, 일리엄

전력 회사, 전화 회사에 있는 따분한 일자리에 멋지게 적응했을 테고……

그런데 맙소사, 장군이 된 '비밀 요원 엑스-나인'은 여기에서 나를 왕으로 만들어주겠다고 제안하고 있었다…… 열대 폭포가 커튼처럼 드리워진 동굴 속에서.

"내가 걸음을 멈추고 내 목적지를 말해주었다면, 그들은 정말 깜짝 놀랐을 겁니다."

"그러니까, 당신은 결국 이곳에 오게 되리란 걸 예감했었다는 말인가요?" 이것은 보코논교적인 질문이었다.

"나는 '잭의 모형 가게'에 가고 있었습니다." 프랭크는 자신이 맥빠지는 대답을 내놓았다는 사실조차 몰랐다.

"아."

"그애들 모두 내가 거기 간다는 걸 알았지만, 실제로 거기서 무슨 일이 벌어지는지는 알지 못했습니다. 그곳에서 실제로 무슨 일이 벌어지고 있었는지 그애들이 알았다면 다들, 특히 여자애들은 놀라 자빠졌을 겁니다. 여자애들은 내가 여자에 대해 아무것도 모른다고 생각했으니까요."

"실제로 무슨 일이 벌어졌는데요?"

"나는 매일 잭의 아내랑 붙어먹었습니다. 그래서 고등학교 시절 내내 학교에서 졸았지요. 바로 그 때문에 내 잠재력을 충분히 발휘하지 못했습니다."

프랭크는 이 추잡한 회상에서 빠져나왔다. "제발요. 샌로렌조의 대통령이 되어주세요. 당신의 성품으로 봐서, 당신이라면 정말 잘해낼 겁니다. 네?"

90
유일한 걸림돌

그리고 깊은 밤과 동굴과 폭포, 일리엄의 천사 석상……

그리고 이십오만 개비의 담배와 약 3000리터의 술, 두 명의 아내, 그리고 홀아비 신세……

그리고 어딜 가도 나를 기다려주는 연인이 없는 처지……

그리고 잉크로 얼룩진 글쟁이의 무기력한 삶……

그리고 달 파부와 태양 보라시시와 그들의 자식들……

이 모든 것들이 공모해 하나의 우주적 빈-디트, 즉 보코논교를 향한 강한 이끌림, 하느님이 내 삶을 주관하고 있으며 그분이 내가 할 일을 다 준비해두었다는 믿음을 향한 강한 이끌림을 만들어냈다.

그리고 나는 속으로 사룬 했다. 내 빈-디트의 요구사항으로 보이는 것을 잠자코 받아들였다는 말이다.

나는 마음속으로 샌로렌조의 차기 대통령이 되는 데 동의했다.

하지만 겉으로는 여전히 방어적이고 미심쩍은 태도를 취했다. "틀림없이 걸림돌이 있을 겁니다." 나는 말을 얼버무렸다.

"그런 건 없습니다."

"선거를 치르게 되나요?"

"선거를 치른 적은 한 번도 없습니다. 우리는 새 대통령이 누구인지 발표만 할 겁니다."

"아무도 이의를 제기하지 않을까요?"

"어떤 일이건, 누구도 이의를 제기하지 않습니다. 그들은 관심이 없어요. 신경도 쓰지 않습니다."

"분명 걸림돌이 있을 텐데요!"

"비슷한 게 있기는 하죠." 프랭크가 인정했다.

"그럴 줄 알았다니까!" 나는 내 빈-디트로부터 몸을 사리기 시작했다. "그게 뭐죠? 걸림돌이 뭔가요?"

"음, 사실, 걸림돌이라고 할 수도 없는 거예요. 원하지 않으면 하지 않아도 되는 일이니까. 하지만 좋은 일일 텐데요."

"그 좋은 일이라는 게 뭔지 들어나봅시다."

"음, 대통령이 되려면, 모나와 결혼을 해야 할 겁니다. 하지만 원하지 않는다면 하지 않아도 됩니다. 당신 마음이죠."

"그녀가 나를 받아들일까요?"

"나를 받아들일 생각이었다면, 당신도 받아들일 겁니다. 당신은 그냥 그녀에게 청하기만 하면 됩니다."

"그녀가 왜 승낙을 해야 하는 거죠?"

"그녀가 샌로렌조의 차기 대통령과 결혼하게 된다고, 『보코논서』에 예언되어 있기 때문이죠." 프랭크가 말했다.

91
모나

프랭크가 모나를 그녀 아버지의 동굴로 데려왔고, 우리만 남겨두고 떠나버렸다.

우리는 말문을 트느라 애를 먹었다. 나는 수줍었다.

그녀의 가운은 아주 얇았다. 그녀의 가운은 하늘색이었고, 단순했고, 얇은 끈이 허리를 가볍게 잡아주고 있었다. 그 외의 다른 부분은 자연스럽게 모나의 몸을 따라 흘러내렸다. 그녀의 가슴은 석류 같았다. 그러니까, 그 무엇에 비유하든 절대 어린 여자의 가슴은 아니었다.

그녀는 발이 거의 다 드러나 있었고 발톱에는 매니큐어가 아름답게 칠해져 있었다. 그녀의 황금빛 샌들은 좀 작아 보였다.

"안, 안녕하세요?" 내가 말했다. 가슴이 두방망이질하고 두 귀에선 피가 끓었다.

"실수는 불가능해요." 그녀가 나를 안심시켰다.

그때 나는 보코논교도들이 수줍음 많은 사람을 만났을 때 의례적으로 그렇게 인사한다는 사실을 모르고 있었다. 그래서 나는 실수가 가능한지 불가능한지에 대한 열띤 변론으로 응수했다.

　　"맹세코, 당신은 내가 얼마나 많은 실수를 저질렀는지 모를 거예요. 당신은 지금 실수투성이 세계 챔피언을 보고 계신 겁니다." 나는 이러쿵저러쿵 말을 늘어놓았다. "프랭크가 방금 나한테 뭐라고 했는지 아세요?"

　　"저에 대해서요?"

　　"모든 것에 대해서, 하지만 특히 당신에 대해서 이야기했죠."

　　"당신이 원한다면 나를 차지할 수 있다고 했겠죠."

　　"그래요."

　　"사실이에요."

　　"나, 나, 나는……"

　　"네?"

　　"뭐라고 말해야 할지 모르겠네요."

　　"보코-마루가 도움이 될 거예요." 그녀가 제안했다.

　　"뭐라고요?"

　　"신발을 벗어요." 그녀가 명령했다. 그리고 더없이 우아하게 샌들을 벗었다.

　　나는 닳고 닳은 남자다. 언젠가 헤아려본 적이 있는데, 관계를 가진 여자가 쉰세 명이 넘는다. 말하자면, 나는 여자들이 가능한 모든 방법으로 옷을 벗는 모습을 보았고, 온갖 다양한 방식으로 대단원의 막이 열리는 모습을 목격했다.

그런데 지금, 한 여인이 고작 샌들을 벗었을 뿐인데도, 나는 부지불식중에 신음 소리를 내고 있었다.

나는 신발끈을 풀려고 했다. 어느 신랑이 그보다 서투를 수 있을까. 겨우겨우 신발 한 짝을 벗었지만, 나머지 한 짝은 끈이 너무 꽉 묶여 있었다. 매듭을 풀려다가 엄지손톱이 뜯겼다. 결국 나는 끈을 풀지 않고 그냥 신발을 벗었다.

그리고 양말을 벗었다.

모나는 이미 바닥에 앉아서, 두 다리를 쭉 뻗고, 토실토실한 두 팔을 뒤로 짚어서 몸을 지탱한 채, 머리를 뒤로 젖히고, 두 눈을 감고 있었다.

이제 나의 첫, 나의 첫, 나의 첫…… 보코-마루를 완성하는 일은 내게 달려 있었다. 오, 하느님.

보코-마루.

92

첫 보코-마루에 바치는 시

이건 보코논의 시가 아니다. 나의 시다.

보이지 않는 안개 속
다정한 유령.
나는……
내 영혼은……
오래도록 홀로
오래도록 사랑에 번민하던 그 유령은
또다른 다정한 영혼을 만나게 되려나?
오랫동안 나는
그대에게 잘못된 충고를 했네,
두 영혼이 밀회할
그 장소에 대하여.
나의 발바닥, 나의 발바닥이여!
나의 영혼, 나의 영혼이여,*
그곳으로 가라,

---

* 영혼(soul)과 발바닥(sole)은 동음이의어다.

다정한 영혼이여.

입맞춤을 받으라.

ㅇㅇㅇㅇㅇㅇㅇ음.

93
내가 모나를 잃을 뻔한 사연

"이제 나와 이야기 나누는 게 좀 편해졌나요?" 모나가 물었다.

"마치 천년 동안 알고 지낸 사이 같아요." 내가 인정했다. 나는 울고 싶었다. "사랑해요, 모나."

"사랑해요." 그녀가 단조롭게 말했다.

"프랭크는 정말 바보예요!"

"네?"

"당신을 포기하다니."

"그는 나를 사랑하지 않았어요. 그가 나와 결혼하려 했던 건 단지 '파파'가 원했기 때문이었어요. 그는 다른 사람을 사랑해요."

"누구?"

"일리엄에서 알고 지냈던 여자요."

그 운좋은 여자는 분명 '잭의 모형 가게' 안주인일 터였다.

"프랭크가 말해줬나요?"

"오늘밤에, 당신과 결혼하라며 나를 놓아줄 때요."

"모나?"

"네?"

"다, 당신 인생에 또다른 사람이 있나요?"

그녀는 당혹스러워했다. "많아요." 마침내 그녀가 대답했다.

"사랑하는 사람이?"

"저는 모든 사람을 사랑해요."

"나, 나만큼?"

"네." 그녀는 그 말이 나를 괴롭히리라는 사실을 전혀 모르는 듯했다.

나는 바닥에서 일어나 의자에 앉아서, 양말과 신발을 도로 신기 시작했다.

"당신은, 그러니까 당신은 우리가 방금 했던 걸, 음, 다른 사람하고도 한다는 얘기군요?"

"보코-마루요?"

"보코-마루요."

"물론이죠."

"이제부터 나 이외의 다른 사람과는 그걸 하지 않았으면 좋겠어요." 내가 분명히 말했다.

그러자 그녀의 두 눈에 눈물이 고였다. 그녀는 난교를 무척 좋아했으므로. 내가 그녀에게 수치심을 안겨주려 하자 몹시 화를 냈다. "나는 사람들을 행복하게 해줘요. 사랑은 좋은 거예요. 나쁜 게 아니라고요."

"당신의 남편으로서, 당신의 사랑을 독차지하고 싶어요."

그녀는 휘둥그레진 눈으로 나를 빤히 쳐다보았다. "신-와트!"

"그게 뭐죠?"

"신-와트!" 그녀가 소리쳤다. "누군가의 사랑을 독차지하고 싶어하는 사람이죠. 그건 아주 나빠요."

"결혼한 사이라면, 그건 아주 좋은 거예요. 그게 최고죠."

그녀는 아직 바닥에 앉아 있었고, 나는 양말과 신발을 갖춰 신은 채 일어나 있었다. 그래서인지 나는 그다지 크지 않음에도 매우 크게 느껴졌고, 그다지 강하지 않음에도 매우 강하게 느껴졌으며, 목소리는 낯설면서도 정중하게 들렸다. 내 목소리에서는 전에 없이 권위적인 쇳소리가 났다.

나는 마치 망치 대가리를 휘두르는 듯한 어조로 말을 하다가, 무슨 일이 벌어지고 있는지, 벌써 무슨 일이 벌어지기 시작했는지 문득 깨달았다. 내가 이미 지배하기 시작했던 것이다.

나는 섬에 도착한 직후 사열대에서 모나가 어떤 조종사와 일종의 수직 보코-마루를 행하는 모습을 보았다고 말했다. "그 사람하고는 이제 어떤 짓도 하지 마시오." 내가 그녀에게 말했다. "그 사람 이름이 뭐요?"

"그런 거 몰라요." 그녀가 속삭였다. 그녀는 이제 눈을 내리깔고 있었다.

"필립 캐슬이라는 청년과는 어떻소?"

"보코-마루 말인가요?"

"뭐든 다. 내가 알기로, 두 사람은 함께 자랐다던데."

"맞아요."

"둘 다 보코논에게서 개인 교습을 받았소?"

"네." 그때의 기억을 떠올리자 그녀의 얼굴이 다시 환해졌다.

"그럼 그때 보코-마루를 아주 많이 했겠군."

"어머, 그럼요!" 그녀가 행복하게 대답했다.

"그 사람도 이제 만나지 마시오. 알았소?"

"안 돼요."

"안 된다고?"

"신-와트와는 결혼하지 않겠어요." 그녀가 일어섰다. "안녕."

"안녕이라니?" 나는 완전히 기가 죽었다.

"보코논은 우리에게 모든 이를 똑같이 사랑하지 않는 것은 매우 잘못된 행동이라고 말해요. 당신의 종교에서는 뭐라고 하나요?"

"나, 나는 종교가 없어요."

"나는 있어요."

나는 이미 지배하기를 그만둔 상태였다. "나도 알아요." 내가 말했다.

"안녕, 종교 없는 분." 그녀가 돌층계로 다가갔다.

"모나……"

그녀가 걸음을 멈추었다. "네?"

"나도 원하면 당신의 종교를 가질 수 있나요?"

"물론이죠."

"그러고 싶어요."

"좋아요. 사랑해요."

"나도 사랑해요." 나는 한숨을 쉬었다.

94
가장 높은 산

그리하여 나는 동틀 녘에 세상에서 가장 아름다운 여인과 약혼하게 되었다. 그리고 샌로렌조의 차기 대통령이 되는 데도 동의했다.

'파파'는 아직 죽지 않았고, 프랭크는 가능하다면 내가 '파파'의 축복을 받는 게 좋겠다고 생각했다. 그래서 태양 보라시 시가 떠오를 무렵, 프랭크와 나는 차기 대통령 경호부대에서 지프 한 대를 징발해 '파파'의 성으로 향했다.

모나는 프랭크의 집에 남았다. 나는 그녀에게 성스럽게 입을 맞췄고, 그녀는 성스러운 잠에 빠져들었다.

프랭크와 나는 야생 커피나무 수풀을 가로지르며 산줄기를 넘었고, 우리 오른편으로 찬란한 일출이 펼쳐졌다.

섬에서 가장 높은 매케이브산이 일출 속에서 고래 같은 위용을 과시했다. 그 산은 무시무시한 혹이 솟은 낙타, 혹은 괴상한 돌 마개를 봉우리랍시고 등에 얹은 흰긴수염고래처럼 보였다. 그 산을 고래라고 치면 그 돌 마개는 부러진 작살의 밑동쯤 될 텐데, 나머지 산세에 비해 퍽 생뚱맞아 보였다. 그래서 나는 프랭크에게 사람들이 그 부분을 인공적으로 쌓아올렸느냐고 물어보았다.

프랭크는 그 봉우리가 자연적으로 형성된 것이라고 했다. 게다가 자기가 아는 한 매케이브산 정상에 올랐던 사람은 아무도 없었다고 단호하게 말했다.

"그다지 오르기 힘들어 보이지는 않는데요." 내가 대꾸했다. 꼭대기의 마개 부분을 제외하면, 산의 경사는 법원 층계만큼도 가파르지 않았다. 멀리서 보기에는 그 마개도 오르기 편하게 경사와 디딤돌이 적절하게 섞여 있는 듯했다.

"신성시되거나 뭐 그런 곳인가요?" 내가 물었다.

"옛날에는 그랬을지도 모르죠. 하지만 보코논이 등장한 이후로는 그렇지 않습니다."

"그럼 왜 아무도 올라가지 않았죠?"

"아직까지 그러고 싶어하는 사람이 없었습니다."

"내가 올라가볼까요."

"그러시죠. 아무도 말리지 않으니까."

우리는 말없이 차를 몰았다.

"보코논교도들은 무엇을 신성시하나요?" 잠시 후에 내가 물었다.

"내가 알기로는, 하느님도 아닙니다."

"아무것도 없나요?"

"딱 하나 있습니다."

나는 몇 가지 추측해보았다. "바다? 태양?"

"사람. 그게 전부예요. 오직 사람." 프랭크가 말했다.

95
갈고리를 보다

마침내 우리는 성에 도착했다.

성은 낮고 검고 처참했다.

흉벽 여기저기에 아직도 구식 대포들이 널브러져 있었다. 총이나 활을 쏘고 돌과 열탕 등을 떨어트릴 수 있는 구멍들은 덩굴과 새집으로 막혀 있었다.

북쪽 난간은 약 180미터 높이에서 미적지근한 바다를 향해 수직으로 내리꽂히는 살벌한 절벽 비탈면에 맞닿아 있었다.

그런 돌무더기를 볼 때마다 나는 이런 의문이 떠올랐다. 미약한 인간들이 저만큼 큰 돌들을 어떻게 운반했을까? 그리고 다른 돌무더기처럼, 성 역시 스스로 답을 내놓았다. 말로 표현 못할 공포가 저렇게 큰 돌들을 움직이게 했노라고.

그 성은 미치광이 탈주 노예이자 샌로렌조의 황제인 텀범와의 바람에 따라 지어졌다. 텀범와는 어린이 그림책에서 그 성에 대한 착상을 얻었다고 한다.

그 책의 내용은 분명 잔혹했을 것이다.

대통령 관저 정문에 이르기 직전, 우리가 탄 지프는 전신주 두 개 위에 들보 하나를 얹은 투박한 아치를 통과했다.

들보 중간에 커다란 쇠갈고리가 매달려 있었다. 그리고 갈고리에 안내판이 꽂혀 있었다.

"보코논 전용 갈고리." 안내판이 이렇게 선언하고 있었다.

나는 한번 더 갈고리를 보기 위해 고개를 돌렸고, 그 날카로운 쇠붙이를 보니 내가 정말 통치를 하러 가는 길이라는 사실이 실감났다. 내가 저 갈고리를 잘라버리리라!

그리고 나는 자신했다. 강직하고, 공정하고, 인자한 통치자가 되리라. 내 국민은 번영을 누리리라.

파타 모르가나.

신기루!

96
종, 책, 모자 상자 안의 닭

프랭크와 나는 곧바로 '파파'를 만날 수 없었다. 주치의인 슐리히터 폰 쾨니히스발트 박사가 반시간쯤 기다려야 할 거라고 툴툴댔다.

그래서 프랭크와 나는 '파파'의 스위트룸에 딸린, 창문 없는 대기실에서 기다렸다. 크기가 약 3제곱미터인 그 방에는 튼튼한 벤치 몇 개와 카드놀이용 탁자 하나가 비치되어 있었다. 탁자 위에는 선풍기가 놓여 있었다. 돌로 된 벽에는 그림도, 장식품도 걸려 있지 않았다.

다만 쇠고리들이, 바닥에서 약 2미터 높이에 180센티미터 간격으로 박혀 있었다. 나는 프랭크에게 그 방이 예전에 고문실이었느냐고 물었다.

프랭크는 그렇다고 대답했다. 그리고 내가 딛고 있는 맨홀 뚜껑이 비밀 지하 감옥으로 통하는 문이라고 했다.

대기실에는 무기력한 경비원이 한 명 있었다. 그리고 기독교

성직자도 한 명 있었는데, '파파'에게 영적 욕구가 일면 언제든지 응할 준비를 갖추고 있었다. 그는 옆에 있는 벤치에 식사 시간을 알리는 놋쇠 종과 구멍이 숭숭 뚫린 모자 상자, 성서와 도살용 칼을 늘어놓았다.

성직자는 모자 상자 안에 닭이 한 마리 들어 있다고 했다. 닭에게 진정제를 먹여 조용하다는 얘기도 했다.

스물다섯을 넘긴 샌로렌조인들이 다 그렇듯, 그는 적어도 예순은 되어 보였다. 그는 자신을 복스 휴마나 박사라고 소개했으며, 자기 이름은 1923년에 샌로렌조 대성당이 폭파될 때 자기 어머니를 덮친 파이프오르간 음전音栓의 이름에서 따온 거라고 했다. 그리고 아버지가 누구인지는 모른다고 태연하게 말했다.

나는 그에게 기독교의 어느 교파에 속하는지 물었다. 그리고 닭과 도살용 칼은 내가 아는 한 기독교에서 생소한 물건이라고 솔직히 털어놓았다.

"그 종은 용도에 아주 적합할 것 같네요." 내가 말을 이었다.

알고 보니 그는 똑똑한 사람이었다. 그가 살펴보라고 건네준 박사 학위는 아칸소주 리틀록에 있는 웨스턴 헤미스피어 성서 대학교에서 받은 것이었다. 그는 과학 전문지 〈파퓰러 미케닉스〉의 3행 광고를 통해 그 대학교와 연이 닿았다고 했다. 그리고 그 대학교의 교훈이 자신의 좌우명이 되었으며, 닭과 도살용 칼은 그 교훈에서 비롯되었다고 했다. 그 대학의 교훈은 이

256

러했다.

신앙이 살아 있게 하라!

그는 가톨릭교와 개신교가 보코논교와 함께 불법화되었기 때문에, 기독교를 좇아 더듬더듬 길을 찾을 수밖에 없었다고 했다.

"그런 상황에서 기독교도가 되려니 새로운 것을 많이 만들어내야 했습니다So, if I am going to be a Christian under those conditions, I have to make up a lot of new stuff."

이 말을 섬 사투리로 적으면 이랬다.

"조, 예프 지 밤 공 비 크레트인 후너 요즈 콘-스티즈-엔, 지 합 마이 엽 운 롯 니 스토프."

그때 슈리히터 폰 쾨니히스발트 박사가 '파파'의 스위트룸에서 나왔다. 그는 영락없는 독일인이었고, 매우 피곤해 보였다. "이제 '파파'를 뵈어도 좋습니다."

"피곤해하시지 않게 주의하겠습니다." 프랭크가 약속했다.

"당신이 그분을 죽일 수 있다면, 그분은 오히려 고마워할 겁니다." 폰 쾨니히스발트 박사가 말했다.

97

악취 나는 기독교도

'파파' 몬자노와 그의 무자비한 병이 황금빛 보트로 만든 침
대 위에 드러누워 있었다. 키, 밧줄, 노걸이까지 배의 모든 것
에 금박이 입혀져 있었다. 그 침대는 보코논의 낡은 범선 레이
디스 슬리퍼호의 구명보트였다. 아주 오래전 보코논과 매케이
브 상병을 샌로렌조에 실어다준 바로 그 구명보트였다.

방의 벽은 흰색이었다. 하지만 '파파'가 얼마나 뜨겁고 선명한
고통을 발산했던지, 모든 벽이 벌건 물감을 뒤집어쓴 듯했다.

'파파'는 웃통을 벗고 있었는데, 번들거리는 뱃가죽은 울룩
불룩했고 배는 바람을 받은 돛처럼 부르르 떨리고 있었다.

'파파'의 목걸이에는 펜던트 대신 소총 탄환만한 원통이 매
달려 있었다. 나는 그 원통 속에 어떤 주술적인 물건이 들어 있
으리라 생각했다. 하지만 내 생각이 틀렸다. 거기에는 아이스-
나인 한 조각이 들어 있었다.

'파파'는 거의 말을 하지 못했다. 치아가 달가닥거리고 호흡
은 걷잡을 수 없이 가빴다.

고통에 지친 '파파'의 머리가 뒤로 젖혀진 채 뱃머리에 놓여
있었다.

침대 맡에 모나의 실로폰이 있었다. 전날 저녁에 모나가 음

악으로 '파파'의 고통을 덜어주려 했던 모양이다.

"파파?" 프랭크가 속삭였다.

"굿바이." '파파'가 헐떡였다. 그러고는 초점 없는 두 눈을 부릅떴다.

"친구를 한 명 데려왔습니다."

"굿바이."

"이 사람이 샌로렌조의 차기 대통령이 될 겁니다. 저보다 훨씬 좋은 대통령이 될 거예요."

"아이스!" '파파'가 훌쩍였다.

"저렇게 계속 얼음을 찾으시더군요. 하지만 얼음을 가져다드리면 고개를 저으십니다." 폰 쾨니히스발트 박사가 말했다.

'파파'가 눈알을 뒤룩댔다. 그리고 목에서 힘을 빼고 고개를 뉘었다. 그러더니 다시 목을 활 모양으로 치켜들고 말했다. "누가 샌로렌조의 대통령이 되든 상관……" 그는 말을 잇지 못했다.

내가 '파파'를 대신해 말을 끝맺었다. "상관없다고요?"

"상관없어." '파파'가 동의했다. 그리고 겨우 일그러진 미소를 지어 보였다. "행운을 비네!" '파파'가 꺽꺽댔다.

"감사합니다, 각하." 내가 말했다.

"상관없다고! 보코논. 보코논을 잡아."

나는 이 마지막 말에 능청스럽게 대답했다. 국민의 기쁨을 위해 언제나 보코논을 쫓되, 결코 붙잡아서는 안 된다는 사실이 떠올랐다. "그를 잡겠습니다."

"그자한테……"

나는 '파파'가 보코논에게 전하는 말을 들으려고 몸을 가까이 굽혔다.

"그자한테 내가 직접 죽이지 못해 유감이라고 전하게." '파파'가 말했다.

"그렇게 하겠습니다."

"자네가 그자를 죽이게."

"네, 각하."

'파파'는 명령을 내릴 수 있을 만큼 기운을 회복했다. "진심일세!"

나는 그 말에 대답하지 않았다. 그다지 누군가를 죽이고 싶지는 않았다.

"그자는 국민들에게 거짓말만 가르쳤네. 그자를 죽이고 국민들에게 진실을 가르치게."

"네, 각하."

"자네와 호니커, 두 사람이 국민들에게 과학을 가르쳐주게."

"네, 각하. 그렇게 하겠습니다." 내가 약속했다.

"과학은 실제로 작용하는 마법이야."

'파파'가 입을 다물고 긴장을 풀더니, 두 눈을 감았다. 그러고는 나직한 목소리로 이렇게 말했다. "임종 의식."

폰 쾨니히스발트 박사가 복스 휴마나 박사를 불러들였다. 휴마나 박사는 모자 상자에서 진정제 맞은 닭을 꺼내 자기가 생각하는 대로 기독교 임종 의식을 집전할 준비를 했다.

'파파'가 한쪽 눈을 떴다. "당신이 아니야." '파파'가 휴마나 박사를 보며 비웃었다. "나가!"

"네?" 휴마나 박사가 물었다.

"나는 보코논교도야." '파파'가 숨을 쌕쌕거리며 말했다. "꺼져, 이 악취 나는 기독교도야."

98
임종 의식

그리하여 나는 보코논교의 임종 의식을 보는 특권을 누리게 되었다.

우리는 군인과 관저 직원들 중에서 그 의식을 안다고 시인하고 '파파'를 위해 그 의식을 행할 사람을 찾으려 노력했다. 하지만 자원자가 아무도 없었다. 갈고리와 비밀 지하 감옥이 이토록 가까우니, 그다지 놀랄 일은 아니었다.

폰 쾨니히스발트 박사가 어떻게든 해보겠다며 나섰다. 자신이 그 의식을 행한 적은 없지만 줄리언 캐슬이 하는 걸 수백 번이나 보았다고 했다.

"보코논교도이신가요?" 내가 그에게 물었다.

"보코논교의 한 가지 사상에는 동의합니다. 보코논교를 포함해 모든 종교는 거짓에 불과하다는 말."

"과학자로서 이런 의식을 행하는 것이 마음에 걸리시겠죠?" 내가 물었다.

"나는 형편없는 과학자요. 환자의 기분이 나아지기만 한다면, 나는 어떤 짓이라도 할 거요. 그게 비과학적인 일이라 해도 말이오. 진정한 과학자라면 이런 말은 절대 할 수 없을 테지."

그는 '파파'가 누워 있는 황금빛 보트로 올라가 선미 쪽에 앉았다. 배 안이 비좁은 탓에 그는 한 팔을 황금빛 키에 걸쳐야 했다.

그는 맨발에 신고 있던 샌들을 벗었다. 그런 다음 침대 발치의 이불을 둘둘 말아올렸다. 그러자 '파파'의 맨발이 드러났다. 그는 자기 발바닥을 '파파'의 발바닥에 대고 전형적인 보코-마루 자세를 취했다.

99

디요트 미트 마트

"고트 메이트 머트." 폰 쾨니히스발트 박사가 읊조렸다.

"디요트 미트 마트." '파파' 몬자노가 화답했다.

"하느님이 진흙을 만드셨다God made mud." 그들이 각자의
사투리로 한 말은 이런 뜻이었다. 이제부터는 호칭기도의 사투
리를 일일이 밝혀 적지 않기로 한다.

"하느님은 외로워지셨노라." 폰 쾨니히스발트 박사가 말했다.

"하느님은 외로워지셨노라." '파파' 몬자노가 화답했다.

"그래서 하느님은 진흙에게 말씀하셨노라. '일어나 앉아라!'"

"그래서 하느님은 진흙에게 말씀하셨노라. '일어나 앉아라!'"

"'산과 바다와 하늘과 별, 내가 만든 모든 것을 보아라.' 하느
님이 말씀하셨노라."

"'산과 바다와 하늘과 별, 내가 만든 모든 것을 보아라.' 하느
님이 말씀하셨노라."

"그리하여 나, 진흙은 일어나 주위를 둘러보았노라."

"그리하여 나, 진흙은 일어나 주위를 둘러보았노라."

"운좋은 나, 운좋은 진흙."

"운좋은 나, 운좋은 진흙." '파파'의 뺨 위로 눈물이 흘러내
렸다.

"나, 진흙은 일어나 앉아 하느님께서 하신 일이 얼마나 훌륭한지 보았노라."

"나, 진흙은 일어나 앉아 하느님께서 하신 일이 얼마나 훌륭한지 보았노라."

"훌륭하나이다, 하느님!"

"훌륭하나이다, 하느님!" '파파'가 온 마음을 다해 말했다.

"당신 아닌 누가 이렇게 할 수 있었겠나이까, 하느님! 저는 분명 못하였을 것이옵니다."

"당신 아닌 누가 이렇게 할 수 있었겠나이까, 하느님! 저는 분명 못하였을 것이옵니다."

"당신에 비하면 저는 어찌나 하찮게 느껴지는지요."

"당신에 비하면 저는 어찌나 하찮게 느껴지는지요."

"제 자신을 조금이라도 중요하게 느낄 방법은, 일어나 주위를 둘러보지 못한 그 모든 진흙을 생각하는 것뿐이옵니다."

"제 자신을 조금이라도 중요하게 느낄 방법은, 일어나 주위를 둘러보지 못한 그 모든 진흙을 생각하는 것뿐이옵니다."

"저는 대단히 많이 얻었고, 대부분의 진흙들은 대단히 적게 얻었나이다."

"저는 대단히 많이 얻었고, 대부분의 진흙들은 대단히 적게 얻었나이다."

"뎅 유 보 다 온-오!" 폰 쾨니히스발트가 소리쳤다.

"츠-옌 부 보 로 욘-요!" '파파'가 쌕쌕거리며 말했다.

그들이 한 말은 이러했다. "이러한 영광을 주셔서 감사하나이다Thank you for the honor."

"이제 진흙은 다시 누워 잠이 드나이다."

"이제 진흙은 다시 누워 잠이 드나이다."

"진흙에게 이 얼마나 멋진 추억인지요!"

"진흙에게 이 얼마나 멋진 추억인지요!"

"일어나 앉은 다른 진흙들은 또 어찌나 흥미롭던지요!"

"일어나 앉은 다른 진흙들은 또 어찌나 흥미롭던지요!"

"제가 본 모든 것을 사랑했나이다."

"제가 본 모든 것을 사랑했나이다."

"안녕히."

"안녕히."

"저는 이제 천국으로 가나이다."

"저는 이제 천국으로 가나이다."

"도저히 기다릴 수가 없나이다……"

"도저히 기다릴 수가 없나이다……"

"제 웜피터가 무엇이었는지……"

"제 웜피터가 무엇이었는지……"

"그리고 제 커래스 일원이 누구였는지……"

"그리고 제 커래스 일원이 누구였는지……"

"그리고 저희 커래스가 당신을 위해 행한 선행들이 무엇이었는지 확실히 알게 될 때까지."

"그리고 저희 커래스가 당신을 위해 행한 선행들이 무엇이었는지 확실히 알게 될 때까지."

"아멘."

"아멘."

100
프랭크, 비밀 지하 감옥으로 내려가다

그러나 '파파'는 죽지도, 천국에 가지도 않았다. 아직은.

나는 프랭크에게 내 대통령 취임 발표를 언제 하는 것이 좋겠느냐고 물었다. 프랭크는 아무것도 몰랐고, 아무 도움도 되지 않았다. 그는 모든 걸 나에게 떠넘겨버렸다.

"당신이 뒷받침해줄 거라 생각했어요." 내가 툴툴댔다.

"기술적인 문제에 관한 한 얼마든지요." 프랭크가 까다롭게 나왔다. 나는 기술자라는 그의 본분을 침해하거나, 그로 하여금 자신의 영역을 넘어서게 해서는 안 되었다.

"알았습니다."

"당신이 국민들을 어떻게 다스리든 저는 상관없습니다. 그건 당신의 직분이니까요."

나는 프랭크가 이토록 갑작스럽게 모든 인간사를 포기해버린 데 대해 어안이 벙벙하고 화가 나서 비꼬는 투로 이렇게 물었다. "순전히 기술적인 측면에서, 이 중대한 날을 위해 무엇이 계획되어 있는지 말해줄 수 있겠습니까?"

그러자 순전히 기술적인 대답이 돌아왔다. "발전소를 수리하고 에어쇼를 펼칠 겁니다."

"좋습니다! 그렇다면 대통령으로서 나의 첫 업적은 국민을 위해 전기를 되살리는 것이 되겠군요."

프랭크는 그 말을 전혀 농담으로 받아들이지 않았다. 그는 나에게 경례를 했다. "해보겠습니다, 각하. 각하를 위해 최선을 다하겠습니다. 하지만 전기를 되살리기까지 시간이 얼마나 걸릴지는 장담할 수 없습니다."

"내가 바라는 바가 바로 그겁니다, 전기가 넘쳐흐르는 나라."

"최선을 다하겠습니다, 각하." 프랭크가 다시 경례를 했다.

"그리고 에어쇼? 그건 뭐죠?" 내가 물었다.

이번에도 딱딱한 대답이 돌아왔다. "각하, 오늘 오후 한시에 샌로렌조 공군 비행기 여섯 대가 이곳 대통령 관저 위를 날아 바다 위의 목표물을 사격할 것입니다. '민주주의 순교자 100인의 날'을 기념하는 축하 행사의 일환입니다. 미국 대사도 바다에 화환을 던지기로 했습니다."

일단 나는 화환 행사와 에어쇼가 끝나는 즉시 내가 신격화되었음을 공표하라고 프랭크에게 지시했다.

"어떻게 생각하십니까?" 내가 프랭크에게 말했다.

"좋으실 대로 하십시오, 각하."

"연설을 준비해두는 게 좋겠어요. 취임식이 위엄과 격식을 갖추려면 선서 같은 것도 해야 할 테고." 내가 말했다.

"좋으실 대로 하십시오, 각하." 프랭크가 이렇게 말할 때마다 이 말은 점점 더 멀리서 들려오는 것 같았다. 내가 마지못해 위에 남아 있는 동안, 프랭크는 사다리 가로대를 밟으며 깊은 구멍 속으로 내려가고 있는 듯했다.

내가 우두머리가 되기로 동의함으로써 프랭크에게 본인이 가장 원하는 일을 할 수 있는 자유를 주었다는 사실을 깨닫자 분통이 터졌다. 이제 프랭크는 자기 아버지가 그랬던 것처럼 인간적 책무는 회피한 채 명예와 일신의 쾌락만을 누릴 수 있게 된 것이었다. 프랭크는 영혼의 비밀 지하 감옥으로 내려감으로써 이를 성취해나갔다.

101

전임자들처럼, 나도 보코논교를 불법화하다

그리하여 나는 탑 아래쪽에 있는 둥글고 수수한 방에서 연설문을 썼다. 그곳에 가구라고는 달랑 책상 하나와 의자 하나뿐이었다. 내가 작성한 연설문도 둥글둥글하고 수수하며 수사가 드물었다.

연설문은 희망적이었다. 겸허했다.

그리고 나는 하느님께 의지할 수밖에 없음을 깨달았다. 전에는 한 번도 그런 도움을 필요로 한 적이 없었고, 그런 도움을 받을 수 있다고 생각하지도 않았다.

하지만 이제 나는 하느님을 믿어야 한다는 걸 깨달았고, 그래서 그렇게 했다.

더불어 나는 국민들의 도움도 필요할 터였다. 취임식에 참가할 내빈 명단을 보니, 줄리언 캐슬과 그의 아들이 초청 대상에서 빠져 있었다. 나는 즉시 사람을 보내서 그들을 초청했다. 그들은 보코논을 제외하고 다른 누구보다 나의 국민을 잘 아는 사람들이었다.

보코논에 대해 말하자면,

나는 그에게 내 정부에 참여해서 내 국민을 위해 천년왕국 같은 걸 열어보자고 요청하면 어떨까 숙고해보았다. 그리고 관저 정문 밖의 저 끔찍한 갈고리를 대대적인 환호 속에 즉시 끌어내리라고 지시하면 어떨까도 생각해보았다.

그러나 나는 권력의 자리에 성자를 앉히는 것만으로는 천년 왕국이 완성되지 않는다는 사실을 깨달았다. 그곳에는 모두가 먹을 좋은 음식이 풍부해야 하고, 모두가 살 근사한 집이 있어야 하고, 모두를 위해 좋은 학교와 좋은 위생과 좋은 경제가 있어야 하고, 모두가 원하는 직장이 있어야 했다. 보코논과 나는 그런 것들을 제공할 수 없었다.

그러므로 선과 악은 분리되어 존재해야 했다. 선은 밀림에, 악은 궁전에. 그런 상황이 주는 위안, 그것이 우리가 국민에게 제공해야 할 전부였다.

문을 두드리는 소리가 들렸다. 하인 하나가 나에게 내빈들이 도착하기 시작했다고 알렸다.

그래서 나는 연설문을 주머니에 넣고 탑의 나선형 계단을 올랐다. 나는 내 성에서 가장 높은 흉벽에 이르러, 내 내빈들과 내 하인들과 내 절벽과 내 미적지근한 바다를 둘러보았다.

102
자유의 적들

내 성에서 가장 높은 흉벽에 있던 그 모든 이들을 생각하니, 보코논의 「칼립소 제119편」이 떠오른다. 그 시에서 보코논은 우리에게 이렇게 함께 노래하자고 청한다.

"그리운 내 동무들은 다 어디로 갔나?"
나는 슬픔에 잠긴 남자의 말소리를 들었지.
나는 슬픔에 잠긴 남자의 귀에 속삭였네.
"그대의 동무들은 다 가버렸다오."

참석자들은 홀릭 민턴 대사와 그의 아내, 자전거 제조업자 H. 로 크로즈비와 그의 아내 헤이즐, 박애주의자이자 독지가인 줄리언 캐슬 박사와 작가이자 숙박업자인 아들 필립, 화가인 꼬맹이 뉴턴 호니커와 음악가인 누나 해리슨 C. 코너스 부인, 내 천상의 연인 모나, 프랭클린 호니커 장군, 스무 명의 잡다한 샌로렌조 관리와 군인들이었다.

죽었다. 지금은 거의 모두가 죽었다.

보코논은 우리에게 이렇게 말한다. "작별을 고하는 것은 결코 잘못이 아니다."

흉벽에는 뷔페가 차려져 있었고, 섬에서 나는 산해진미가 가득했다. 제 청록색 깃털로 만든 소형 용기에 담아놓은 휘파람새 구이, 껍데기를 떼고 잘게 썰어서 코코넛 기름에 튀긴 뒤 다시 껍데기에 담아놓은 라벤더 참게, 바나나 반죽으로 채운 작은 창꼬치, 한입 크기로 네모나게 썰어 이스트와 양념을 첨가하지 않은 옥수수 웨이퍼에 얹은 앨버트로스 수육이 있었다.

앨버트로스는 뷔페가 차려진 바로 그 망대에서 쏘아 잡은 것이라고 했다.

음료는 펩시콜라와 샌로렌조산 럼, 이렇게 두 가지가 제공되었는데, 둘 다 얼음을 넣지 않았다. 펩시콜라는 플라스틱 잔에 담겨 나왔고 럼은 코코넛 껍질에 담겨 나왔다. 럼의 달콤한 향이 무엇인지는 구별할 수 없었는데, 그 향을 맡으니 어쩐지 막 사춘기가 시작됐을 무렵이 떠올랐다.

프랭크가 나에게 그 향의 정체를 알려주었다. "아세톤입니다."

"아세톤?"

"모형 비행기 접착제에 사용되는 물질입니다."

그래서 나는 럼을 마시지 않았다.

민턴 대사는 코코넛 껍질을 들고 대사답고 미식가답게 여기저기 인사를 많이 건네고 다니며, 그 모든 사람들과 그들의 기운을 돋우는 모든 음료를 사랑하는 체했다. 하지만 그가 무언가를 마시는 모습을 보지는 못했다. 그건 그렇고, 민턴 대사는 처음 보는 여행 가방을 가지고 있었다. 나중에 알고 보니, 프렌치호른 케이스 같은 그 가방엔 바다에 던질 기념 화환이 들어 있었다.

내가 보기에 럼을 마시는 사람은 H. 로 크로즈비뿐이었는데, 그는 확실히 후각이라고는 전혀 없는 사람이었다. 크로즈비는 커다란 엉덩이로 대포 구멍을 막고 앉아 코코넛 껍질에 담긴 아세톤을 마시며 즐거운 시간을 보내고 있었다. 그는 커다란 일제 쌍안경으로 바다를 살피며 연안에 정박한 채 깐닥대는 뗏목 위의 표적들을 보고 있었다.

그 표적들은 사람 모양으로 잘라놓은 판지였다.

샌로렌조 공군 비행기 여섯 대가 화력 시범을 보일 때 거기에 총탄을 쏘고 폭탄을 떨어뜨릴 예정이었다.

각각의 표적은 실존 인물을 희화화한 모습이었고, 표적의 앞뒤에 그 인물의 이름이 적혀 있었다.

나는 그림을 그린 사람이 누구냐고 물었고, 기독교 성직자 복스 휴마나 박사라는 사실을 알게 되었다. 그는 내 옆에 있었다.

"그 방면에도 재능이 있으신지 몰랐네요."

"아, 예. 젊은 시절에 무엇이 되어야 할지 결정하느라 꽤 힘든 시간을 보냈거든요."

"옳은 선택을 하신 것 같아요."

"인도해주십사 하늘에 기도 드렸죠."

"인도를 받으셨군요."

H. 로 크로즈비가 아내에게 쌍안경을 건넸다. "저기 요시프 스탈린 그 친구가 있고, 바로 옆에는 피델 카스트로 그 친구도 있소."

"히틀러 그 사람도 있어요." 헤이즐이 즐겁게 낄낄댔다. "무솔리니 그 사람도 있고, 어떤 일본 사람도 있어요."

"그리고 카를 마르크스 그 친구도 있어."

"그리고 빌헬름 황제 그 사람도 있네요. 정수리 부분에 뿔이 달린 투구까지 썼어요." 헤이즐이 기뻐했다. "저 사람을 다시 볼 줄은 몰랐는데."

"그리고 마오 그 친구도 있소. 마오쩌둥 보이지?"

"저자도 한 방 먹겠죠?" 헤이즐이 물었다. "저 인간도 일생 일대의 놀라운 꼴을 당하게 되겠죠? 이거 정말 깜찍한 발상이에요."

"자유의 적들 거의 전부가 저기에 모였군." H. 로 크로즈비가 단언했다.

103

작가 파업의 효과에 대한 의학적 소견

내빈들은 아직 내가 대통령이 된다는 사실을 모르고 있었다. 그 누구도 '파파'의 죽음이 임박했다는 사실을 모르는 상태였다. 프랭크는 '파파'가 편안히 쉬고 있으며, 모두에게 안부를 전했음을 공식적으로 발표했다.

프랭크가 발표한 식순에 따르면, 민턴 대사가 '순교자 100인'을 기리기 위해 바다에 화환을 던지고, 비행기들이 바다의 표적들을 사격한 뒤에, 프랭크가 몇 마디 연설을 할 예정이었다.

프랭크는 자신의 연설이 끝나고 내 연설이 이어진다는 사실을 내빈들에게 말하지 않았다.

그래서 나는 기껏해야 객원 자유기고가로 대접받았고, 여기저기 기웃대며 무해한 그랜펄루너 짓을 하고 다녔다.

"안녕하세요, 엄마." 내가 헤이즐 크로즈비에게 말했다.

"오, 내 아들 아니신가!" 헤이즐은 향수 냄새를 풍기며 나를 포옹한 뒤 사람들을 향해 이렇게 말했다. "이 아이는 후저랍니다!"

캐슬 부자는 사람들로부터 멀리 떨어져 자기들끼리 서 있었다. 그들은 오랫동안 '파파'의 관저에서 환영받지 못했던 터라, 지금 자기들이 왜 초대되었는지 의아해했다.

아들 캐슬은 나를 '특종'이라고 불렀다. "안녕하세요, 특종 씨. 뭐 새로운 말장난 없나요?"

"나도 똑같은 질문을 해야 할 것 같군요." 내가 대답했다.

"인류가 마침내 제정신을 차릴 때까지 모든 작가가 총파업에 들어가면 어떨까 생각하고 있습니다. 지지하시겠습니까?"

"작가들에게 파업할 권리가 있나요? 경찰이나 소방대원들이 파업하는 거나 마찬가지일 텐데요."

"아니면 대학교수들의 파업과 비슷하겠지요."

"대학교수들의 파업과 비슷하겠네요." 내가 동의했다. 그리고 고개를 저었다. "안 될 말씀입니다. 내 양심이 그런 파업을 지지하도록 내버려둘 것 같지 않아요. 누구든 작가가 되면 전속력으로 아름다움과 교화와 위안을 생산해내야 할 신성한 의무를 지게 된다고 생각해요."

"새 책, 새 연극, 새 역사책, 새 시집 등이 갑자기 사라지면…… 사람들이 진정으로 각성하게 되리라는 생각이 드는데요."

"그래서 사람들이 파리처럼 죽기 시작하면 얼마나 자랑스러울까요?" 내가 물었다.

"오히려 미친개처럼 죽을 것 같아요. 서로 으르렁거리며 달려들고, 자기 꼬리를 물어뜯으면서."

나는 아버지 캐슬에게 물었다. "선생님, 문학이 주는 위안을 박탈당한 사람들은 어떻게 죽을까요?"

"둘 중 하나겠지. 심장 경화 아니면 신경계 위축." 그가 말했다.

"어느 쪽도 그리 유쾌하진 않을 것 같군요." 내가 말했다.

"그렇소. 그러니, 젠장, 두 사람 모두 제발 계속 글을 쓰시게!" 아버지 캐슬이 말했다.

104
술 파 다 이 어 졸

나의 천사 모나는 나에게 다가오지도, 자기 곁으로 오라는 그리움에 젖은 눈길을 던져 나를 기쁘게 해주지도 않았다. 그녀는 안주인 노릇을 자처하며 앤절라와 꼬맹이 뉴트를 샌로렌조 사람들에게 소개했다.

나와의 약혼에 대해서도 '파파'의 죽음에 대해서도 무심했던 모나를 회상하며, 지금에 와서 그 여자의 의미를 숙고해보자면, 나의 평가는 고결함과 천박함 사이를 오락가락하게 된다.

그녀는 여성적 영성의 가장 고상한 형태였을까?

아니면 감각이 마비되거나 불감증에 걸린 냉담한 사람이었을까? 사실 실로폰과 아름다움 숭배와 보코-마루에 빠져 정신 못 차리는 중독자는 아니었을까?

나는 결코 알지 못하리라.

보코논은 우리에게 말한다.

사랑에 빠진 사람은 거짓말쟁이,
자기 자신에게도 거짓말을 하지.
진실한 사람에게 사랑은 없지,
굴에 눈이 없듯이!

그러므로 내 사명은 분명한 듯하다. 나는 나의 모나를 숭고한 여인으로 기억해야 한다.

"저기요. 오늘, 당신의 친구이자 추종자인 H. 로 크로즈비와 이야기를 나눴나요?" '민주주의 순교자 100인의 날'에 내가 필립 캐슬에게 물었다.

"내가 정장을 입고 구두를 신고 넥타이까지 맸더니 나를 못 알아보더군요. 그래서 우리는 자전거에 대해 멋진 대화를 나눴어요. 또 대화를 나눠볼까 해요." 아들 캐슬이 말했다.

샌로렌조에서 자전거를 만들고 싶어하는 크로즈비의 생각이 더는 우습게 느껴지지 않았다. 이 섬의 대통령으로서, 내게는 자전거 공장이 무척 필요했다. 갑자기 H. 로 크로즈비의 인격과 그의 능력에 존경심이 일었다.

"샌로렌조 국민들이 산업화를 좋아할까요?" 내가 캐슬 부자에게 물었다.

"샌로렌조 국민은 오직 세 가지에만 관심이 있소. 고기잡이, 간음, 보코논교." 아버지 캐슬이 말했다.

"그들이 진보에 관심을 가질 수도 있지 않을까요?"

"진보라면 이미 맛보고 있소. 그들을 진정으로 흥분시키는 진보는 한 가지뿐이오."

"그게 뭔가요?"

"전기기타."

나는 캐슬 부자에게 양해를 구하고 다시 크로즈비 부부에게 갔다.

프랭크 호니커가 그들에게 보코논이 누구인지, 그가 무엇에 반대하는지 설명해주고 있었다. "그는 과학에 반대합니다."

"제정신을 가진 사람치고 누가 과학에 반대할 수 있단 말이오?" 크로즈비가 물었다.

"페니실린이 없었다면 나는 벌써 죽었을 거예요. 우리 엄마도 마찬가지고요." 헤이즐이 말했다.

"모친의 연세가 어떻게 되시나요?" 내가 물었다.

"백여섯이에요. 대단하죠?"

"정말 그렇군요." 내가 동의했다.

"그때 병원에서 남편한테 그 약을 처방해주지 않았더라면, 나는 과부가 됐을 거예요." 헤이즐은 기어이 남편에게 그 약의 이름을 물어보았다. "여보, 그때 당신 목숨을 구한 그 약 이름이 뭐였죠?"

"술파다이어졸*."

그리고 나는 지나가던 쟁반에서 앨버트로스 카나페 하나를 집어먹는 실수를 저질렀다.

105
진통제

공교롭게도―보코논이라면 '예정되어 있던 대로'라고 말하겠지만―앨버트로스 고기가 나에게 얼마나 안 맞았던지, 한 조각을 삼키자마자 배탈이 나고 말았다. 그래서 화장실을 찾아 나선형 돌계단을 뛰어내려가야 했다. 나는 '파파'의 스위트룸 근처에 있는 화장실을 사용했다.

조금 괜찮아진 것 같아 비척비척 밖으로 나가다가, '파파'의 침실에서 나오는 슐리히터 폰 쾨니히스발트 박사와 마주쳤다. 그가 몹시 흥분한 표정으로 내 팔을 붙잡고 소리쳤다. "그게 뭡니까? 그분이 목에 걸고 있던 게 대체 뭐였습니까?"

"무슨 말씀이시죠?"

---

*폐렴, 임질 치료제.

"각하가 그걸 드셨어요! '파파'가 원통에 들어 있던 걸 드시고 돌아가셨다고요."

나는 '파파'의 목에 걸려 있던 원통을 떠올리고, 내용물에 대해 빤한 추측을 해보았다. "청산가리 아닐까요?"

"청산가리? 청산가리가 사람을 순식간에 시멘트로 만듭니까?"

"시멘트요?"

"대리석! 무쇠! 그렇게 단단한 시체는 처음 봤습니다. 어딜 두드려도 마림바* 같은 소리가 난다고요! 와서 봐요!" 폰 쾨니히스발트 박사가 나를 '파파'의 침실로 밀어넣었다.

침대 위, 그 황금빛 보트 위에 끔찍한 볼거리가 있었다. '파파'는 죽었지만, 그 시신은 도저히 '영원한 안식에 들었다'고 할 수 없는 모습이었다.

'파파'의 머리는 뒤로 한껏 젖혀져 있었다. 몸무게가 정수리와 발바닥에 실려서, 몸의 나머지 부분이 천장을 향해 아치형 다리처럼 솟아 있었다. 마치 벽난로의 장작 받침쇠 같은 모습이었다.

'파파'는 목에 걸려 있던 원통의 내용물 때문에 죽은 게 확실했다. 한 손에 그 원통이 들려 있었고, 원통 뚜껑은 열린 상태였다. 그리고 다른 손의 엄지와 검지는 방금 소량의 무언가를

---

* 실로폰의 일종.

입속에 집어넣은 듯 아래윗니 사이에 끼어 있었다.

폰 쾨니히스발트 박사가 황금빛 보트의 뱃전으로 가서 쇠 놋 좆을 하나 뽑았다. 그리고 그 놋좆으로 '파파'의 배를 가볍게 두드리자 '파파'에게서 정말 마림바 같은 소리가 났다.

'파파'의 입술과 콧구멍과 안구에는 청백색 서리가 끼어 있었다.

맹세코 지금은 그런 증상이 전혀 새롭지 않다. 하지만, '파파' 몬자노는 역사상 아이스-나인으로 사망한 첫번째 인물이었다.

어떠한 가치가 있을지는 모르겠지만, 나는 그 사실을 기록한다. 보코논은 우리에게 이렇게 말한다. "모든 것을 기록하라." 물론, 실제로 보코논이 말하는 바는 역사를 기록하고 읽는 행위가 정말 무용한 짓이라는 것이다. "과거에 대한 정확한 기록이 없다면, 남성과 여성 들이 무슨 수로 미래의 심각한 실수를 피할 수 있겠는가?" 보코논은 이렇게 반어적으로 묻고 있다.

그래서 한번 더 적는다. '파파' 몬자노는 역사상 아이스-나인으로 사망한 첫번째 인물이었다.

106
보코논교도가 자살할 때 하는 말

아우슈비츠에서의 행적 때문에 자신의 선행 계좌에 엄청난 적자를 기록한 박애주의자 폰 쾨니히스발트 박사가 아이스-나인으로 사망한 두번째 인물이었다.

그는 내가 질문한 사후경직에 대해 설명하고 있었다.

"사후경직은 그렇게 순식간에 일어나지 않습니다." 그가 단언했다. "나는 '파파'한테서 아주 잠깐 등을 돌렸을 뿐이에요. '파파'는 미친듯이 지껄이고 있었고……"

"무엇에 대해서요?" 내가 물었다.

"고통, 아이스, 모나, 모든 것에 대해서요. 그리고 '파파'가 말했어요. '이제 내가 온 세상을 파괴하겠노라.'"

"그게 무슨 뜻이죠?"

"그건 보코논교도들이 자살할 때 항상 하는 말입니다." 폰 쾨니히스발트 박사가 손을 씻으려고 물이 담긴 세면대로 다가갔다. "내가 돌아보았을 때," 이 말을 할 때 그의 두 손은 물위에 머물러 있었다. "그분은 이미 죽어 있었습니다. 지금 보고 있는 것처럼 동상같이 딱딱하게 굳은 채로요. 나는 손가락으로 그분의 입술을 문질렀습니다. 입술이 정말 이상해 보였거든요."

그는 두 손을 물속에 집어넣었다. "대체 어떤 화학물질이 그렇게……" 그의 질문이 차츰 잦아들었다.

폰 쾨니히스발트 박사가 두 손을 들자, 세면대에 있던 물도 따라 올라왔다. 이제 그건 물이 아니었다. 아이스-나인 반구半球였다.

폰 쾨니히스발트 박사가 그 수수께끼의 청백색 물질에 혀끝을 갖다댔다.

그러자 그의 입술에 서리꽃이 피었다. 그는 단단하게 얼더니, 기우뚱거리다가, 쿵하고 쓰러졌다.

그 청백색 반구는 산산조각이 났다. 조각들이 바닥 위를 미끄러져 흩어졌다.

나는 문으로 가서 도와달라고 소리쳤다.

군인과 하인들이 달려왔다.

나는 그들에게 프랭크와 뉴트와 앤절라를 즉시 '파파'의 방으로 데려오라고 지시했다.

마침내 나는 아이스-나인을 보았다!

107
마음껏 구경하시죠!

나는 필릭스 호니커 박사의 세 자녀를 '파파' 몬자노의 침실로 들었다. 그리고 문을 잠근 뒤 거기에 등을 기댔다. 쓸쓸하면서도 비장한 기분이었다. 나는 아이스-나인이 뭐하는 물건인지 알고 있었다. 아이스-나인은 내 꿈속에도 자주 나타났다.

틀림없이 프랭크가 '파파'에게 아이스-나인을 주었을 것이다. 그리고 프랭크가 아이스-나인을 다른 사람에게 주었다면, 당연히 앤절라와 꼬맹이 뉴트도 아이스-나인을 다른 사람에게 주었을 것 같았다.

그리하여 나는 세 사람에게 으르렁대며, 그 가공할 범죄행위에 대해 해명하라고 요구했다. 나는 그들에게 이제 다 끝났다고, 내가 그들과 아이스-나인에 대해 알고 있다고 말했다. 나는 아이스-나인이 지상의 모든 생명체를 끝장내버리는 수단임을 그들에게 일깨우려 노력했다. 내 말이 어찌나 감동적이었던지 그들은 내가 어떻게 아이스-나인에 대해 알게 되었는지 물어볼 생각조차 하지 못했다.

"마음껏 구경하시죠!" 내가 말했다.

음, 보코논은 우리에게 이렇게 말한다. "하느님은 평생 좋은 각본을 쓰신 적이 없다." '파파'의 침실 장면에는 인상적인 쟁점들과 소품들이 부족함 없이 등장했으며, 내 개막사도 적절했다.

그러나 호니커 가족이 보인 첫번째 반응이 모든 장엄한 분위기를 망쳐놓았다.

꼬맹이 뉴트가 토해버린 것이다.

108
프랭크가 우리에게 할 일을 알려주다

그러자 우리 모두 토하고 싶어졌다.

뉴트는 확실히 내가 요구한 대로 행동했다.

"전적으로 동감합니다." 내가 뉴트에게 말했다. 그런 다음 앤절라와 프랭크를 향해 으르렁댔다. "뉴트의 의견은 들었으니, 이제 당신들 두 사람의 말을 들어보고 싶군요."

"욱." 앤절라가 몸을 웅크리고 혀를 내밀었다. 얼굴이 흙빛이었다.

"당신도 저들과 같은 기분인가요? '욱?' 당신도 그렇게 말하고 싶은 건가요, 장군?" 내가 프랭크에게 물었다.

프랭크는 치아를 드러내 보이고 이를 앙다문 채 그 사이로 씩씩거리며 밭은 숨을 몰아쉬었다.

"그 개 같아." 꼬맹이 뉴트가 폰 쾨니히스발트 박사를 내려다보며 웅얼거렸다.

"어떤 개 말인가요?"

뉴트는 숨결도 느껴지지 않을 만큼 소곤소곤 대답했다. 그러나 돌벽의 음향효과가 워낙 뛰어나서, 우리는 수정 종이 울리는 소리만큼이나 또렷하게 뉴트의 속삭임을 들을 수 있었다.

"크리스마스이브에, 아버지가 돌아가셨을 때."

뉴트는 혼잣말을 하고 있었다. 내가 아버지가 돌아가시던 날 밤에 그들이 보았다던 개에 대해 말해달라고 하자, 뉴트는 내가 자신의 꿈에라도 침입한 듯이 나를 쳐다보았다. 뉴트에게 나는 그 꿈과 무관한 사람이었다.

그러나 그의 형과 누나는 그 꿈에 속한 사람들이었다. 그 악몽 속에서 뉴트가 형 프랭크에게 말했다. "형이 그걸 줬구나."

"그렇게 해서 이 멋진 자리를 얻은 거야, 그렇지?" 뉴트가 경탄하듯 프랭크에게 물었다. "'파파'에게 뭐라고 했어? 수소폭탄보다 좋은 게 있다고 그랬어?"

프랭크는 그 질문을 못 알아들은 체했다. 그리고 방 구석구석을 찬찬히 둘러보았다. 프랭크가 앙다물었던 이에서 힘을 빼자 치아들이 사정없이 딸가닥거렸고, 딸가닥거릴 때마다 두 눈이 깜박댔다. 프랭크의 낯빛이 정상으로 돌아오고 있었다. 프랭크가 이렇게 말했다.

"잘 들어, 우리가 이 난장판을 깨끗이 치워야 해."

109
프랭크가 자신을 변호하다

"장군," 내가 프랭크에게 말했다. "그 말이야말로 올해 장군이 발표한 성명 중 가장 설득력 있는 말이군요. 당신 말처럼 우리가 '이 난장판을 깨끗이 치우려면' 어떤 방법이 필요하죠? 내 기술고문으로서 당신이 한번 추천해보세요."

프랭크는 즉시 응답했다. 그가 손가락을 탁 튕겼다. 그는 난장판의 원인과 자신을 분리해서 생각하고 있었다. 프랭크는 점점 자신감과 활력을 회복하며, 자신을 청소부이자 구세주이자 해결사로 인식했다.

"빗자루, 쓰레받기, 토치램프, 전열기, 양동이." 프랭크는 이렇게 지시를 내리며 딱, 딱, 딱 손가락을 튕겼다.

"지금 시신에 토치램프를 사용하자는 겁니까?" 내가 물었다.

이제 프랭크는 머릿속이 온통 기술적인 생각으로 가득차서, 자신의 손가락 튕기는 소리에 맞춰 탭댄스라도 추는 것 같았다. "마루 위의 큰 덩어리들을 쓸어서 양동이에 담고 전열기로 녹이는 겁니다. 그런 다음, 아직 미세한 결정들이 남아 있을지도 모르니 마루를 구석구석 토치램프로 지지고요. 그런데 시체는 어쩌면 좋을까요? 침대는……?" 프랭크는 생각할 시간이 좀더 필요했다.

"그래, 화장!" 프랭크가 스스로에게 아주 만족해서 소리쳤다. "갈고리 옆에 엄청나게 큰 장작더미를 쌓고, 시체하고 침대를 끌어내다가 그 위에 던지는 겁니다."

프랭크는 사람들을 시켜 장작더미도 쌓고 방을 치우는 데 필요한 물건들도 구하러 방에서 나가려고 했다.

그런데 앤절라가 프랭크를 멈춰 세웠다. "어떻게 그럴 수가 있니?" 그녀가 물었다.

프랭크가 멍한 미소를 지어 보였다. "다 괜찮아질 거야."

"어떻게 '파파' 몬자노 같은 사람한테 그걸 줄 수 있느냐고." 앤절라가 프랭크에게 물었다.

"우선 이 난장판부터 치우자. 이야기는 그다음에 하고."

앤절라가 프랭크의 팔을 잡고 놓아주려 하지 않았다. "어떻게 그럴 수가 있어!" 그녀가 프랭크를 마구 흔들었다.

프랭크가 누나의 손을 떼어냈다. 그의 입가에서 멍한 미소가 사라지더니, 잠깐 동안 그의 표정이 비웃는 듯 심술궂게 변했다. 그 표정으로 프랭크는 가능한 한 가장 심한 모욕을 담아 누나에게 말했다. "난 지위를 샀어. 누나가 호색가 남편을 산 것과 똑같은 방법으로, 뉴트가 러시아 난쟁이와 케이프코드에서 보낼 일주일을 산 것과 똑같은 방법으로!"

프랭크의 얼굴에 멍한 미소가 되돌아왔다.

그는 문을 쾅 닫고 나가버렸다.

110
『보코논서』제14권

"가끔 인간의 능력으로는 풀-파를 설명할 수 없을 때가 있다." 보코논이 우리에게 말한다. 보코논은 『보코논서』의 어떤 대목에서는 풀-파를 '똥 폭풍'이라고 풀이해놓고 또 어떤 대목에서는 '신의 분노'라고 풀이해놓았다.

프랭크가 문을 쾅 닫기 전에 했던 말로 미루어, 샌로렌조 공화국과 호니커의 세 자녀만 아이스-나인을 가지고 있는 게 아니었다. 미합중국과 소비에트 사회주의 공화국 연방도 아이스-나인을 가지고 있는 모양이었다. 미국은 앤절라의 남편을 통해 입수했다. 인디애나폴리스에 있는 그의 공장이 전기 울타리와 살인적인 독일산 셰퍼드로 둘러싸여 있는 것도 십분 이해가 되었다. 소련은 뉴트의 연인이자 우크라이나 발레단의 매력적인 매춘부 진카를 통해 입수했다.

할말이 없었다.

나는 고개를 떨구고 눈을 감았다. 그리고 그 상태로 프랭크가 단 하나의 침실, 세상의 모든 침실 가운데 아이스-나인에 오염된 단 하나의 침실을 청소하는 데 사용할 초라한 도구들을 가지고 돌아오기를 기다렸다.

보랏빛 벨벳 같은 망각 그 어디쯤에서, 나는 앤절라의 말소리를 들었다. 그것은 자신을 변호하는 말이 아니었다. 꼬맹이 뉴트를 변호하는 말이었다. "뉴트가 그 여자한테 그걸 준 게 아니에요. 그 여자가 훔쳤어요."

그러나 그 해명은 별로 신통치 않았다.

'대다수의 인간들만큼이나 근시안적인 제 자식들에게 아이스-나인 같은 장난감을 건네주는 필릭스 호니커 같은 사람이 있는데, 대체 인류에게 어떤 희망이 존재할 수 있을까?' 나는 생각했다.

전날 밤에 통독했던 보코논서 『보코논서』 제14권이 떠올랐다. 『보코논서』 제14권의 제목은 이랬다. '지난 백만 년의 경험에 비추어, 사색가는 지상의 인류에게 무엇을 바랄 수 있나?'

『보코논서』 제14권을 읽는 데 시간이 오래 걸리지는 않았다. 낱말 하나와 온점 하나가 전부였기 때문이다.

『보코논서』 제14권은 바로 이렇다.

"무無."

111
타임아웃

프랭크가 빗자루, 쓰레받기, 토치램프, 석유곤로, 튼튼한 고

물 양동이, 고무장갑을 가지고 돌아왔다.

우리는 아이스-나인에 손이 오염되지 않도록 고무장갑을 꼈다. 프랭크가 석유곤로를 천사 모나의 실로폰 위에 올리고 그 위에 실팍한 고물 양동이를 얹었다.

바닥에 떨어진 커다란 아이스-나인 조각들을 집어서 그 초라한 양동이 안에 떨어뜨리자, 조각들이 녹았다. 그리고 이전처럼 신선하고 맑고 순수한 물이 되었다.

앤절라와 나는 바닥을 쓸었고, 꼬맹이 뉴트는 우리가 놓친 아이스-나인 조각이 있는지 보려고 침대 밑을 살폈다. 그리고 프랭크는 우리를 따라오며 비질한 자리를 토치램프 불꽃으로 정화했다.

청소부나 관리인이 밤늦게 일하면서 느낄 법한 어리석은 평온함이 우리를 덮쳤다. 이 어지러운 세상에서 적어도 우리의 작은 방구석만은 말끔히 치우고 있지 않은가.

그리고 나는 뉴트와 앤절라와 프랭크에게 그 노인네가 죽던 날인 크리스마스이브와 그 개에 대해 말해달라고 스스럼없이 부탁했다.

그리고 호니커의 자녀들은, 유치하게도 자신들이 청소로 모든 것을 바로잡을 수 있다고 확신했는지, 나에게 그날의 이야기를 들려주었다.

이야기는 이러했다.

그 운명적인 크리스마스이브, 앤절라는 크리스마스트리에 매달 전구를 구하러 마을에 갔고, 뉴트와 프랭크는 인적 없는 겨울 해변으로 산책을 나갔다가 그곳에서 검은색 래브라도레트리버와 마주쳤다. 여느 래브라도레트리버처럼 그 개도 사람을 좋아했고 프랭크와 꼬맹이 뉴트를 집까지 따라왔다.

필릭스 호니커는 자식들이 밖에 나가 있는 동안, 흰색 버들고리 의자에 앉아 바다를 바라보며 죽었다. 죽기 전에 그 노인네는 아이스-나인에 대해 이것저것 귀띔해주고, 아이스-나인이 들어 있는 작은 병을 보여주며 온종일 자식들을 귀찮게 했다. 그 작은 병에는 해골 그림과 '위험! 아이스-나인! 습기 엄금!'이라고 적힌 라벨이 붙어 있었다.

그 노인네는 하루종일 들뜬 목소리로 이런 말들을 늘어놓으며 아이들을 성가시게 했다. "자, 자, 뇌를 좀 늘려봐. 내가 녹는점이 섭씨 45.8도라고 했지? 그리고 수소와 산소로만 이루어져 있다고 했지? 무엇에 대한 설명이겠어? 생각을 좀 해봐! 뇌를 압박하는 걸 두려워하지 말라고. 절대 망가지지 않으니까."

"아버지는 항상 저희에게 뇌를 늘리라고 말씀하셨습니다." 프랭크가 옛 시절을 회상하며 말했다.

"몇 살 때인지 기억은 나지 않지만 나는 뇌를 늘리는 걸 포기했어요." 앤절라가 빗자루에 기대며 고백했다. "아버지가 과학에 대해 이야기하시면, 나는 귀담아듣지도 않았어요. 그저 고개를 끄덕이며 뇌를 늘리려고 애쓰는 시늉을 할 뿐, 내 딱한 뇌는 과학에 관한 한 낡은 가터벨트만큼도 늘어나지 않았죠."

그 노인네는 고리버들 의자에 앉아 죽음을 맞이하기 전에, 부엌에서 물, 단지, 냄비, 아이스-나인을 가지고 물장난을 한 모양이었다. 단지와 냄비들이 모두 부엌 조리대 위에 나와 있었다고 하니, 그 노인네가 물을 아이스-나인으로 변환했다가 다시 물로 변환한 게 틀림없었다. 그리고 육류용 온도계도 나와 있었다고 하니 이것저것 온도를 잰 게 틀림없었다.

그 노인네는 의자에서 잠시 쉴 생각이었을 것이다. 그렇지 않았다면 부엌을 그렇게 엉망으로 내버려두지 않았을 것이다. 그 난장판 속에는 고체 아이스-나인이 가득 든 냄비도 있었다. 분명히 그 노인네는 전 세계에 공급하고도 남을 분량의 그 청백색 물체를 작은 조각으로 나누어서 병에 담아두기 위해 그걸 녹일 생각이었을 것이다. 잠시 쉬었다가.

그러나 보코논은 이렇게 말한다. "누구라도 타임아웃을 요청할 수는 있지만, 타임아웃이 얼마나 오래 지속될지는 아무도 모른다."

112
뉴트 어머니의 손가방

"집에 들어서자마자 아버지가 돌아가신 걸 알았어야 했는데." 앤절라가 다시 빗자루에 기대며 말했다. "그 고리버들 의자에서 아무런 소리도 나지 않더라고요. 아버지가 거기 앉아 계실 때면 항상 삐걱거리는 소리가 났었는데 말이에요. 주무실 때도요."

하지만 앤절라는 아버지가 주무시고 있다고 생각하고, 크리스마스트리를 장식하러 가버렸다.

뉴트와 프랭크가 래브라도레트리버를 데리고 들어왔다. 그들은 개에게 먹일 만한 걸 찾으려고 부엌으로 갔다가 노인네가 만들어놓은 웅덩이들을 발견했다.

꼬맹이 뉴트가 바닥에 있는 물을 행주로 닦았다. 그러고 나서 물에 젖은 행주를 조리대 위로 던져버렸다.

그런데 공교롭게도, 행주가 아이스-나인이 들어 있는 냄비에 떨어졌다.

프랭크는 그 냄비에 케이크에 입히는 시럽 같은 것이 들어 있다고 생각했다. 그래서 행주를 던진 부주의한 행위가 어떤 결과를 초래했는지 보여주기 위해 냄비를 들어서 뉴트에게 들이밀었다.

뉴트는 냄비에서 행주를 떼어내다가, 그 행주가 특이하고 기분 나쁜 금속성을 띠고 있다는 사실을 깨달았다. 마치 촘촘하게 짠 금색 망사 같았다.

"제가 '금색 망사'라고 표현한 이유는, 그걸 만지자마자 어머니의 망사 손가방, 그 손가방의 감촉이 떠올랐기 때문이에요." '파파'의 침실에서 꼬맹이 뉴트가 말했다.

앤절라는 감상에 젖어서, 어릴 적에 뉴트가 어머니의 금색 망사 손가방을 무척 소중하게 간수했다고 설명했다. 나는 작은 야회용 핸드백이었을 거라고 생각했다.

"참 이상한 느낌이었어요. 그런 건 처음 만져봤거든요." 그리고 뉴트는 망사 손가방에 대한 애틋한 그리움에 젖었다. "그 손가방이 어떻게 됐는지 궁금해."

"나는 많은 것들이 어떻게 됐는지 궁금하단다." 앤절라가 말했다. 그 의문은 과거 속으로 메아리쳐갔다. 잃어버린 슬픈 과거 속으로.

좌우간, 망사 손가방 같은 감촉의 그 행주는 어찌되었을까. 뉴트는 그것을 개에게 디밀었고, 개가 그것을 핥았다. 그리고 개는 딱딱하게 얼어붙었다.

뉴트는 그 딱딱한 개에 대해 말하려고 아버지에게 갔고, 아버지 역시 딱딱하게 굳어 있음을 알게 되었다.

113
역사

'파파'의 침실에서 이루어지던 작업이 마침내 끝났다.

하지만 여전히 시체들을 화장용 장작더미로 옮기는 일이 남아 있었다. 우리는 그 일만은 장엄하게 치러야 한다고 생각했다. 그래서 '민주주의 순교자 100인'을 기념하는 행사가 끝날 때까지 그 일을 미루기로 결정했다.

마지막으로 우리는 시체가 누웠던 자리의 오염을 제거하기 위해 폰 쾨니히스발트 박사를 일으켜세웠다. 그리고 그를 세워서 '파파'의 옷장 속에 감추었다.

우리가 왜 그를 감췄는지는 잘 모르겠다. 아마 그 광경을 단순화하기 위해서였을 것이다.

뉴트와 앤절라와 프랭크는 크리스마스이브에 자신들이 이 세상에 공급된 아이스-나인을 나누어 가진 일에 대해 이야기했다. 하지만 범죄에 대한 세부사항에 이르자 이야기는 점차 불명확해졌다. 호니커의 자녀들은 아이스-나인을 사유재산으로 나누어 가지면서, 누가 어떤 식으로 그 이유를 정당화했는지 전혀 기억하지 못했다. 그들은 아버지의 뇌 늘리기를 떠올리며 아이스-나인이 무엇인지에 대해서는 말했지만, 윤리에 대해서는 한마디도 하지 않았다.

"누가 그걸 나눴나요?" 내가 물었다.

그 사건에 대한 기억을 어찌나 철저하게 지웠던지, 세 사람은 그런 기본적인 사실조차 이야기하지 못했다.

"뉴트는 아니었어요. 그건 확실해요." 마침내 앤절라가 말했다.

"누나 아니면 나였어." 프랭크가 골똘히 생각하며 말했다.

"프랭크 네가 부엌 선반에서 메이슨 유리병 세 개를 꺼내 왔어. 우리가 소형 서모스 보온병 세 개를 구한 건 그다음날이었고." 앤절라가 말했다.

"맞아." 프랭크가 동의했다. "그런 다음, 누나가 얼음 깨는 송곳을 가져와서 냄비에 있는 아이스-나인을 쪼갰지."

"맞아. 내가 그랬어. 그다음에 누가 욕실에서 핀셋을 가져왔는데." 앤절라가 말했다.

뉴트가 작은 손을 들었다. "나야."

앤절라와 뉴트는 꼬맹이 뉴트가 얼마나 진취적으로 행동했는지 기억해내고서 깜짝 놀랐다.

"그 조각들을 집어서 메이슨 유리병에 넣은 것도 나였어." 뉴트가 말했다. 뉴트는 자신이 느끼는 우쭐함을 굳이 감추려 하지 않았다.

"그 개는 어떻게 했나요?" 내가 힘없이 물었다.

"우리는 개를 오븐에 넣었습니다. 달리 어떻게 할 도리가 없었거든요." 프랭크가 말했다.

"역사! 그것을 읽고 눈물 흘릴지어다!" 보코논은 이렇게 적고 있다.

114
총알이 내 심장에 박히는 걸 느낀 순간

그래서 나는 다시 한번 탑의 나선형 계단을 올랐고, 다시 한번 내 성에서 가장 높은 흉벽에 이르러, 다시 한번 내 내빈들과 내 하인들과 내 절벽과 내 미적지근한 바다를 둘러보았다.

호니커의 자녀들은 나와 함께 있었다. 우리는 '파파'의 방문을 잠갔고, 관저 직원들에게 '파파'가 한결 나아졌다는 소문을 퍼뜨렸다.

군인들이 갈고리 옆에 화장용 장작더미를 쌓고 있었다. 하지만 그들은 장작더미의 용도를 몰랐다.

그날은 비밀이 아주아주 많았다.

바쁘다, 바쁘다, 바빠.

행사를 시작해도 좋겠다는 생각이 들어서, 나는 프랭크더러 홀릭 민턴 대사에게 추도사 낭독을 부탁하라고 지시했다.

민턴 대사는 케이스에 들어 있던 추모 화환을 꺼내들고 바다

쪽 난간으로 갔다. 그리고 그곳에서 '민주주의 순교자 100인'을 기리는 놀라운 연설을 했다. 그는 '민주주의 순교자 100인'이라는 어구를 섬 사투리로 말함으로써 죽은 자들과 그들의 조국과 그들의 끝나버린 인생에 영예를 부여했다. 그의 입술에서 그 사투리 부분이 우아하고 매끄럽게 흘러나왔다.

연설의 나머지 부분은 미국 영어였다. 내 짐작에, 그는 미리 작성한 연설문, 과장된 수사로 가득한 연설문을 가지고 왔었을 것이다. 하지만 듣는 사람이 극소수인데다가 그것도 대부분 미국인이라는 사실을 알고, 그는 공식 연설문을 치워버렸다.

가벼운 바닷바람이 숱이 줄고 있는 그의 머리를 헝클어뜨렸다. "저는 지금 대단히 대사답지 못한 행동을 하려고 합니다." 그가 선언했다. "저는 지금 여러분에게 제 속마음을 말하려고 합니다."

민턴 대사는 아세톤 냄새를 너무 많이 맡았거나, 혹은 나를 제외한 모두에게 일어날 일을 어렴풋이 예감하고 있었는지도 모른다. 어쨌든, 그의 연설은 놀랍도록 보코논교적이었다.

"동지 여러분, 우리는 로 훈-예라 모라-투어즈 투트 자무-크라츠-야를, 죽은, 모두 죽은, 전쟁에서 모두 살해된 이 아이들을 추모하기 위해 여기에 모였습니다. 이런 날엔 그렇게 죽은 아이들을 용사라 부르는 것이 관례입니다. 하지만 저는 단순한 이유로 그들을 용사라고 부를 수 없습니다. 로 훈-예라 모라-투어즈 투트 자무-크라츠-야가 죽은 바로 그 전쟁에서 제 아들도 죽었기 때문입니다.

제 영혼은 저에게 용사가 아니라 아이들을 애도하라고 말합니다.

저는 지금 전쟁터에 나간 아이들이 목숨을 잃을 때 용사처럼 죽지 않았다고 말하려는 게 아닙니다. 그들에게는 영원히 영예롭고 우리에게는 영원히 부끄럽게도, 실제로 그들은 용사처럼 죽습니다. 그래서 우리는 애국적인 공휴일들을 당당하게 기념할 수 있습니다.

그렇다 하더라도, 그들이 살해당한 아이들이라는 사실은 변하지 않습니다.

그러므로 저는 여러분께 제안합니다. 만약 우리가 샌로렌조의 죽은 아이들 백 명에게 진심으로 조의를 표하고자 한다면, 그들을 죽음으로 내몬 모든 인간들의 어리석음과 사악함을 경멸하는 것이 이날을 보내는 가장 좋은 방법일 것입니다.

전쟁을 기념하려면, 아마도 우리는 옷을 벗어던지고 온몸에 파란 칠을 한 다음 하루종일 네발로 기어다니며 돼지처럼 꿀꿀대야 할 겁니다. 그렇게 하는 것이 분명 고상한 웅변, 깃발과 기름칠한 대포를 동원한 볼거리보다 훨씬 적절한 기념 방식일 겁니다.

우리가 곧 보게 될 군인들의 멋진 공연을 비하하려고 이런 말씀을 드리는 것이 아닙니다. 그건 정말 짜릿한 공연이 될 것입니다……"

민턴 대사는 한 사람 한 사람과 찬찬히 눈을 맞춘 다음, 아주 부드럽게 이런 말을 툭 던졌다. "그리고 저는 짜릿한 공연을 볼 때 만세를 부릅니다."

우리는 민턴 대사의 다음 말을 듣기 위해 귀를 쫑긋 세워야 했다.

"하지만, 오늘이 전쟁에서 살해된 백 명의 아이들을 진심으로 추모하는 날이라면, 이날 과연 짜릿한 공연을 해야 할까요?

답은 '예'입니다. 다만 한 가지 조건이 있습니다. 우리 추모객들은 우리 자신 그리고 모든 인간의 어리석음과 사악함을 줄이기 위해 의식적으로 끊임없이 노력해야 합니다."

민턴 대사는 화환 케이스의 걸쇠를 벗겼다.

"제가 가져온 것이 보이십니까?" 그가 우리에게 물었다.

그는 케이스를 열고 우리에게 주홍색 내부와 황금색 화환을 보여주었다. 화환은 철사와 인조 월계수 잎으로 만들어 전면에 방열防熱 페인트를 뿌린 것이었다.

화환에는 크림색 실크 리본이 달려 있었고, 리본에는 **프로 파트리아**라는 글자가 인쇄되어 있었다.

민턴 대사가 에드거 리 매스터스의 『스푼 리버 선집』에서 고른 시 한 편을 낭송했다. 청중 속 샌로렌조인들은 분명히 그 시를 이해하지 못했을 것이다. 그리고 그 점에 있어서는 H. 로 크로즈비와 그의 아내 헤이즐, 앤절라와 프랭크도 마찬가지였을 것이다.

나는 미셔너리 리지 전투*의 첫 결실이었네.
총알이 내 심장에 박히는 걸 느낀 순간,
나는 도망치지 않고 군에 입대하기보다는
고향에 머물다가 컬 트레너리의 돼지를 훔치고
교도소에나 갈걸 그랬다고 생각했지.
이 날개 달린 대리석 동상과
'프로 파트리아'라는 말이 적힌
이 화강암 받침대 아래에 누워 있기보다는
카운티 교도소에 가는 게 천 배는 낫지.
그런데, 저 말이 무슨 뜻이야?

"그런데, 저 말이 무슨 뜻이야?" 홀릭 민턴 대사가 마지막 행을 반복했다. "그건 '조국을 위하여'란 뜻입니다." 그러고는 나직이 한마디 덧붙였다. "그것이 어떤 나라이든." 그가 중얼거렸다.

---

* 남북전쟁 때 조지아주 미셔너리 산마루에서 벌어진 전투.

"제가 가져온 이 화환은 한 나라의 국민이 다른 한 나라의 국민에게 바치는 선물입니다. 어떤 나라인지는 신경쓰지 마십시오. 사람들을 생각하십시오……

그리고 전쟁에서 살해된 아이들을 생각하십시오……

그리고 어떤 나라인지는 상관하지 마십시오.

평화를 생각하십시오.

형제애를 생각하십시오.

풍요를 생각하십시오.

인간이 너그럽고 현명하다면 이 세상이 얼마나 멋진 낙원이 될지를 생각하십시오.

인간이 비록 어리석고 사악하기는 해도, 오늘은 정말 기쁜 날입니다. 저는 개인적인 충심으로, 그리고 평화를 사랑하는 미합중국 국민의 대표로, 로 훈-예라 모라-투어즈 투트 자무-크라츠-야가 이 멋진 날을 함께하지 못하는 걸 애석하게 생각합니다." 홀릭 민턴 대사가 말했다.

그리고 화환을 난간 너머로 띄워보냈다.

공중에서 윙윙거리는 소리가 들려왔다. 샌로렌조 공군 비행기 여섯 대가 나의 미적지근한 바다 위를 스치듯 날고 있었다. 비행기들은 H. 로 크로즈비가 '자유의 적들 거의 전부'라고 묘사했던 자들의 초상에 사격을 가하려는 참이었다.

115

공교롭게도

우리는 에어쇼를 보기 위해 바다 쪽 난간으로 갔다. 비행기들은 후추 알갱이만큼이나 작았다. 그런데도 우리가 비행기들을 찾을 수 있었던 건 공교롭게도 그중 한 대가 긴 꼬리처럼 연기를 매달고 있었기 때문이었다.

우리는 그 연기도 공연의 일부라고 생각했다.

나는 공교롭게도 앨버트로스와 샌로렌조산 럼을 번갈아가며 먹고 마시고 있는 H. 로 크로즈비의 옆에 서 있었다. 크로즈비가 앨버트로스 기름으로 번들거리는 입술 사이로 모형 비행기 접착제의 독기를 내뿜고 있었다. 나는 다시 구역질이 났다.

나는 홀로 육지 쪽 난간으로 물러나 공기를 들이마셨다. 나와 다른 사람들 사이에 폭이 180센티미터쯤 되는 오래된 돌바닥이 있었다.

비행기들이 성의 기단 아래로 낮게 날아올 예정이었기 때문에, 내가 있는 자리에서는 공연이 보이지 않을 듯했다. 그러나 구역질 때문에 흥이 나지 않았다. 나는 비행기들이 으르렁대며 다가오는 쪽으로 고개를 돌렸다. 비행기들이 탕탕 기관총을 쏘기 시작한 바로 그때, 갑자기 비행기 한 대가, 긴 꼬리처럼 연기를 매달고 있던 그 비행기가 뒤집혀서 화염에 휩싸인 채로 나타났다.

그 비행기는 다시 내 시야 아래로 떨어지더니 곧장 성 밑 절벽에 충돌했다. 비행기의 폭탄과 연료가 폭발했다.

무사한 비행기들은 계속 붕붕대며 날아갔고, 그 소음은 곧 모기의 윙윙거림만큼 희미해졌다.

그러고는 바위가 무너지는 소리가 들렸다. '파파'의 성에 있는 거대한 탑 하나가 아래쪽에 타격을 입고 바다로 와르르 무너져내렸다.

바다 쪽 난간에 있던 사람들이 깜짝 놀라, 탑이 서 있던 자리에 생긴 텅 빈 구멍을 바라보았다. 바로 그때, 크고 작은 바위들이 관현악 합주라도 펼치듯 대화를 나누며 굴러떨어지는 소리가 들렸다.

그 대화는 매우 빠르게 진행되었고, 거기에 새로운 목소리가 끼어들었다. 성의 대들보들이 자기들이 지고 있는 짐이 너무 무겁다며 탄식하는 소리였다.

그리고 내 오그린 발가락에서 3미터쯤 떨어져 있던 흉벽이 번개 모양으로 쩍 갈라졌다.

그 균열이 나와 내 동지들을 갈라놓았다.

성이 큰 소리로 신음하며 울었다.

사람들은 자신들에게 닥친 위험을 깨달았다. 그들은 다량의 석재들과 함께 바깥쪽으로 비칠비칠 무너져내리기 직전이었다. 균열의 너비는 고작 30센티미터였으나, 사람들은 과장된 몸짓으로 그 틈새를 뛰어넘기 시작했다.

오직 무심한 나의 모나만이 한 걸음에 가볍게 그 균열을 건넜다.

균열은 이를 갈며 닫혔다가, 심술궂은 눈빛으로 더욱 넓게 열렸다. H. 로 크로즈비와 그의 아내 헤이즐, 홀릭 민턴 대사와 그의 아내 클레어가 비스듬히 기운 죽음의 덫에 아직까지 갇혀 있었다.

필립 캐슬과 프랭크와 내가 심연 너머로 손을 뻗어 크로즈비 부부를 안전지대로 끌어왔다. 이제 우리의 팔은 민턴 부부를 향해 간절하게 뻗쳐 있었다.

그들의 표정은 차분했다. 그들의 마음속에서 어떤 일이 벌어지고 있었는지 나는 그저 추측만 해볼 따름이다. 아마 그들은 다른 무엇보다 품위와 감정적 균형을 생각하고 있었을 것이다.

공황 상태는 그들에게 어울리지 않았다. 나는 자살 역시 그들에게 어울리지 않았으리라 생각한다. 그들은 그 고상한 태도 때문에 죽었다. 운을 다한 초승달 모양 성곽이 부두에서 멀어지는 원양 여객선처럼 우리에게서 멀어져갔다.

떠나는 민턴 부부도 항해의 이미지를 떠올렸던 모양이다. 그들은 우리에게 나른하고 온화하게 손을 흔들었다.

그들은 서로 손을 잡았다.

그들은 바다와 마주섰다.

그들은 바깥쪽으로 멀어지다가, 갑자기 엄청난 속도로 아래로 떨어지더니, 결국 사라져버렸다!

116
웅장한 아-훔

흔적도 남지 않은 폐허의 삐쭉빼쭉한 테두리는 이제 내 오그린 발가락에서 몇 센티미터밖에 떨어져 있지 않았다. 나는 아래를 내려다보았다. 내 미적지근한 바다가 모든 것을 삼켜버렸다. 먼지구름이 바다로 유유히 퍼져나갔다. 추락한 모든 것이 남긴 흔적은 그뿐이었다.

거대한 바다 쪽 얼굴을 잃어버린 성이 뻐드렁니와 억센 머리털을 드러낸 채 북쪽을 향해 흉측한 미소를 보내고 있었다. 곤두선 머리털은 쪼개진 대들보의 *끄트머리*였다. 내 바로 밑으로 커다란 방이 드러나 있었는데, 방의 바닥이 마치 다이빙대처럼 받침대도 없이 허공으로 삐져나와 있었다.

잠시 나는 그 다이빙대로 뛰어내리는 내 모습, 제비처럼 멋지게 솟구쳐오르는 내 모습, 두 팔을 포개는 내 모습, 피처럼 따뜻한 영원 속으로 물 한 방울 튀기지 않고 칼처럼 꽂혀들어

가는 내 모습을 상상했다.

머리 위를 쏜살같이 날아가는 새의 울음소리에 나는 몽상에서 깨어났다. 새가 내게 무슨 일이 있었느냐고 묻는 듯했다. "쩩-쩨쩩?" 녀석이 물었다.

우리 모두 그 새를 쳐다보다가, 다시 서로를 바라보았다.

온통 겁에 질린 우리는 그 심연에서 물러났다. 나를 받쳐주던 포석에서 발을 떼자, 포석이 흔들리기 시작했다. 그 돌은 시소만큼이나 불안정했고, 이제 다이빙대 위로 기우뚱거렸다.

그 돌이 다이빙대 위로 쿵 하고 떨어졌고, 다이빙대는 미끄럼대로 변했다. 그리고 아래쪽 방에 아직 남아 있던 가구들이 미끄럼대를 타고 내려왔다.

제일 먼저 실로폰이 조그만 바퀴로 잽싸게 튀어나왔다. 이어서 침실 탁자와 폴짝대는 토치램프가 미친듯이 경주를 펼치며 내려왔다. 의자들이 그 뒤를 맹렬히 추격했다.

그리고 아래쪽 방 어딘가에서, 보이지는 않았지만, 움직이는 것을 굉장히 싫어하는 어떤 물체가 움직이기 시작했다.

그것은 미끄럼대를 살금살금 내려와 마침내 황금빛 뱃머리를 드러냈다. 보트 안에는 죽은 '파파'가 누워 있었다.

보트가 미끄럼대 끝에 다다르자 뱃머리가 까딱거렸다. 그러다 보트가 아래쪽으로 기울더니 이내 빙글빙글 돌면서 밑으로 떨어져버렸다.

'파파'가 공중에 뜬 채, 따로 떨어지고 있었다.

나는 눈을 감았다.

하늘만큼 커다란 문이 천천히 닫히는 듯한 소리가 들렸다. 천국의 거대한 문이 부드럽게 닫히고 있었다. 그것은 웅장한 **아-홈**이었다.

나는 눈을 떴다. 바다가 온통 아이스-나인이었다.

촉촉한 초록색 지구가 청백색 진주로 변했다.

하늘이 어두워졌다. 태양 보라시시가 작고 처참한 모습의 누리끼리한 공으로 변해버렸다.

하늘에 지렁이가 가득했다. 그 지렁이들은 바로 토네이도였다.

117
피 난 처

나는 새가 날던 하늘을 올려다보았다. 보라색 주둥이를 가진 거대한 지렁이 한 마리가 바로 내 머리 위에 있었다. 그것은 벌처럼 윙윙거렸고, 앞뒤로 흔들거렸다. 그것은 징그럽게 연동운동을 하며 공기를 집어삼켰다.

우리 인간들은 흩어졌고, 나의 산산조각 난 흉벽에서 달아나

육지 쪽 계단을 허겁지겁 내려갔다.

H. 로 크로즈비와 아내 헤이즐만이 소리를 지르고 있었다. "미국 사람! 미국 사람!" 그들은 토네이도들이 먹잇감이 속한 그랜펄룬에 관심을 보이리라 생각하는 모양이었다.

나는 크로즈비 부부의 모습을 볼 수 없었다. 그들은 다른 계단으로 내려갔다. 그들이 외치는 소리와 다른 사람들이 헐떡대며 달리는 소리가 성의 복도를 타고 내게 다가와서 마구 지껄여댔다. 내 동행은 조용히 나를 따르는, 나의 천사 모나뿐이었다.

내가 머뭇거리자, 모나가 내 옆을 사뿐히 지나쳐서 '파파'의 침실에 딸린 대기실의 문을 열었다. 대기실은 벽과 지붕이 사라지고 없었다. 하지만 돌바닥은 남아 있었다. 그리고 바닥 중앙에 비밀 지하 감옥으로 통하는 맨홀 뚜껑이 있었다. 나는 지렁이들이 그득한 하늘 아래서, 우리를 먹어치우고 싶어하는 토네이도에 둘러싸인 채, 토네이도의 주둥이에서 깜박이는 보라색 불빛을 받으며 뚜껑을 들어올렸다.

지하 감옥의 식도에는 철제 사다리가 설치되어 있었다. 나는 그 안으로 들어가서 맨홀 뚜껑을 닫았다. 우리는 그 철제 사다리를 타고 아래로 내려갔다.

그리고 우리는 사다리 아래에서 국가 기밀을 발견했다. '파파' 몬자노가 그곳에 아늑한 방공호를 만들어두었던 것이다. 그곳에는 자전거 페달을 밟아 팬을 돌리는 환기구가 있었고 한

쪽 벽감에는 물탱크도 있었다. 그 물은 아직 아이스-나인에 오염되지 않아서 맑은 액체 상태였다. 그곳에는 간이 화장실과 단파 라디오, 시어스 로벅* 카탈로그도 있었다. 산해진미가 담긴 통들, 술, 양초도 있었다. 발행된 지 이십 년이 넘은 〈내셔널 지오그래픽〉 장정본도 있었다.

그리고 『보코논서』 한 질이 있었다.

1인용 침대도 두 개 있었다.

나는 초를 켜고, 캠벨사의 치킨 수프 통조림을 따서 스터노사의 알코올 스토브 위에 올렸다. 그리고 버진아일랜드산 럼을 두 잔 따랐다.

모나가 침대 하나에 앉았고 나는 맞은편 침대에 앉았다.

"나는 과거에 남자들이 여자들에게 수차례 이야기했을 그런 말을 할 참이에요. 그렇지만, 그 말에 지금과 같은 무게가 실렸던 적은 없다고 생각해요." 내가 모나에게 말했다.

"네?"

나는 두 손을 펼쳤다. "자, 여기예요."

---

* 미국 통신판매 회사.

312

118
아이언 메이든과 비밀 지하 감옥

『보코논서』제6권에서는 고통에 대해, 특히 인간이 인간에게 가하는 고문에 대해 다루고 있다. "혹 내가 갈고리에서 처형당한다면, 나에게 매우 인간적인 반응을 기대하라." 보코논이 우리에게 권고한다.

그런 다음, 보코논은 랙*과 페디윙커스**와 아이언 메이든***과 베글리아****와 비밀 지하 감옥에 대해 말한다.

어떤 고문이든, 많은 울부짖음이 있을 수밖에 없다.

그러나 비밀 지하 감옥만은 죽어가며 생각할 수 있는 여지를 준다.

모나와 내가 들어와 있는 돌 자궁도 그러했다. 적어도 우리는 생각을 할 수 있었다. 그리고 내가 생각한 한 가지는, 지하 감옥에 의식주가 갖추어져 있다고 해서 우리가 감옥에 있다는

---

* 사지에 밧줄을 묶어서 잡아당기는 고문.

** 쇠틀에 손가락을 집어넣고 죄는 고문.

*** 날카로운 철심이 박혀 있는 관 안에 가두는 고문.

**** 사람의 팔다리를 공중에 매달고 항문이나 질을 피라미드 모양 기구 끝에 위치하도록 한 뒤에 서서히 줄을 푸는 고문.

기본적인 사실이 변하지는 않는다는 것이었다.

지하에서 보낸 첫번째 낮과 밤 동안, 토네이도가 한 시간에도 몇 번씩 우리의 맨홀 뚜껑을 덜커덕덜커덕 흔들어댔다. 그때마다 구덩이 속의 압력이 뚝 떨어져서 귀가 먹먹했고 머리가 울렸다.

라디오에 대해 말하자면 탁탁, 칙칙 하는 잡음이 들리고는, 그뿐이었다. 단파 대역의 이쪽 끝에서 저쪽 끝까지 말 한 마디, 발신음 하나 들리지 않았다. 혹시 여기저기에 아직 생명체가 존재할지라도, 방송은 하지 않았다.

그 생명체는 오늘까지도 방송을 하지 않고 있다.

나는 이 상황을 이렇게 해석했다. 토네이도들이 아이스-나인의 유독한 청백색 서리를 사방에 흩뿌리며 지상의 만물을 갈가리 찢어놓았다. 혹시 무언가가 아직 살아 있다 해도 목마름, 굶주림, 분노, 무관심 등으로 곧 죽어버릴 것이다.

나는 『보코논서』에 의지했다. 그 책 어딘가에 영적 위안이 있으리라 믿을 만큼, 아직 나는 그 책에 대해 잘 모르고 있었다. 나는 『보코논서』 제1권의 속표지에 적힌 경고를 쓱 읽고 지나갔다.

"바보처럼 굴지 마라! 당장 이 책을 덮어라! 이 책은 포마일 뿐이다!"

물론, 포마는 거짓말이란 뜻이다.

그다음에, 나는 이런 글을 읽었다.

태초에 하느님이 지구를 창조하시고, 우주적 외로움 속에서 그것을 바라보셨노라.

하느님이 가라사대, "진흙으로 생물을 만들어, 그 진흙이 우리가 한 일을 볼 수 있게 하자." 하느님이 지금 움직이고 있는 모든 생물을 창조하시매, 그 하나가 인간이었더라. 인간 진흙만이 말을 할 수 있었더라. 인간 진흙이 일어나 앉아 주위를 둘러보고 말을 하매, 하느님이 가까이 몸을 기울이셨노라. 인간이 눈을 끔벅이며, "이 모든 것의 목적이 무엇이나이까?"라고 공손하게 물었더라.

하느님이 "모든 것에 목적이 있어야 하느냐?" 하시매,

인간이 이르되, "물론이옵나이다."

하느님이 이르시되, "그렇다면 네가 이 모든 것을 위해 하나 생각해보거라."

그리고 하느님은 가버리셨더라.

나는 이 이야기가 쓰레기라고 생각했다.
보코논은 말한다. "물론 이것은 쓰레기다!"

그래서 나는 나에게 위안을 주는 훨씬 심오한 비법을 얻고자, 나의 천사 모나를 돌아보았다.

나는 우리의 침대 사이를 가르는 공간 너머로 멍하니 그녀를 바라보며, 그녀의 경이로운 눈 뒤에 이브만큼이나 오래된 신비가 도사리고 있다고 추측할 수 있었다.

그후에 벌어진 성행위에 대한 추잡한 이야기는 자세히 하지 않겠다. 내가 구역질나게 굴었고, 스스로도 구역질이 났다고만 말해두자.

그녀는 생식에 관심이 없었고, 그런 발상에 질색했다. 하지만 그 격렬한 몸싸움이 끝나기 전에, 그녀는 내가 새로운 인간을 만드는 그 괴상하고, 요란하고, 땀나는 방법을 생각해낸 데 대해 충분히 칭찬해주었고, 나 또한 스스로가 대견스러웠다.

나는 내 침대로 돌아와 이를 악물고서, 그녀가 성교에 대해 아무것도 모른다고 어림짐작했다. 그런데 바로 그때 그녀가 나에게 다정하게 말했다. "지금 같은 때 아이를 낳게 되면 아주 슬플 거예요. 그렇지 않나요?"

"맞아요." 내가 침울하게 동의했다.

"혹시 몰랐을까봐 말해주는데, 어쨌든 아이는 그렇게 만들어지는 거예요."

119
모나가 내게 고마워하다

보코논은 우리에게 이렇게 말한다. "오늘 나는 불가리아의 교육부 장관이 될 것이다. 내일 나는 트로이의 헬레네가 될 것이다." 보코논이 말하고자 하는 바는 수정만큼이나 명료하다. 우리는 저마다 현재의 자신이 되어야 한다는 것. 내가 비밀 지하감옥에서 『보코논서』의 도움으로 생각한 바도 대개 그러했다.

보코논은 나에게 이렇게 함께 노래하자고 청했다.

우리는 하 하 하 한다네.
우리가 해 해 해 해야
하 하 하 할 일을, 온몸이
부 부 부 부서질 때까지.

나는 이 노랫말에 어울리는 곡을 만들어서, 우리에게 공기를, 그리운 공기를 제공하는 환풍기에 동력을 공급하기 위해 자전거 페달을 밟으며 나직이 그 곡조를 휘파람으로 불었다.

"인간은 산소를 마시고 이산화탄소를 내쉬어요." 내가 모나에게 소리쳤다.

"뭐라고요?"

"과학이죠."

"아."

"인간은 오래전에 생명의 비밀 하나를 깨달았어요. 동물은 동물이 내쉬는 것을 마시고, 또 그 반대도 성립한다는 걸요."

"몰랐어요."

"이제 알았잖아요."

"고마워요."

"천만에요."

나는 자전거 페달을 밟아 우리의 공기에 신선함과 상쾌함을 더한 뒤, 자전거에서 내려와 철제 사다리를 올랐다. 그리고 위쪽 날씨를 살폈다. 나는 하루에도 몇 번씩 그 일을 했다. 그날은 넷째 날이었고, 나는 맨홀 뚜껑을 들어올리고 초승달 모양의 좁은 틈을 통해 날씨가 조금 안정되었음을 확인했다.

그 안정이란 것은 지독히도 역동적이었는데, 토네이도가 변함없이 많았기 때문이었다. 덧붙이자면, 토네이도는 이날 이때까지도 여전히 많이 남아 있다. 아무튼 토네이도의 주둥이들이 이제 더는 지상을 향해 마구 달려들며 분노를 표출하지는 않았다. 사방에 존재하는 그 주둥이들은 고도 1.5킬로미터쯤까지 조심스럽게 물러나 있었다. 그리고 토네이도의 고도가 순간순간 아주 조금씩 변해서, 마치 토네이도를 막아주는 유리판이 샌로렌조를 보호하고 있는 듯했다.

우리는 사흘을 더 지하에 머물면서, 토네이도들이 눈에 보이는 것처럼 정말 그렇게 점잖아졌는지 확인했다. 그런 다음, 물탱크의 물로 물통을 가득 채우고 위로 올라갔다.

대기는 건조하고 뜨거웠으며 쥐죽은듯 조용했다.

언젠가 나는 온대지방의 계절은 넷이 아니라 여름, 가을, 잠금, 겨울, 잠금 해제, 봄 이렇게 여섯이어야 한다는 말을 들은 적이 있었다. 나는 그 말을 떠올리면서 맨홀 옆에 똑바로 서서, 눈을 말똥대고 귀를 쫑긋대고 코를 킁킁댔다.

아무 냄새도 없었고 아무런 움직임도 없었다. 내가 발걸음을 내디딜 때마다 청백색 서리가 불쾌하게 끽끽댔고, 그때마다 그 소리가 크게 메아리쳤다. 잠금 계절이 끝났다. 지구는 단단히 잠겨 있었다.

겨울이었다. 앞으로도 영원히.

나는 나의 모나가 구덩이에서 나오는 걸 도왔다. 나는 모나에게 청백색 서리를 만지지도, 입을 만지지도 말라고 경고했다. "죽음을 손에 넣는 게 이토록 쉬웠던 적은 없어요. 그저 땅을 한번 만졌다가 입술을 만지면, 그걸로 끝장이니까." 내가 그녀에게 말했다.

그녀는 고개를 저으며 한숨을 쉬었다. "정말 나쁜 어머니로군요."

"뭐라고요?"

"어머니 대지 말이에요. 이제는 그다지 좋은 어머니가 아니라고요."

"저기요? 저기요?" 내가 성의 폐허에 대고 외쳤다. 무시무시한 바람이 그 거대한 돌더미 사이사이에 협곡을 뚫어놓았다. 모나와 나는 무심하게 생존자를 수색했다. 우리가 무심했던 건 생명체의 흔적이 전혀 느껴지지 않았기 때문이었다. 코를 반짝이며 무엇이든 갉아대는 쥐조차도 살아남지 못했다.

온전하게 남아 있는 인공물이라고는 관저 정문의 아치뿐이었다. 모나와 나는 그리로 갔다. 아치 아랫부분에 흰색 페인트로 보코논의 「칼립소」가 적혀 있었다. 글씨는 깔끔했고, 작성된지 얼마 되지 않은 듯했다. 그건 우리 말고도 폭풍을 견뎌낸 사람이 또 있다는 증거였다.

그 「칼립소」는 이러했다.

언젠가, 언젠가, 이 미친 세상은 끝나야 하리.

그리고 우리 하느님은 우리에게 빌려주셨던 것들을 되가져가시리.

그리고 만약, 그 슬픈 날, 우리 하느님을 나무라고 싶다면,

사양 말고 그렇게 하라. 그분은 미소를 지으며 고개만 끄덕이시리.

120
관계자 여러분께

그때 『지식의 책』이라는 어린이책의 광고가 떠올랐다. 그 광고 안에서 남의 말을 잘 믿는 남자아이와 여자아이가 아빠를 올려다보고 있었다. 한 아이가 물었다. "아빠, 왜 하늘은 파랗죠?" 답은 아마 『지식의 책』에서 찾을 수 있으리라.

모나와 내가 성안의 길을 따라 걸어내려갈 때 옆에 아버지가 계셨다면, 나는 아버지의 손에 매달려 많은 질문을 했을 것이다. "아빠, 왜 나무들이 전부 부러졌죠? 아빠, 왜 새들이 다 죽었죠? 아빠, 왜 하늘은 저렇게 창백하고 지렁이로 가득하죠? 아빠, 왜 바다는 저렇게 단단하고 고요하죠?"

그리고 다른 누구보다 내가 그런 어려운 질문에 대답할 자격이 있는 사람이라는 생각이 들었다. 물론 다른 사람들이 살아 있다는 가정하에 말이다. 관심 있는 사람이 있을지는 모르겠지만, 나는 무엇이, 어디에서, 어떻게 잘못되었는지 알고 있었다.

그래서 뭐?

나는 죽은 사람들이 어디에 있을지 궁금했다. 모나와 나는 위험을 무릅쓰고 비밀 지하 감옥에서 1.5킬로미터가 넘는 거리를 걸었지만, 죽은 사람은 한 명도 보이지 않았다.

생존자들에 대해서는 그다지 궁금하지 않았다. 아마 내가 수

많은 사망자를 먼저 맞닥뜨리게 되리라고 직감했기 때문이었을 것이었다. 모닥불에서 피어오르는 연기 기둥 따위는 보이지 않았다. 하지만 지평선을 덮고 있는 지렁이에 가려서 보이지 않는 것일지도 몰랐다.

무언가 내 눈길을 잡아끌었다. 연보라색 코로나가 곱사등처럼 생긴 매케이브산의 괴상한 마개 같은 봉우리를 감싸고 있었다. 그 코로나가 나를 소리쳐 부르는 듯했다. 나는 모나와 함께 그 봉우리에 오르는, 어리석고 영화 같은 상상을 했다. 하지만 그것에 무슨 의미가 있겠는가?

이제 우리는 매케이브산의 기슭에서 산줄기 속으로 걸어들어가고 있었다. 그런데 모나가 방향을 잃은 듯 내 곁을 떠나 길을 벗어나더니, 산줄기 하나를 오르기 시작했다. 나는 그 뒤를 따랐다.

그녀와 나는 산등성이 꼭대기에서 합류했다. 그녀는 널따란 천연 구덩이를 넋을 놓고 내려다보고 있었다. 울고 있지는 않았다.

그녀가 울고 있었대도 이상하지는 않았을 것이다.

그 구덩이 안에 수천수만 명이 죽어 있었다. 모든 망자들의 입술에 아이스-나인의 청백색 서리가 끼어 있었다.

시신들이 뿔뿔이 흩어져 있거나 어지럽게 널브러져 있지 않은 것으로 보아, 그들은 저 끔찍한 폭풍이 물러난 뒤 이곳에 모인 것이 분명했다. 그리고 시신들이 모두 손가락을 입에 넣거나 입 가까이에 대고 있는 걸 보니, 다들 제 발로 이 서글픈 장소에 찾아와 아이스-나인으로 음독자살을 한 모양이었다.

그곳에는 성인 남녀는 물론이고 아이들도 있었다. 그리고 많은 사람들이 보코-마루 자세를 취하고 있었다. 모두가 원형극장의 관객들처럼 구덩이 중앙을 바라보고 있었다.

모나와 나는 서리로 덮인 눈들이 향하고 있는 구덩이 중앙을 쳐다보았다. 거기에 연설자 한 명이 서 있었을 법한 둥근 공터가 있었다.

모나와 나는 소름 끼치는 조각상들을 피해 조심조심 공터로 다가갔다. 둥근 돌이 하나 놓여 있었다. 그리고 그 밑에 연필로 쓴 쪽지가 있었다. 그 내용은 이러했다.

관계자 여러분께. 주위에 있는 이 사람들은 바다가 얼어붙은 뒤 잇따른 폭풍 속에서 살아남은 대다수의 샌로렌조인입니다. 이 사람들은 보코논이라는 거짓 성자를 붙잡았습니다. 이들은 그자를 이곳으로 데리고 와서 한가운데에 세우고, 전능하신 하느님이 무슨 일을 꾸미고 있는지, 자신들은 이제 어찌해야 하는지 말하라며 그자를 다그쳤습니다. 돌팔이 성자는 하느님이 더는 그들을 사랑하지 않아 그들을 죽이려 하니, 모두 의젓하게 죽어야 한다고 말했습니다. 그리고 보시다시피, 그들은 그렇게 했습니다.

쪽지에는 보코논의 서명이 있었다.

121
내가 늦게 대답하다

"대단한 냉소가로군!" 나는 숨이 턱 막혔다. 나는 쪽지에서 눈을 떼고 죽음으로 가득한 구덩이를 둘러보았다. "그자가 여기 있나요?"

"안 보이네요." 모나가 온화하게 말했다. 그녀는 우울해하거나 성내지 않았다. 사실, 금방이라도 웃음을 터뜨릴 듯했다. "그분은 항상, 자신은 절대 자신의 조언을 따르지 않을 거라고 말씀하셨어요. 그 조언이 무가치하다는 걸 알기 때문이라면서요."

"그자가 여기 있어야 하는 건데!" 내가 비통하게 말했다. "이 사람들 모두에게 자살하라고 조언하다니, 어찌나 뻔뻔스러운지!"

그러자 모나가 웃음을 터트렸다. 나는 이제껏 그녀의 웃음소리를 들은 적이 없었다. 그녀의 웃음소리는 놀랍도록 깊고 순박했다.

"당신은 이게 우습나요?"

그녀는 느릿느릿 두 팔을 들었다. "정말 간단하네요, 그뿐이에요. 이로써 아주 많은 이들의 아주 많은 문제가 아주 간단하게 해결됐네요."

그녀는 계속 웃으면서, 딱딱하게 굳은 수천 명의 사람들 사이로 한가롭게 걸어올라갔다. 그리고 비탈 중간쯤에서 걸음을 멈추고 내 쪽으로 돌아서더니 나를 향해 소리쳤다. "혹시 이중에 살리고 싶은 사람이 있나요? 빨리 대답하세요."

"빨리 대답하지 못하는군요." 삼십 초 후 그녀가 장난스럽게 소리쳤다. 그리고 여전히 가볍게 웃으면서, 손가락을 땅에 댔다가 몸을 일으키더니, 그 손가락을 입술에 대고 죽어버렸다.

내가 울었던가? 사람들 말로는 그랬다고 한다. 내가 비틀비틀 길을 걷고 있는데, H. 로 크로즈비와 그의 아내 헤이즐과 꼬맹이 뉴턴 호니커가 나를 발견했다. 그들은 볼리바르에 한 대뿐인 택시를 타고 있었다. 택시는 용케 폭풍에 해를 입지 않은 상태였다. 그들은 내가 울고 있었다고 했다. 헤이즐도 울었다. 그녀는 내가 살아 있는 것이 기뻐서 울었다.

그들은 나를 달래서 택시에 태웠다.

헤이즐이 나에게 팔을 둘렀다. "이제 엄마랑 있으니, 아무 걱정 말아요."

나는 마음을 비웠다. 그리고 두 눈을 감았다. 깊고 어리석은 안도감에 젖어, 나는 그 살지고 축축하고 천박한 바보에게 몸을 기댔다.

122
스위스의 로빈슨 가족

그들은 나를 데리고 폭포 위에 있는 프랭클린 호니커의 집으로 갔다. 그 집에서 온전한 부분은 폭포 아래 동굴뿐이었는데, 그곳은 청백색의 반투명한 아이스-나인에 덮여 일종의 이글루가 되어 있었다.

프랭크와 꼬맹이 뉴트와 크로즈비 부부가 한 세대世帶를 구성하고 있었다. 그들은 성에 있던 다른 토굴에서 위기를 넘겼는데, 거기는 비밀 지하 감옥보다 훨씬 얕고 불편한 곳이었다. 그들은 폭풍의 기세가 누그러지자마자 밖으로 나왔고, 모나와 나는 그들보다 사흘을 더 지하에서 보냈다.

공교롭게도, 그들은 관저 정문의 아치 밑에서 그들을 기다리고 있는 기적 같은 택시 한 대를 발견했고, 흰색 페인트가 들어 있는 통도 하나 발견했다. 그래서 프랭크는 택시 앞문에 흰색 별들을 그리고, 지붕에 어느 그랜필룬의 이름을 써넣었다. U. S. A.

"그리고 그 페인트를 아치 밑에 두었군요." 내가 말했다.

"어떻게 아시오?" 크로즈비가 물었다.

"누가 와서 시를 써놨더라고요."

나는 앤절라 호니커 코너스와 캐슬 부자가 어떻게 숨을 거두었는지 곧바로 물어보지 않았다. 그랬다가는 즉시 모나에 대해 이야기해야 했을 것이다. 나는 아직 그럴 준비가 되어 있지 않았다.

내가 특히 모나의 죽음에 대해 논하고 싶지 않았던 건 택시를 타고 가는 동안 크로즈비 부부와 꼬맹이 뉴트가 그 상황에 어울리지 않게 너무나 즐거워 보였기 때문이었다.

나는 헤이즐의 말을 통해 그 즐거움의 원인을 눈치챌 수 있었다. "조금 있다가, 우리가 어떻게 사는지 좀 봐요. 온갖 맛있는 먹을거리가 다 있어요. 물이 필요하면 모닥불을 피워서 조금 녹이기만 하면 돼요. 우리는 우리를 스위스의 로빈슨 가족이라고 불러요."

123
생쥐와 인간

기이한 여섯 달이 지나갔다. 그 여섯 달 동안 나는 이 책을 썼다. 헤이즐이 우리의 작은 공동체를 스위스의 로빈슨 가족이라고 불렀을 때, 그것은 정확한 표현이었다. 우리는 폭풍에서 살아남았고, 고립되었고, 그후 생활이 아주 수월해졌다. 월트 디즈니식 마술이 없는 게 아니었다.

사실, 식물도 동물도 살아남지 못했다. 하지만 아이스-나인이 돼지, 소, 작은 사슴, 바닥에 널린 새, 작은 열매를 잘 보존해주었고, 우리는 필요할 때 그것들을 녹여서 요리했다. 게다가 볼리바르의 폐허 속에는 파내주기만을 기다리는 통조림 제품이 아주 많았다. 그리고 우리가 샌로렌조에 남은 유일한 사람들인 것 같았다.

식량은 전혀 문제가 되지 않았고, 의복과 주거지도 마찬가지였다. 날씨가 한결같이 건조하고 답답하고 더웠기 때문이다. 우리의 건강은 변함없이 좋았다. 병균도 모두 죽어버린 모양이었다. 아니면 자고 있든지.

우리가 얼마나 훌륭하고 만족스럽게 적응했던지, 헤이즐이 "어쨌든 모기가 없다는 점 하나는 좋네요"라고 말했을 때 누구 하나 놀라거나 토를 달지 않았다.

헤이즐은 프랭크의 집이 있었던 자리에 삼각의자를 가져다 놓고 거기 앉아서 빨강, 하양, 파랑 천조각을 깁고 있었다. 그녀는 벳시 로스*처럼 미국 국기를 만들고 있었다. 빨강은 사실 복숭아색이고, 파랑은 황록색에 가깝고, 헤이즐이 재단한 별

쉰 개는 모가 다섯 개인 미국 별이 아니라 모가 여섯 개인 다윗의 별이었지만, 그걸 지적할 만큼 심술궂은 사람은 아무도 없었다.

헤이즐의 남편은 썩 괜찮은 요리사였고, 당시에 그는 근처에서 장작불에 쇠 냄비를 얹고 스튜를 끓이고 있었다. 그가 요리를 도맡아 했다. 그는 요리하는 걸 정말 좋아했다.

"모양도 좋고, 냄새도 좋네요." 내가 품평했다.

크로즈비가 한쪽 눈을 찡긋했다. "요리사를 쏘지는 마시오. 최선을 다하고 있으니까."

이 친밀한 대화의 배경음악으로, 프랭크가 만든 자동 SOS 발신기의 쓰-쓰-쓰, 돈-돈-돈 하는 집요한 소리가 깔렸다. 발신기는 밤이고 낮이고 도움을 요청했다.

"우리의 영호오오오온을 구해줘." 헤이즐이 바느질을 하면서 발신기의 발신음에 맞추어 노래하듯 읊조렸다. "우리의 영호오오오온을 구해줘."

"글은 어떻게 되어가나요?" 헤이즐이 나에게 물었다.

"좋아요, 엄마, 아주 좋아요."

"우리한테는 언제 보여줄래요?"

"준비가 되면요, 엄마, 준비가 되면요."

---

* 성조기를 최초로 도안했다고 알려진 재봉사(1752~1836).

"유명한 작가들 중에는 후저가 많아요."

"알아요."

"당신도 그 기나긴 줄에 서게 될 거예요." 헤이즐이 기대에 찬 미소를 지었다. "재미있는 책인가요?"

"그랬으면 좋겠네요, 엄마."

"나는 신나게 웃을 수 있는 책이 좋아요."

"저도 알아요."

"이곳 사람들은 저마다 특기를, 그러니까 다른 사람에게 나눠줄 무언가를 가지고 있어요. 당신은 우리를 웃게 만드는 책을 쓰고, 프랭크는 과학과 관련된 일을 하고, 꼬맹이 뉴트는, 그 아이는 우리 모두를 위해 그림을 그리고, 나는 바느질을 하고, 저이는 요리를 하잖아요."

"많은 손이 많은 일을 수월하게 만든다. 오래된 중국 속담이죠."

"그 사람들은 여러 방면에서 똑똑했어요, 중국 사람들 말이에요."

"맞아요, 우리 그 사람들을 잊지 말도록 해요."

"그 사람들에 대해 더 많이 공부할걸 그랬어요."

"음, 그러기가 어려웠죠. 최적의 상황에서조차."

"모든 것을 더 많이 공부할걸 그랬어요."

"누구나 후회를 하기 마련이에요, 엄마."

"우유를 엎지르고 울어봐야 소용없는 짓이죠."

"어떤 시인이 말하길, 엄마, 생쥐와 인간의 말 중 가장 슬픈 말은 '어쩌면 그럴 수도 있었을 텐데'래요."

"정말 멋지고 지당한 말이네요."

124
프랭크의 개미 농장

나는 헤이즐이 깃발을 완성하는 모습을 보고 싶지 않았다. 그 깃발에 대한 그녀의 당혹스러운 계획에 골머리가 아팠기 때문이다. 그녀는 내가 그 한심한 물건을 매케이브산 정상에 꽂는 일에 동의했다고 생각했다.

"그이와 내가 조금만 젊었어도 우리가 직접 했을 거예요. 지금 우리가 할 수 있는 거라고는 당신에게 깃발을 건네고 행운을 빌어주는 일뿐이에요."

"엄마, 그곳이 정말 깃발을 꽂기에 적당한 장소일까요?"

"거기 말고 다른 곳이 있나요?"

"제가 잘 생각해볼게요." 나는 양해를 구하고서, 프랭크가 또 무슨 일을 꾸미는지 보려고 동굴로 내려갔다.

프랭크가 새로운 일을 벌이고 있지는 않았다. 그는 전에 만들었던 개미 농장을 관찰하고 있었다. 그는 볼리바르의 폐허 속에서 살아남은 개미를 몇 마리 파낸 뒤 유리판 두 장 사이에 흙과 함께 집어넣어 개미의 세계를 삼차원에서 이차원으로 줄여놓았다. 개미들이 무언가를 할 때마다 프랭크는 개미들의 행동을 관찰하고 그 의미를 해석했다.

그러한 실험을 통해, 프랭크는 개미들이 어떻게 물이 없는 세상에서 살아남았는가 하는 수수께끼를 금세 풀어냈다. 내가 아는 한, 개미들이 살아남은 유일한 곤충이었다. 녀석들은 자기들 몸으로 아이스-나인의 알갱이를 겹겹이 감싸 단단한 공의 형태를 만듦으로써 중심부에 충분한 열을 발생시켰다. 그렇게 하면 개미들의 절반이 죽고, 이슬 한 방울이 만들어졌다. 개미들은 그 이슬을 마시고 동료들의 사체들을 먹으면 됐다.

"먹고, 마시고, 즐거워하라. 내일이면 죽으리니." 내가 프랭크와 그의 작은 동족 포식자들에게 말했다.

프랭크의 반응은 언제나 똑같았다. 프랭크는 사람들이 개미로부터 배워야 할 것들에 대해 짜증 섞인 잔소리를 늘어놓았다.

나의 반응 역시 의례적이었다. "자연은 경이로워요, 프랭크. 자연은 경이롭고말고요."

"개미들이 왜 그렇게 번성하는지 아십니까?" 프랭크는 이 질문을 천 번은 했을 것이다. "혀-업-력하기 때문입니다."

"거참 대단한 말이죠, 협-력."

"누가 이 녀석들에게 물 만드는 방법을 가르쳐주었을까요?"

"누가 나에게 물 만드는 방법을 가르쳐주었을까요?"

"어리석은 대답이네요, 아시겠지만."

"실례했소."

"저도 사람들의 어리석은 대답을 진지하게 받아들이던 때가 있었습니다만, 이제 그럴 때는 지났죠."

"기념비적이군요."

"저도 많이 성장했습니다."

"세상에 얼마간의 손해를 입힌 후에야 비로소." 나는 프랭크가 내 말을 귀담아듣지 않으리라는 사실을 절대적으로 확신했기에 이런 말을 할 수 있었다.

"사람들에게 쉽사리 속아넘어가던 때도 있었습니다. 자긍심이 별로 없었거든요."

"지상에 있는 사람의 수를 줄이기만 해도, 당신이 안고 있는 특정 사회문제를 완화하는 데 많은 도움이 될 거예요." 내가 말했다. 이번에도 나는 귀머거리에게 제안을 한 셈이었다.

"당신이 말해보십시오. 말해보세요. 누가 이 개미들에게 물 만드는 방법을 가르쳐주었을까요." 프랭크가 다시 내게 도전했다.

나는 하느님이 그리하셨다는 견해를 이미 여러 차례 확실하게 밝힌 바 있었다. 그리고 아주 성가신 경험을 통해, 프랭크가 그 의견을 거부하지도 받아들이지도 않으리란 사실을 알았다. 프랭크는 질문을 하고 또 하면서 점점 더 화를 낼 뿐이었다.

나는 『보코논서』의 충고대로 프랭크를 남겨두고 자리를 떴다. 보코논은 우리에게 이렇게 말한다. "무언가를 배우려고 열심히 노력해서 그것을 배우고서, 자신이 전보다 현명해지지 않았다는 사실을 깨달은 사람을 조심하라. 그런 사람은, 자신이 무지하다는 사실을 고생해서 깨달은 적 없는 무지한 이들에게 살인적인 원한을 품고 있다."

나는 우리의 화가, 꼬맹이 뉴트를 찾으러 갔다.

125
태즈메이니아 원주민들

내가 뉴트를 발견했을 때, 그는 동굴에서 약 400미터 떨어진 곳에서 황량한 풍경을 그리고 있었다. 뉴트는 물감을 찾으러 가려고 하는데 볼리바르까지 태워다줄 수 있겠느냐고 물었다. 뉴트는 운전을 하지 못했다. 발이 페달에 닿지를 않았다.

그래서 우리는 길을 떠났다. 도중에 내가 뉴트에게 혹시 성적 충동이 남아 있느냐고 물었다. 그리고 나는 그 방면으로 어떠한 환상도, 그 무엇도 남아 있지 않다고 비통하게 말했다.

"한때는 키가 6, 9, 12미터쯤 되는 여자들을 꿈꿨어요. 하지만 지금은? 맙소사, 그 우크라이나 난쟁이가 어떻게 생겼는지 기억도 안 나요." 뉴트가 말했다.

언젠가 읽었던 호주의 태즈메이니아 원주민에 관한 이야기가 떠올랐다. 늘상 벌거벗고 살던 그 사람들은 17세기에 백인들과 처음 맞닥뜨렸을 당시, 농업과 축산업은 물론 어떠한 형태의 건축술도 몰랐고, 심지어 불조차 모르는 상태였다. 그러한 무지 때문에 백인들의 눈에 그들은 너무나 경멸스러워 보였고, 그래서 영국 죄수였던 최초의 정착민들은 운동경기 삼아 그들을 사냥하곤 했다. 그리고 삶에 회의를 느낀 원주민들은 생식을 포기해버렸다.

나는 그와 유사한 절망이 우리에게서 남성다움을 앗아간 것이 아니겠느냐고 했다.

그러자 뉴트가 날카로운 견해를 밝혔다. "잠자리에서의 모든 열정은 인류를 보존하려는 열정과 상상도 못할 만큼 큰 관계가 있을 거예요.

물론 우리 가운데 임신이 가능한 여성이 있었다면, 상황은 완전히 달라졌을지도 모르죠. 하지만 가엾은 헤이즐 아줌마는 다운증후군 아이를 낳을 나이도 한참 지났잖아요?"

알고 보니, 뉴트는 다운증후군에 대해 꽤 많이 알고 있었다. 예전에 그는 기이한 아이들을 위한 특수학교에 다닌 적이 있었는데, 그 학교 친구 중 몇 명이 다운증후군 환자였다. "우리 반에서 글을 가장 잘 쓰는 아이는 머나라는 다운증후군 환자였어요. 작문 말고 필체 말이에요. 맙소사, 몇 년 동안 그 여자애를 까맣게 잊고 있었네요."

"좋은 학교였나요?"

"기억나는 거라고는 교장이 늘 입에 달고 다니던 말뿐이에요. 그 사람은 항상 확성기로 우리가 저지른 실수에 대해 호통을 쳤는데, 시작은 언제나 똑같았죠. '아주 지긋지긋하다……'"

"평소의 내 기분과 비슷하군요."

"어쩌면 당신은 그렇게 느끼도록 예정되어 있는지도 몰라요."

"보코논교도처럼 말하는군요, 뉴트."

"그러면 안 되나요? 제가 아는 한, 보코논교는 난쟁이에 대해 조금이라도 기록하고 있는 유일한 종교예요."

나는 글을 쓰지 않을 때면 『보코논서』를 열심히 읽었지만, 난쟁이에 대한 언급은 보지 못했다. 나는 뉴트가 내 주의를 환기해줘서 고마웠다. 그 두 줄짜리 인용문에는 보코논 사상의 잔인한 역설이 담겨 있었다. 애통하게도 현실은 거짓말을 필요로 하지만, 애통하게도 현실에 대해 거짓말을 하는 것은 불가능하다고. 그 역설은 말하고 있다.

난쟁이, 난쟁이, 난쟁이, 어쩌나 으쓱으쓱 걸으며 윙크를 해대는지.

인간의 크기는 희망과 생각의 크기에 비례함을 아는 까닭
이라네.

126
부드러운 피리여, 연주를 계속하라

"정말 우울한 종교로군!" 내가 소리쳤다. 나는 대화의 주제를
유토피아로 바꾸었다. 나는 세상이 녹는다면 어떤 모습일지,
어떤 모습이 되어야 할지, 결국 어떤 모습이 될지에 대해 이야
기하고자 했다.

하지만 보코논은 이런 주제도 이미 다루고 있었다. 그는 『보
코논서』 제7권을 통째로 할애해서 '보코논 공화국'이라는 유토
피아에 대해 기술했다. 거기에는 이러한 섬뜩한 금언들이 들어
있다.

약국을 사들이는 자가 세상을 지배한다.

약국 체인점, 식료품 체인점, 가스실 체인점, 국민적 놀이
를 구비하고 우리의 공화국을 열도록 하자. 그런 다음에야
우리는 헌법을 작성할 수 있다.

나는 보코논을 망할 놈의 흑인이라고 부르고서, 다시 화제를 바꾸었다. 나는 유의미하고 특별한 영웅적 행위에 대해 이야기 했다. 특히 줄리언 캐슬 부자가 택한 죽음의 방법을 칭송했다. 토네이도들이 아직 맹위를 떨치고 있을 때, 그들은 자신들이 가진 희망과 자비를 나누어주기 위해 '밀림 속 희망과 자비의 집'을 향해 걷기 시작했다. 그리고 나는 가엾은 앤절라가 죽어 간 방식에서도 장엄함을 보았다. 앤절라는 볼리바르의 폐허 속 에서 클라리넷을 주워들고, 마우스피스가 아이스-나인에 오염 되었는지 여부는 아랑곳하지 않고 즉시 연주를 시작했다.

"부드러운 피리여, 연주를 계속하라." 내가 쉰 목소리로 웅 얼거렸다.

"뭐, 당신도 멋진 죽음의 방식을 찾을 수 있을 거예요." 뉴트 가 말했다.

그것도 보코논적인 말이었다.

나는 어떤 멋진 상징물을 들고 매케이브산에 올라 그것을 정 상에 꽂는 일에 대한 몽상을 무심결에 털어놓았다. 그리고 뉴 트에게 상징들이라는 게 참으로 공허하다는 걸 보여주기 위해 잠시 핸들에서 손을 뗐다. "하지만 대체 뭐가 적절한 상징물이 될 수 있겠어요, 뉴트? 도대체 뭐가 될 수 있을까요?" 나는 다시 핸들을 잡았다. "자, 여기에 세상의 종말이 있어요. 그리고 거의 최후의 인간인 내가 있어요. 그리고 저기에 가장 높은 산이 보여요. 나는 이제 내 커래스가 어떠한 과업을 수행하고 있었는지 알아요, 뉴트. 내 커래스는 나를 저 산 위에 올려놓으려고 한 오십만 년 동안 밤낮없이 일해왔어요." 나는 고개를 흔들었다. 눈물이 나올 지경이었다. "하지만, 젠장, 무엇을 들고 가야 하는 거죠?"

나는 그렇게 물으며 멍하니 창밖을 내다보았다. 어찌나 멍하게 있었던지, 길섶에 앉아 있는 어떤 늙은 검둥이, 그러니까 살아 있는 흑인 남자와 눈이 마주쳤다는 사실을 1킬로미터를 훨씬 지나서야 깨달았다.

나는 속도를 늦췄다. 그리고 차를 멈추고, 눈을 가렸다.

"무슨 일이에요?" 뉴트가 물었다.

"저기 뒤에서 보코논을 봤어요."

127
끝

그는 맨발로 바위 위에 앉아 있었다. 그의 발에 아이스-나인 서리가 끼어 있었다. 그는 파란 술이 달린 하얀 침대보 하나만 달랑 걸친 모습이었다. 그 술에는 카사 모나라고 쓰여 있었다.

그는 우리의 출현을 알아차리지 못했다. 그는 한 손에는 연필을, 다른 한 손에는 종이를 들고 있었다.

"보코논?"

"음?"

"무슨 생각을 하고 계신지 여쭤봐도 될까요?"

"젊은이, 나는 『보코논서』의 마지막 문장을 생각하고 있다오. 이제 마지막 문장을 쓸 시간이 됐거든."

"잘돼가나요?"

그는 어깨를 으쓱하더니 나에게 종이 한 장을 건넸다.

내가 읽은 내용은 이러하다.

지금보다 젊다면, 나는 인간의 어리석음을 다룬 역사서를 쓰리라. 그리고 메케이브산 정상에 올라 그 책을 베고 누우리라. 그런 다음 인간을 조각상으로 만드는 청백색 독극물을 땅에서 조금 집으리라. 그리고 자리에 누운 채로, 소름 끼치도록 히죽히죽 '그분'을 비웃으며, 스스로 조각상이 되리라.

『고양이 요람』, 시대를 대변하다

1962년 10월 14일, 미군 정찰기가 쿠바 상공에서 충격적인 사진을 촬영한다. 소련이 비밀리에 쿠바에 공격용 핵미사일 기지를 건설하고 있었던 것이다. 곧 미국의 존 F. 케네디 대통령은 소련이 미사일 기지 건설을 강행한다면 이를 선전포고로 받아들여 제3차세계대전도 불사하겠다는 공식성명을 발표하고, 이에 질세라 소련의 니키타 흐루쇼프 제1서기도 미사일 기지 건설을 강행하라는 명령을 내린다. 이로써 냉전의 긴장 상태는 극에 달하고 미국과 소련은 상대의 군사시설과 주요 도시들에 핵미사일을 겨누고 핵전쟁 준비에 돌입한다. 전 세계가 긴장과 두려움 속에서 사태의 추이를 주시했고, 모두의 피를 말리던 군사적 대치 상황은 10월 28일 흐루쇼프가 쿠바에서 미사일을 철수하겠다고 전격적으로 발표하면서 마무리된다. 이러한 쿠바 미사일 위기를 통해 세계는 핵전쟁으로 인한 인류 공멸의 공포를 그 어느 때보다 피부 가까이 느끼게 된다.

미국은 제2차세계대전 이후부터 1960년대 초까지 줄곧 황금기를 구가해왔다. 급격한 경제성장과 획기적인 의학 발전으로 세계에서 가장 부유하고 살기 좋은 나라가 되었고, 핵무기와 막강한 군대를 통해 군사적으로도 사실상 세계를 제패하게 되었다. 미국의 기성세대는 이러한 시대를 살면서 과학기술의 매혹적인 측면과 자유 진영의 수호자라는 자부심에 도취되어 그 이면의 거북한 진실들을 애써 외면해왔다. 하지만, 당시의 대학생들은 히로시마에서 무슨 일이 벌어졌었는지, 소련과의 무분별한 군비 경쟁이 어떠한 결과를 초래할지, 도덕적 규준을 재정립하지 않으면 인류에게 어떠한 미래가 닥쳐올지 제대로 인식하고 있었다. 그리하여 미국 사회의 병폐를 근심스럽게 바라보면서, 기성의 질서와 가치에 저항하여 새로운 사회를 건설하고자 하는 열망을 품게 된다.

그리고 1963년 6월, 『고양이 요람』이라는 이상한 제목의 책이 서점에 등장한다. 작가의 낮은 인지도 탓에 초판 발행 부수가 오백 부밖에 되지 않았던 이 책은 어느 과학자가 놀이 삼아 만든 아이스-나인이라는 물질 때문에 지구가 멸망한다는 조금은 허무맹랑한 이야기를 담고 있다. 하지만 어찌된 일인지 이 책은 대학생들을 중심으로 입소문을 타더니 대항문화를 대변하는 소설로 은밀한 명성을 얻기 시작한다. 『고양이 요람』은 과학, 종교, 이념, 국가, 가족을 비롯해 그동안 지나치게 신성시되던 많은 것들을 풍자의 대상으로 삼아 조롱하는데, 그러한 기존 질서에 대한 비판의식이 변혁을 원하던 젊은이들에게 해방감을 느끼게 해준 것이다.

커트 보니것, 과학자의 도덕적 책임에 대해 생각하다

『고양이 요람』의 작가 커트 보니것은 코넬 대학교에서 생화학을 전공하다가 학업을 중단하고 자진 입대를 한 뒤 제2차세계대전에 징집되어 유럽으로 보내진다. 벌지 전투에서 정찰병으로 적후를 살피던 중 독일군에게 포로로 붙잡혀 드레스덴에 수용되었다가 드레스덴 폭격의 참상을 목격한다. 그 일을 통해 몇몇 인간의 광기와 오만이 인류와 지구를 어떻게 위협할수 있는지 뼈저리게 느끼고 훗날 열성적인 반전운동가이자 인도주의자가 된다. (실제로 그는 베트남전쟁 기간에 반전시위에 뛰어들었고 이라크전쟁 때는 팔십 노구를 이끌고 집회에 참가해 신랄한 어조로 전쟁을 반대했으며, 미국 휴머니스트 협회의 명예회장을 지내기도 했다.)

전쟁이 끝나고 미국으로 돌아온 커트 보니것은 소설가가 되기로 결심하지만, 우선은 먹고사는 문제를 해결해야 했기에 형 버나드 보니것의 권유로 제너럴 일렉트릭사(GE)의 홍보 담당자로 취직한다. 그의 업무는 GE의 과학자들과 인터뷰를 하고 그들의 연구에 관한 보도자료를 작성하는 것이었다. 그러면서 그는 과학기술의 진보가 안고 있는 모순을 재차 확인하게 된다. 과학기술은 본질적으로 인간에게 유용하게 쓰여야 하지만 사용자의 의도에 따라 인간을 살리기도 죽이기도 하므로 과학기술이 진보할수록 인류 절멸의 가능성도 커진다. 그러나 GE에서 만났던 과학자의 다수가 진실을 향한 순수한 열정만 가득했을 뿐 자신들의 도덕적 책임에 대해서는 무신경했다.

실례로, 버나드 보니것은 GE에서 대기과학자로 일하면서, 구름에 요오드화은을 살포하면 구름 방울을 빗방울로 만들 수 있다는 인공 강우의 원리를 알아낸다. 본디 버나드 보니것의 연구는 가뭄에 시달리는 농민과 태풍으로 고통받는 수재민들을 돕기 위한 것이었으나, 정작 군에서 인공 강우를 이용해 태풍을 만들어 적진에 보내고 싶다며 관심을 표명한다. 인공 강우의 위해성을 깨달은 몇몇 사람들이 연구 자체를 파기하려고 애썼으나, 결국 그 실험은 군으로 이관되고 만다. 하지만 다행인지 불행인지 이 방식으로는 태풍을 일으킬 수도, 가뭄을 완화할 수도 없었다. 기껏해야 강우량을 10퍼센트 정도 늘리는 것이 전부였다. 하지만 연구팀의 책임자였던 어빙 랭뮤어는 인공 강우의 가능성에 대해서 끝내 미련을 버리지 못했다고 한다.

노벨 화학상 수상자인 어빙 랭뮤어는 『고양이 요람』에서 '원자폭탄의 아버지'로 등장하는 필릭스 호니커 박사의 실제 모델이다. 호니커 박사가 아침식사 후에 아내에게 팁을 남겼던 일이나 거북이의 척추에 대해 궁금해하던 일은 랭뮤어의 일화를 소설로 옮겨놓은 것이다. 또한 책 속에서 지구 파멸의 씨앗이 되는 아이스-나인도 랭뮤어에게서 영감을 얻었다. 1930년대 초에 『타임머신』의 작가 H. G. 웰스가 GE의 연구소를 방문한 적이 있었는데, 안내를 맡은 랭뮤어가 과학자로서 SF 작가에게 글감을 제공하고 싶은 마음에 '실온에서 얼음 상태인 물'에 대해 써보라고 제안하지만 웰스가 심드렁한 반응을 보였다고 한다. 커트 보니것은 GE에서 신화처럼 전해내려오던 그 이야기를 듣게 되었고, 마침내 웰스가 죽고 랭뮤어도 죽자 속으로 이렇게 생각했다고 한다. '줍는 사람이 임자, 그 아이디어는 이제 내 거야.' 또한, 커트 보니것은 〈더 네이션〉과의 인터뷰에서 이런 말을 했다. "랭뮤어가 발견한 진실 자체는 아름다웠지만, 그는 이후에 누가 그것을 차지하든 전혀 신경쓰지 않았죠."

왜 고양이 요람인가?

고양이 요람cat's cradle은 실뜨기를 이르는 말인데, 실을 양쪽 손가락에 얽어서 만든 여러 가지 모양이 마치 요람처럼 보였던 모양이다. (우리나라에서는 둘이 하는 실뜨기가 일반적이지만 미국을 포함한 여러 나라에서는 보통 혼자서 실뜨기를 한다.) 실뜨기를 즐기려면 자신이 얽어놓은 실 안에 실제로 요람이 존 재한다고 믿어야 한다. 그리고 요람을 생각하면 아무런 근심 걱정 없이 편안하게 잠든 아기의 모습이 떠오른다. 즉, 이 책에 서 고양이 요람은 사람들이 스스로에게 행복과 위안을 주기 위 해 만들어낸 모든 종류의 거짓을 상징한다.

책 속에서 뉴트는 히로시마에 원자폭탄이 떨어지던 날 제 얼 굴에 대고 얽힌 끈을 흔들어대던 아버지를 이렇게 회상한다. "그렇게 가까이에서 보니, 아버지는 제가 본 가장 추한 생물이 었습니다." 어린 뉴트가 고양이 요람을 통해 필릭스 호니커 박 사의 실체를 꿰뚫어 본 셈이다. 나중에 뉴트는 고양이 요람의 본질에 대해서 이렇게 설명한다. "아이들이 서서히 미쳐간다고 해도 놀랄 일은 아니죠. 고양이 요람이라는 게 두 손 사이에 있 는 X자 다발에 불과한데도, 꼬맹이들은 그 X자를 보고, 보고, 또 보고…… 그런데, 빌어먹을 고양이도 없고, 빌어먹을 요람 도 없죠." 다시 말해서, 진실을 못 보는 자들은 행복하지만 진실을 보는 자들은 미쳐갈 뿐이다. 과연 무해한 거짓을 좇아야 하는가, 아니면 유해한 진실을 좇아야 하는가.

책의 사용 설명서에 해당하는 책머리에서 작가는 이렇게 경고한다. "이 책의 어떤 내용도 진실이 아니다. 그대를 용감하고 친절하고 건강하고 행복하게 하는 포마에 따라 살지어다." 고양이 요람처럼 이 책도 글자 다발로 이루어진 거짓에 불과하다. 거짓 속에서 고통스럽게 진실을 찾든, 거짓에 취해 그저 행복하게 살든 그건 오롯이 각자의 몫이다. "고양이가 보이세요? 요람이 보이세요?"

왜 존 의 입 을 빌 려 파 멸 을 말 하 는 가 ?

"나를 조나라고 부르라Call me Jonah." 『고양이 요람』의 첫 문장을 보면 구약성서의 요나와 『모비 딕』의 이스마엘이 떠오른다. ("나를 이스마엘이라고 부르라Call me Ishmael."가 『모비 딕』의 첫 문장이다.) 요나는 여호와의 명령에 따라 니느웨로 가서 앗수르인들에게 여호와의 심판에 따라 파멸이 도래했음을 알려야 했지만, 그 임무를 피하기 위해 도망치다가 폭풍을 만나서 고래 뱃속에 갇히게 되고 회개를 통해 다시금 구원받은 뒤 니느웨로 달려가 자신의 임무를 완수한다. 이스마엘은 광적으로 모비 딕을 쫓던 에이허브 선장의 파멸을 끝까지 지켜보고 살아남아 그 이야기를 전한다. 즉, 존은 파멸의 예언자이자 목격자이자 기록자이다.

존은 아주 평범하고 흔한 이름이다. 그 누구라도 존이 될 수 있다. 존은 미친 세상을 살아가는 우스꽝스러운 사람들 속에서 웅장한 아-홈을 향해 묵묵히 신의 의지를 행한다. 그것이 존의 자-마-키-보였고, "예정되어 있던 대로" 마침내 세상이 끝난다. 존이 보코논의 마지막 전언을 받아들였다면, 이 책이 바로 "인간의 어리석음을 다룬 역사서"이다. 그리고 이제 존은 멋진 상징물을 들고서 매케이브산에 올라가 의젓하게 죽음을 맞이할 것이다. 존은 스스로 조각상이 되어 인간의 어리석음을 기념할 것이다.

추신. 커트 보니것은 자신의 에세이, 연설문 등을 모은 『종려주일』이라는 책에서 그때까지 집필한 열세 권의 작품에 스스로 성적을 매겼는데, 『고양이 요람』과 『제5도살장』이 A+를 받았다.

추추신. 이 세계를 파괴하는 자는 악한 사람이 아니라 타인의 고통에 철저히 무관심한 사람이다. 재미 삼아 아이스-나인을 만든 호니커 박사도, 아이스-나인을 팔아먹은 호니커의 세 자녀도 결코 악인이 아니었다. 그저 자신의 행복에만 눈이 멀었던 것뿐.

추추추신. 아이스-나인이 지구를 파멸시켰고, 보코논교가 인류를 절멸시켰고, 그곳에 존이 있었다. 그곳에 나와 당신, 우리가 있었다.

2017년

김송현정

1922년	미국 인디애나주 인디애나폴리스에서 독일계 이민자 커트 보니것 시니어와 이디스 보니것 사이의 3남매 중 막내로 태어남. 본명은 커트 보니것 주니어.
1940년	코넬 대학에 입학해 생화학을 공부함. 〈코넬 데일리 선〉 편집을 맡음.
1942년	재학중에 미 육군에 입대함. 카네기 공과대학과 테네시 대학에서 기계공학을 배움.
1943년	제2차세계대전에 징집되어 전쟁에 나감.
1944년	어머니 이디스가 자살함. 12월, 독일군에게 포로로 잡혀 드레스덴으로 끌려감.
1945년	드레스덴 폭격에서 운좋게 살아남았고, 폭격에 분노한 독일인 생존자들에게 구타당하기도 함. 이 경험은 이후 『제5도살장Slaughterhouse-Five』의 소재가 됨. 송환 후 소꿉친구인 제인 마리 콕스와 결혼함. 시카고 대학 대학원에서 인류학을 공부함.
1946년	시카고 대학에서 논문이 통과되지 않아 학위를 받지 못함.
1947년	아들 마크 출생. 뉴욕주 스케넥터디에서 제너럴 일렉트릭 사의 홍보 담당자로 일함.
1949년	큰딸 이디스 출생.

| 1950년 | 첫 단편 「반하우스 효과에 대한 보고서 *Report on the Barn-house Effect*」를 비롯, 단편 몇 편을 지면에 발표함. |

1950년 첫 단편 「반하우스 효과에 대한 보고서*Report on the Barn-house Effect*」를 비롯, 단편 몇 편을 지면에 발표함.

1951년 제너럴 일렉트릭사를 그만두고 매사추세츠주로 이사함.

1952년 『자동 피아노*Player Piano*』 출간.

1954년 작은딸 나넷 출생. 고등학교 영어 교사, 광고기획사 카피라이터, 자동차 영업사원 등의 일을 전전함.

1957년 아버지 커트 보니것 시니어 사망.

1958년 매형이 열차 사고로 사망하고 그 직후 누나마저 병으로 죽자, 누나의 세 아이를 양자로 들임.

1959년 『타이탄의 미녀*The Sirens of Titan*』 출간.

1961년 『마더 나이트*Mother Night*』『고양이 집의 카나리아 *Canary in a Cathouse*』 출간.

1963년 『고양이 요람*Cat's Cradle*』 출간.

1965년 『신의 축복이 있기를, 로즈워터 씨*God Bless You, Mr. Rose-water*』 출간.

1967년 드레스덴을 방문함.

1968년 『몽키하우스에 어서 오세요*Welcome to the Monkey House*』 출간.

1969년 『제5도살장』 출간.

1970년 하버드 대학에서 문예창작 강의를 함. 희곡 〈생일 축하해, 완다 준*Happy Birthday, Wanda June*〉이 공연됨.

1971년 시카고 대학에서 『고양이 요람』을 논문으로 인정받아 뒤늦게 석사 학위를 받음. 제인과 별거하고 뉴욕으로 이사함. 이후 뉴욕에서 사진작가이자 아동소설가인 질 크레멘츠를 만남.

1972년	미국 PEN 부회장에 선출됨. 『제5도살장』이 영화화되어 그해 칸 국제영화제 심사위원상, 이듬해 휴고상 드라마틱 프리젠테이션 부문 수상.
1973년	전미예술가협회 회원으로 선출됨. 뉴욕 시립대 영문학 석좌교수가 됨. 인디애나 대학에서 명예박사 학위를 받음. 『챔피언들의 아침식사 *Breakfast of Champions*』 출간.
1974년	에세이, 여행기 등을 모은 『웜퍼터, 포마 그리고 그랜펄룬 *Wampeters, Foma and Granfalloons*』 출간.
1976년	『슬랩스틱 *Slapstick*』 출간. 이때부터 주니어를 빼고 커트 보니것이라는 이름으로 책을 출간함.
1979년	『제일버드 *Jailbird*』 출간. 제인 마리 콕스와 정식으로 이혼하고 질과 결혼함.
1980년	그림책 『해 달 별 *Sun Moon Star*』 출간.
1981년	연설문, 에세이 등을 모은 『종려주일 *Palm Sunday*』 출간.
1982년	『데드아이 딕 *Deadeye Dick*』 출간.
1984년	자살을 시도했으나 실패함.
1985년	『갈라파고스 *Galápagos*』 출간.
1987년	『푸른 수염 *Bluebeard*』 출간.
1990년	『호커스 포커스 *Hocus Pocus*』 출간.
1991년	에세이 『죽음보다 나쁜 운명 *Fates Worse Than Death*』 출간.
1996년	『마더 나이트』가 영화화됨. 영화에 커트 보니것 본인도 카메오로 등장함.
1997년	『타임퀘이크 *Timequake*』 출간. 소설가로서 은퇴를 선언함.

1998년	『챔피언들의 아침식사』가 영화화됨.
1999년	미출간 단편들을 모은 단편집 『배곰보 코담뱃갑Bagombo Snuff Box』, 가상 인터뷰를 모은 『신의 축복이 있기를, 닥터 키보키언God Bless You, Dr. Kevorkian』 출간.
2000년	집에 화재가 나 병원 치료를 받음. 뉴욕주 작가로 지명됨.
2005년	에세이 『나라 없는 사람A Man Without a Country』 출간.
2007년	맨해튼 자택 계단에서 굴러떨어져 머리에 큰 상처를 입고 입원, 몇 주 후 사망함.
2008년	미발표 유고집 『아마겟돈을 회상하며Armageddon in Retrospect』 출간.
2009년	미발표 단편집 『카메라를 보세요Look at the Birdie』 출간.
2011년	단편집 『세상이 잠든 동안While Mortals Sleep』 출간.
2012년	미발표 초기 단편과 미완성 단편을 수록한 단편집 『멍청이의 포트폴리오Sucker's Portfolio』 출간.
2013년	졸업식 연설문 모음 『그래, 이 맛에 사는 거지If This Isn't Nice, What Is?』 출간.

지은이 **커트 보니것**
1922년 11월 11일 미국 인디애나폴리스에서 태어났고, 2007년 4월 11일 세상을 떠났다. 『타이탄의 세이렌』『마더 나이트』『고양이 요람』『제5도살장』등의 소설과 풍자적 산문집 『신의 축복이 있기를, 닥터 키보키언』을 발표했다. 1997년 『타임퀘이크』발표 이후 소설가로서 은퇴를 선언했고, 회고록 『나라 없는 사람』을 남겼다.

옮긴이 **김송현정**
고려대학교 경영학과를 졸업하고, 현재 번역가 및 외서 기획자로 활동중이다. 옮긴 책으로는 『아담과 이브의 일기』『이스트, 웨스트』『제이콥을 위하여』등이 있다.

문학동네 세계문학
고양이 요람

1판 1쇄 2017년 10월 18일 | 1판 8쇄 2024년 1월 31일

지은이 커트 보니것 | 옮긴이 김송현정
책임편집 정혜림 | 편집 홍유진 이희연 이현정
디자인 엄자영 이원경 | 저작권 박지영 형소진 최은진 서연주 오서영
마케팅 정민호 서지화 한민아 이민경 안남영 왕지경 황승현 김혜원 김하연 김예진
브랜딩 함유지 함근아 고보미 박민재 김희숙 조다현 정승민 배진성
제작 강신은 김동욱 이순호 | 제작처 영신사

펴낸곳 (주)문학동네 | 펴낸이 김소영
출판등록 1993년 10월 22일 제2003-000045호
주소 10881 경기도 파주시 회동길 210
전자우편 editor@munhak.com | 대표전화 031) 955-8888 | 팩스 031) 955-8855
문의전화 031) 955-1927(마케팅) 031) 955-8861(편집)
문학동네카페 http://cafe.naver.com/mhdn
인스타그램 @munhakdongne | 트위터 @munhakdongne
북클럽문학동네 http://bookclubmunhak.com

ISBN 978-89-546-4867-7 03840

잘못된 책은 구입하신 서점에서 교환해드립니다.
기타 교환 문의 031) 955-2661, 3580

www.munhak.com